王度庐作品大系 言情卷

王度庐·著／王芹·点校

晚香玉

山西出版传媒集团
北岳文艺出版社
·太原

图书在版编目（CIP）数据

晚香玉／王度庐著．—太原：北岳文艺出版社，2018.1
（王度庐作品大系／王度庐主编）
ISBN 978-7-5378-5373-6

Ⅰ．①晚… Ⅱ．①王… Ⅲ．①长篇小说—中国—当代 Ⅳ．① I247.5

中国版本图书馆 CIP 数据核字（2017）第 244112 号

书名：晚香玉　　　　策　划：续小强
著者：王度庐　　　　　　　　　刘文飞　　　特约编辑：赵　雪
点校：王　芹　　　　责任编辑：李向丽　　　书籍设计：张永文
　　　　　　　　　　　　　　　　　　　　　印装监制：巩　璠

出版发行：山西出版传媒集团·北岳文艺出版社
地址：山西省太原市并州南路 57 号
邮编：030012
电话：0351-5628696（发行部）　　0351-5628688（总编办）
传真：0351-5628680
网址：http://www.bywy.com　E-mail：bywycbs@103.com
经销商：新华书店　印刷装订：山西人民印刷有限责任公司

开本：890mm×1240mm　1/32　字数：238 千字
印张：7.75　版次：2018 年 1 月第 1 版　印次：2018 年 1 月山西第 1 次印刷
书号：ISBN 978-7-5378-5373-6
定价：35.00 元

出版前言

　　王度庐（1909—1977），原名葆祥（后改葆翔），字霄羽，出生于北京下层旗人家庭。"度庐"是1938年启用的笔名。他是中国现代文学史上著名的武侠言情小说家，独创"悲剧侠情"一派，成为民国北方武侠巨擘之一，与还珠楼主、白羽（宫竹心）、郑证因、朱贞木并称为"北派五大家"。

　　20世纪20年代，王度庐开始在北京小报上发表连载小说，包括侦探、实事、惨情、社会、武侠等各种类型，并发表杂文多篇。20世纪30年代后期，因在青岛报纸上连载长篇武侠小说《宝剑金钗》《剑气珠光》《鹤惊昆仑》《卧虎藏龙》《铁骑银瓶》（合称"鹤-铁五部"）而蜚声全国；至1948年，他还创作了《风雨双龙剑》《洛阳豪客》《绣带银镖》《雍正与年羹尧》等十几部中篇武侠小说和《落絮飘香》《古城新月》《虞美人》等社会言情小说。

　　王度庐熟悉新文学和西方现代文化思潮，他的侠情小说多以性格、心理为重心，并在叙述时投入主观情绪，着重于"情""义""理"的演绎。"鹤-铁五部"既互有联系又相对独立，达到了通俗武侠文学抒写悲情的现代水平和相当的人性深度，具有"社会悲剧、命运悲剧、性格心理悲剧的综合美感"。他的社会言情小说的艺术感染力也很强，注重营造诗意的氛围，写婚姻恋爱问题，将金钱、地位与爱情构成冲突模式，表现普通人对个性解放、爱情自由和婚姻平等的追求与呼唤。这些作品注重写人，写人性，与"五四"以来"人的文学"思潮是互相呼应的。因此，王度庐也成为通俗文学史乃至整个中国现代文学史研究中绕不过去的作家，被写入不同类型的文学史。许多学者和专家将他及其作品列为重点研究对象。

王度庐所创造的"悲剧侠情"美学风格影响了港台"新派"武侠小说的创作，台湾著名学者叶洪生批校出版的《近代中国武侠小说名著大系》即收录了王度庐的七部作品，并称"他打破了既往'江湖传奇'（如不肖生）、'奇幻仙侠'（如还珠楼主）乃至'武打综艺'（如白羽）各派武侠外在茧衣，而潜入英雄儿女的灵魂深处活动；以近乎白描的'新文艺'笔法来描写侠骨、柔肠、英雄泪，乃自成'悲剧侠情'一大家数。爱恨交织，扣人心弦！"台湾著名武侠小说作家古龙曾说，"到了我生命中某一个阶段中，我忽然发现我最喜爱的武侠小说作家竟然是王度庐"。大陆学者张赣生、徐斯年对王度庐的作品进行了大量的整理、发掘和研究工作，并给予了很高的评价。徐斯年称其为"言情圣手，武侠大家"，张赣生则在《王度庐武侠言情小说集》的序言中说："从中国文学史的全局来看，他的武侠言情小说大大超过了前人所达到的水平"，"他创造了武侠言情小说的完善形态，在这方面，他是开山立派的一代宗师。"

此次出版的《王度庐作品大系》收录了王度庐在不同时期的代表作和有影响力的作品，还收录了至今尚未出版过的新发掘出的作品，包括他早期创作的杂文和小说。此外，为了满足不同领域的读者的需求，此版还附有张赣生先生的序言、已知王度庐小说目录和王度庐年表，以供研究者参考。这次出版得到了王度庐子女的大力支持和密切配合，王度庐之女王芹女士亲自对作品进行了点校。可以说，他们的支持使得《王度庐作品大系》成为王度庐作品最完善、最全面的一次呈现。在此，我们表达最诚挚的谢意。

在编辑过程中，我们依据上海励力出版社，参考报纸连载文本及其他出版社的原始版本，对作品中出现的语病和标点进行了订正；遵循《第一批异形词整理表》（GF1001-2001），对文中的字、词进行了统一校对；并参照《现代汉语大词典》《汉语方言大词典》《北京方言词典》《北京土语辞典》等工具书小心求证，力求保持作品语言的原汁原味。由于编辑水平和时间有限，难免有疏漏之处，敬请广大读者批评指正！

北岳文艺出版社

二〇一五年六月三十日

总　序

　　王度庐是位曾被遗忘的作家。许多人重新想起他或刚知道他的名字，都可归因于影片《卧虎藏龙》荣获奥斯卡奖的影响。但是，观赏影片替代不了阅读原著，不读小说《卧虎藏龙》(而且必须先看《宝剑金钗》)，你就不会知道王度庐与李安的差别。而你若想了解王度庐的"全人"，那又必须尽可能多地阅读他的其他著作。北岳文艺出版社继《宫白羽武侠小说全集》《还珠楼主小说全集》之后推出这套《王度庐作品大系》(以下简称《大系》)，对于通俗文学史的研究，可谓功德无量!

　　王度庐，原名王葆祥，字霄羽，1909年生于北京一个下层旗人家庭。幼年丧父，旧制高小毕业即步入社会，一边谋生，一边自学。十七岁始向《小小日报》投寄侦探小说，随即扩及社会小说、武侠小说。1930年在该报开辟个人专栏《谈天》，日发散文一篇;次年就任该报编辑。八年间，已知发表小说近三十部(篇)。1934年往西安与李丹荃结婚，曾任陕西省教育厅编审室办事员和西安《民意报》编辑。1936年返回北平，继续以卖稿为生，次年赴青岛。青岛沦陷后始用笔名"度庐"，在《青岛新民报》及南京《京报》发表武侠言情小说(同时继续撰写社会小说，署名则用"霄羽")。十余年间，发表的武侠小说、社会小说达三十余部。1949年赴大连，任大连师范专科学校教员。1953年调到沈阳，任东北实验中学语文教员。"文革"时期，以退休人员身份随夫人"下放"昌图县农村。1977年卒于辽宁铁岭。

早在青年时代，王度庐就接受并阐释过"平民文学"的主张。他的文学思想虽与周作人不尽相同，但在"为人生"这一要点上，二者的观念是基本一致的。

从撰写《红绫枕》（1926年）开始，王度庐的社会小说（当时或又标为"惨情小说""社会言情小说"）就把笔力集中于揭示社会的不公、人生的惨淡，以及受侮辱、受损害者命运的悲苦。

恋爱和婚姻是"五四"新文学的一大主题。那时新小说里追求婚恋自由的男女主人公面对的阻力主要来自封建家庭和封建礼教，作品多反映"父与子"的冲突——包括对男权的反抗，所以，易卜生笔下的娜拉尤被觉醒的女青年们视为楷模。到了王度庐的笔下，上述冲突转化成了"金钱与爱情"的矛盾。

正如鲁迅所说：娜拉冲出家庭之后，倘若不能自立，摆在面前的出路只有两条——或者堕落，或者"回家"。王度庐则在《虞美人》中写道："人生""青春"和"金钱"，"三者之间是相互联系着的"，而在当时的中国社会里，金钱又对一切起着主导性的作用。他所撰写的社会言情小说，深刻淋漓地描绘了"金钱"如何成为社会流行的最高价值观念和唯一价值标准，如何与传统的父权、男权结合而使它们更加无耻，如何导致社会的险恶和人性的异化。

王度庐特别关注女性的命运。他笔下的女主人公多曾追求自立，但是这条道路充满凶险。范菊英（《落絮飘香》）和田二玉（《晚香玉》）付出了生命的代价；虞婉兰（《虞美人》）终于发疯，生不如死。唯有白月梅（《古城新月》）初步实现了自立，但她的前途仍难预料；至于最具"娜拉性格"，而且也更加具备自立条件的祁丽雪，最终选择的出路却是"回家"。

这些故事，可用王度庐自己的两句话加以概括："财色相欺，优柔自误"（《〈宝剑金钗〉序》）。金钱腐蚀、摧毁了爱情，也使人性发生扭曲。人是"社会关系的总和"，他的社会小说正是通过写人，而使社会的弊端暴露无遗。

在社会小说里，王度庐经常写及具有侠义精神的人物，他们扶弱抗强，甚至不惜舍生以取义。这些人物有的写得很好，如《风尘四杰》里的天桥四杰和《粉墨婵娟》里的方梦渔；有些粗豪角色则写得并不成功，流于概念化，如《红绫枕》里的熊屠户和《虞美人》里的秃头小三。

上述侠义角色与爱情故事里的男女主人公一样，也是现代社会中的弱者。作者不止一次地提示读者，这些侠义人物"应该"生活于古代。这种提示背后隐含着一个问题：现代爱情悲剧里的那些痴男怨女，如果变成身负绝顶武功的侠士和侠女，生活在快意恩仇的古代江湖，他们的故事和命运将会怎样？这个问题化为创作动机，便催生了王度庐的侠情小说，这里也昭示着它们与作者所撰社会小说的内在联系。

《宝剑金钗》标志着王度庐开始自觉地把撰写社会言情小说的经验融入侠情小说的写作之中，也标志着他自觉创造"现代武侠悲情小说"这一全新样式的开端。此书属于厚积薄发的精品，所以一鸣惊人，奠定了作者成为中国现代武侠悲情小说开山宗师的地位。继而推出的《剑气珠光》《鹤惊昆仑》《卧虎藏龙》《铁骑银瓶》①（与《宝剑金钗》合称"鹤-铁五部"）以及《风雨双龙剑》《彩凤银蛇传》《洛阳豪客》《燕市侠伶》等，都可视为王氏现代武侠悲情小说的代表作或佳作。

作为这些爱情故事主人公的侠士、侠女，他们虽然武艺超群，却都是"人"，而不是"超人"。作者没有赋予他们保国救民那样的大任，只让他们为捍卫"爱的权利"而战；但是，"爱的责任"又令他们惶恐、纠结。他们驰骋江湖，所向无敌，必要时也敢以武犯禁，但是面对"庙堂"法制，他们又不得不有所顾忌；他们最终发现，最难战胜的"敌人"竟是"自己"。如果说王度庐的社会小说属于弱者的社会悲剧，那么他的武侠悲情小说则是强者的心灵悲剧。

王度庐是位悲剧意识极为强烈的作家。他说："美与缺陷原是一个东西。""向来'大团圆'的玩意儿总没有'缺陷美'令人留恋，而且人生本来是一杯苦酒，哪里来的那么些'完美'的事情？"（《关于鲁海娥之

---

①这里叙述的是发表次序。按故事时序，则《鹤惊昆仑》为第一部，以下依次为《宝剑金钗》《剑气珠光》《卧虎藏龙》《铁骑银瓶》。

死》)《鹤惊昆仑》和《彩凤银蛇传》里的"缺陷"是女主人公的死亡和男主人公的悲凉；《宝剑金钗》《卧虎藏龙》《铁骑银瓶》里的"缺陷"都不是男女主角的死亡，而是他们内心深处永难平复的创伤；《风雨双龙剑》和《洛阳豪客》则用一抹喜剧性的亮色，来反衬这种悲怆和内心伤痕。

王度庐把侠情小说提升到心理悲剧的境界，为中国武侠小说史做出了一大贡献。正如弗洛伊德所说："这里，造成痛苦的斗争是在主角的心灵中进行着，这是一个不同冲动之间的斗争，这个斗争的结束绝不是主角的消逝，而是他的一个冲动的消逝。"①这个"冲动"虽因主角的"自我克制"而消逝了，但他（她）内心深处的波涛却在继续涌动，以致成为终身遗恨。

李慕白，是王度庐写得最为成功的一个男人。

有人说，李慕白是位集儒、释、道三家人格于一身的大侠；这是该评论者观赏电影《卧虎藏龙》的个人感受。至于小说《宝剑金钗》里的李慕白，他的头上绝无如此"高大上"的绚丽光环——古龙说得好：王度庐笔下的李慕白，无非是个"失意的男人"。

在《宝剑金钗》里，李慕白始终纠结于"情"和"义"的矛盾冲突之中，他最终选择了舍情取义，但所选的"义"中却又渗透着难以言说的"情"。手刃巨奸如囊中取物，李慕白做得非常轻易；但是他却主动伏法，付出的代价极其沉重。他做这些都是自愿的，又都是不自愿的。出发除奸之前，作者让他在安定门城墙下的草地上做了一番内心自剖，这段自剖深刻地展示着他的"失意"，这种心态可以概括为三个字——"不甘心"。

在本《大系》所收"早期小说与杂文"卷中，读者可以见到王度庐用笔名"柳今"所写的一篇杂文《憔悴》，其中有段文字，所写心态与上述李慕白的自剖如出一辙。读者还可见到，《红绫枕》里男主角戚雪桥为爱

① 弗洛伊德：《戏剧中的精神变态人物》，张唤民译，载《二十世纪西方美学名著选》（上），复旦大学出版社，1987，第410页。

人营墓、祭扫时的一段内心独白，其心态又与柳今极其相似。于是，我们看到了王度庐、柳今、戚雪桥（还有一些其他角色，因相关作品残缺而未收入《大系》）与李慕白之间的联系——李慕白的故事，是戚雪桥们的白日梦；戚雪桥、李慕白们的故事，则是柳今、王度庐的白日梦。

不把李慕白这个大侠写成一位"高大上"的"完人"，而把他写成一个"失意的男人"，这是王度庐颠覆传统"侠义叙事"，为中国武侠小说史做出的又一贡献。

玉娇龙，是王度庐写得最为成功的一个女人。

玉娇龙的性格与《古城新月》里的祁丽雪有相似之处，但是她的叛逆精神更加决绝、更加彻底。为了自由的爱情，她舍弃了骨肉的亲情。同时，她也舍弃了贵胄生活，选择了荆棘江湖；舍弃了城市文明，选择了草莽蛮荒。

对玉娇龙来说，最难割舍的是亲情；最难获得的，是理想的婚姻。她发现自己选择罗小虎未免有点莽撞，所以又离开了他。她获得了自由的爱情，却在事实上拒绝了自由的婚姻。这与其说反映着"礼教观念残余""贵族阶级局限"，不如说是对文化差异的正视。尽管如此，这位"古代娜拉"并未"回家"，而是毅然决然地踏上一条不归路。这条路是悲凉的，同时又是壮美的。

玉娇龙和李慕白都是"跨卷人物"。《剑气珠光》里的李慕白写得不好，因为背离了《宝剑金钗》中业已形成的性格逻辑。《铁骑银瓶》里的玉娇龙则写得很好，她青年时代的浪漫爱情，此时已经升华为伟大的、无私的母爱。她青年时代的梦想，终于在爱子和养女的身上得以成真，但是他们携手归隐时的心态，也与母亲一样充满遗憾。

王度庐的上述成就，都是源于对传统武侠叙事的扬弃，这也使他的武侠悲情小说拥有了现代精神。

王度庐又是一位京旗作家。

清朝定都北京之后，即将内城所居汉人一律迁出，由八旗分驻内城八区。王度庐家住地安门内的"后门里"，属于镶黄旗驻区，其父供职于内务府的上驷院。内务府是一个由满洲上三旗（镶黄、正黄、正白旗）内"从龙包衣"①组成的机构,专门管理皇家事务。由此可知,王氏当属编入满洲镶黄旗的"汉姓人",这一族群不同于"汉人""汉军",满人把他们视为同族②。

满人崛起于白山黑水之间,性格刚毅尚武,自立自强,粗犷豪放。入关定鼎之后,宴安日久,八旗制度的内在弊端开始呈现,"八旗生计"问题日益突出,以致最终导致严重的存亡危机。王度庐出生时,恰逢取消"铁杆庄稼"(即旗人原本享受的"俸禄"),父亲又早逝,全家陷于接近赤贫的境地。他的早期杂文经常写到"经济的压迫","身世的漂泊,学业的荒芜",疾病的"缠身",始终无法摆脱"整天奔窝头"的境况。他的许多社会小说及其主人公的经历、心境,也都寄托着同样的身世之感和颓丧情绪。这种刻骨铭心的痛楚,蕴含着当时旗人不可避免的噩运,汉族读者是难以体会这种特殊的苦痛的。

同时,王度庐又十分景仰旗族优秀的民族精神。他的作品,明确书写旗人生活的有十多部;他所塑造的许多旗籍人物身上,都寄托着他对民族精神的追忆和期许。

从这个角度考察玉娇龙,首先令人想到满族的"尊女"传统。满族文史专家关纪新认为,这一传统的形成,至少有四点原因:一、对母系氏族社会的清晰记忆;二、以采集、渔猎为主的传统经济,决定了男女社会分工趋于平等;三、入关之前未经历很多封建化过程;四、旗族少女在理论上都有"选秀入宫"机会,所以家族内部皆以"小姑为大"。③玉娇龙那昂扬的生命力,正是满族少女普遍性格的文学升华。《宝刀飞》可能是第一部把入宫前的慈禧,作为一位纯真、浪漫而又不无"野心"的旗族姑娘加以描绘的小说。作者以"正笔"书写入宫前的她,用"侧笔"续写成为"西宫娘娘"之后的她,沉重的历史

---

① "包衣",满语,意为"家里人",在一定语境下也指"世仆""仆役";"从龙",指从其祖先开始就归皇帝亲领。王度庐在一份手写的简历里说:父亲在清宫一个"管理车马的机构"任小职员,这个机构当即内务府所属之上驷院。

②按:"满人"专指满族;"旗人"这一概念则涵括满洲、蒙古、汉军三个八旗的所有成员,其内涵大于"满人"。

③参阅关纪新:《多元背景下的一种阅读——满族文学与文化论稿》,辽宁民族出版社,2013,第219页。

感里蕴含几分惋惜，情感上极具"旗族特色"。

在《宝剑金钗》和《卧虎藏龙》里，德啸峰虽非主人公，却可视为旗籍"贵胄之侠"的典型。他沉稳、老练，善于谋划，善于掌控全局，比李慕白更加"拿得起、放得下"。他的身上比较完整地体现着金启孮所说京城旗人游侠的三个特征：一、凌强而不欺下，一般人对他们没有什么恶感。二、多在八旗人居住的内城活动，没什么民族矛盾的辫子可抓。三、偶或触犯权势，但不具备"大逆不道"的证据，故多默默无闻。[①]铁贝勒、邱广超和《彩凤银蛇传》里的谢慰臣都属此类人物。

进入民国之后，由于政治、经济原因，京中旗人的精神状态呈现更趋萎靡甚至堕落之势（《晚香玉》里的田迂子即为典型），但是王度庐从闾巷之中找到了民族精神的正面传承。《风尘四杰》实际写了五个"闾巷之侠"——那位"有学有品而穷光蛋"[②]的"我"，也算一个"不武之侠"。作者清楚地认识到：虽然早非"侠的时代"，但是天桥"四杰"[③]身上那种捍卫正义，向善疾恶，刚健、豁达、坚韧、仗义、乐观的民族精神，却是值得弘扬光大的。这已不仅仅是对旗族的期许，更是对重振中华民族传统美德的期许。

凡是旗人，都无法回避对于清王朝的评价。王度庐在杂文里认为，"大清国歇业，溥掌柜回老家"[④]乃是历史的必然，人民期盼的是真正实现"五族共和"。他更在两部算不上杰作的小说中，以传奇笔法描绘了两位清朝"盛世圣君"的形象。《雍正与年羹尧》里的胤禛既胸怀雄才大略，又善施阴谋诡计。他利用"江南八侠"的"复明"活动实现自己夺嫡、登基的计划，又在目的达到之后断然剪除"八侠"势力。但是，他对汉族的"复明"意志及其能量日夜心怀惕惧，以至"留下密旨，劝他的儿子登基以后，要相机行事，而使全国

①参阅关纪新：《老舍与满族文化》，辽宁民族出版社，2008，第80页。
②语见王度庐早期杂文《中等人》，原载于北平《小小日报》1930年4月5日"谈天"栏，署名"柳今"。
③民国初年，"天坛附近的天桥大多数的女艺人、说书人、算命打卦者都是满人"。转引自关纪新：《老舍与满族文化》，辽宁民族出版社，2008，第122页。
④语见王度庐早期杂文《小算盘》，原载于《小小日报》1930年5月20日"谈天"栏，署名"柳今"。

恢复汉家的衣冠"。书中还有一位不起眼的小角色——跟着胤祯闯荡江湖的"小常随",他与八侠相交甚密,又很忠于胤祯。"两边都要报恩"的尖锐矛盾,导致他最终撞墙而殉。作者展示的绝不限于"义气",这里更加突出表现的是对汉族的负疚感和对民族杀伐史的深沉痛楚。王度庐对历史的反思已经出离于本民族的"兴亡得失",上升为一种"超民族"的普世人文关怀。《金刚玉宝剑》中的乾隆,则被写成一个孤独落寞的衰朽老人,这一形象同样透露着作者的上述历史观。

满族入关后吸收汉族文化,"尚武"精神转向"重文",涌现出了纳兰性德、曹雪芹、文康等杰出满族作家,其中对王度庐影响最大的是纳兰性德。"摇落后,清吹那堪听。淅沥暗飘金井叶,乍闻风定又钟声。"①纳兰词的凄美色调,融入北京城的扑面柳絮和戈壁滩的漫天风沙,形成了王度庐小说特有的悲怆风格。

旗人的生活文化是"雅""俗"相融的,王度庐继承着旗族的两大爱好:鼓词(又称"子弟书""落子")和京剧。他十七岁时写的小说《红绫枕》,叙述的就是鼓姬命运,其中还插有自创的几首凄美鼓词。至于京剧,据不完全统计,仅在《落絮飘香》《古城新月》《晚香玉》《虞美人》《粉墨婵娟》《风尘四杰》《寒梅曲》七部小说中,写及的剧目已达九十六折②之多!作为小说叙事的有机内涵,王度庐写及昆曲、秦腔、梆子与京剧的关系,"京朝派"(即京派)与"外江派"(即海派)的异同,"京、海之争"和"京、海互补",票社活动及其排场,非科班出身的伶人、票友如何学戏,戏班师傅和剧评家如何为新演员策划"打炮戏",各色人等观剧时的移情心理和审美思维……他笔下的伶人、票友对京剧的热爱是超功利的,而她(他)们的社会角色和物质生活则是极功利的——唯美的精神追求与惨淡的现实生活构成鲜明反差,映射着

---

①纳兰性德:《忆江南》——当年王度庐与李丹荃相爱,曾赠以《纳兰词》一册,李丹荃女士七十余岁时犹能背诵这首词。

②由于现存《虞美人》和《寒梅曲》文本均不完整,所以这一数字是不完整的。而未列入统计对象的《宝剑金钗》《燕市侠伶》等作品中,也常含有京剧演出、观赏等情节,涉及剧目亦复不少。

人性的本真、复杂和异化。他又善于利用剧情渲染故事情节和人物情感，例如《粉墨婵娟》中，凭借《薛礼叹月》和《太真外传》两段唱词，抒发女主人公不同情境下的不同心绪，展示着"戏如人生、人生如戏"的微妙契合，极大地增强了小说的诗意。

入关以后，旗人皆认"京师"为故乡，京旗文学自以"京味儿"为特色。王度庐的小说描绘北京地理风貌极其准确，所述地名——包括城门、街衢、胡同、集市、苑囿、交通路线等等，几乎均可在相应时期的地图上得到印证。《宝剑金钗》《卧虎藏龙》主人公的活动空间广阔，书中展示清代中期北京的地理风貌相当宏观，又非常精细。玉娇龙之父为九门提督，府邸位置有据可查，作者由此设计出铁贝勒、德啸峰、邱广超府第位置，决定了以内城正黄旗、镶黄旗（兼及正红旗、正白旗）驻区为"贵胄之侠"的主要活动区域。李慕白等为江湖人，则决定了以"外城"即南城为其主要活动区域。两类侠者的行动则把上述区域连接起来，并且扩及全城和郊县。《落絮飘香》《古城新月》《晚香玉》《虞美人》等社会小说中，主人公的活动空间相对狭小，所以每部作品侧重展示的是民国时期北平城的某一局部区域：或以海淀—东单—宣内为主，或以西城丰盛地区—东单王府井地区为主，等等。拼合起来，也是一幅接近完整的"北平地图"。上述小说之间所写地域又常出现重合，而以鼓楼大街、地安门一带的重合率为最高。作者故居所在地"后门里"恰在这一区域，在不同的作品里，它被分别设置为丐头、暗娼等的住地。这里反映着作者内心深处存在一个"后门里情结"，他把此地写成天子脚下、富贵乡边的一个小小"贫困点"，既体现着平民主义的观念，又是一种带有幽默意味的自嘲。

王度庐小说里的"北京文化地图"，是"地景"与"时景"的融合，所以是立体的、动态的。这里的"时景"，指一定地域中人们的生活形态，包括节俗、风习。无论是妙峰山的香市、白云观的庙会、旗族的婚礼仪仗、富贵人家的大出丧、"残灯末庙"时的祭祖和年夜饭、北海中元节的"烧法船"，乃至京旗人家的衣食住行，王度庐都描写得有声有色、细致生动。这些"时景"与故事情节融为一体，成为展示人物性格、心理的重要手段；同时也颇具独立的民俗学价值。王度庐在小说里常将富贵繁华区的灯红酒绿与平民集市里的杂乱喧闹加以对比，而对后者的描绘和评论尤具特色。例如，《风尘四杰》里是这样介绍天桥的："天桥，的确景物很多，让你百看不厌。人乱而事杂，技艺丛集，藏龙卧虎，新旧并列。是时代的渣滓与生计的艰辛交织成了这个地方，在无情的大风里，秽土的弥漫中，令你啼笑皆非。"他笔下的天桥图景，喷发着故都世俗社会沸沸扬扬的活力和生机，嘈杂喧嚣而又暗藏同一的内在律动；它与内城里的"皇气""官气"保持着疏离，却又沾染着前者的几分闲散和慵懒。这又是一种十分浓厚、相当典型的"京味儿"！

"京味儿"当然离不开"京腔"。王度庐的语言大致是由两部分组成的：叙事以及文化程度较高角色的口语，用的是"标准变体"，即经过"标准化处理"的北京话，近似如今的"普通话"；底层人物的语言，则多用地道的北京土语，词汇、语法都有浓厚的地域特色，比一般的"京片儿"还要"土"。故在"拙""朴"方面，他比一些京派作家显得更加突出。

由于众所周知的原因，王度庐的作品散佚严重，这部《大系》编入了至今保存完整或相对完整的小说二十余种，另有一卷专收早期小说和杂文。

笔者认为，1949年前促使王度庐奋力写作的动力当有三种：一曰"舒愤懑"；二曰"为人生"；三曰"奔窝头"。三者结合得好，或前二者起主要作用时，写出来的作品质量都高或较高；而当"第三动力"起主要作用时，写出来的作品往往难免粗糙、随意。当然，写熟悉的题材时，质量一般也高或较高，否则，虽欲"舒愤懑""为人生"，也难以得到理想的效果。是否如此，还请读者评判、指正。

徐斯年

二○一四年十一月于姑苏香滨水岸

凡 例

1.《落絮飘香》

1939 年 4 月至 1940 年 2 月连载于《青岛新民报》,署名"霄羽"。1948 年 9 月由上海励力出版社印行单行本,分为 4 册:《落絮飘香》《琼楼春情》《朝露相思》《翠陌归人》。本版恢复为一册,据单行本排印。

2.《古城新月》

1940 年 2 月至 1941 年 4 月连载于《青岛新民报》,署名"霄羽"。1948 年至 1950 年由上海励力出版社印行单行本,分为四册:《朱门绮梦》《小巷娇梅》《碧海狂涛》《古城新月》。本版恢复为一册,据单行本排印。

3.《海上虹霞》

1941 年 4 月至 8 月连载于《青岛新民报》,署名"霄羽"。1949 年由上海励力出版社印行单行本,分为两册:《海上虹霞》《灵魂之锁》。本版恢复为一册,据单行本排印。

4.《晚香玉》

1947 年 5 月至 1948 年 1 月连载于《青岛时报》,署名"绿芜"。1948 年由上海励力出版社印行单行本,分为两册:《绮市芳葩》《寒波玉蕊》。本版恢复原名,据单行本排印。

5.《粉墨婵娟》

1948年2月至7月连载于《青岛时报》,署名"绿芜"。1948年由上海元昌印书馆印行单行本,分为两册:《粉墨婵娟》《霞梦离魂》。本版恢复为一册,据单行本排印。

6.《风尘四杰·香山侠女》

《风尘四杰》,1948年2月起,连载于《岛声旬刊》,署名"佩侠"。1949年由上海励力出版社出版单行本。本版据单行本排印。

《香山侠女》,1949年由上海励力出版社出版单行本,未见连载。本版据单行本排印。

目录

第一回　朗月华灯买花怜少女
　　　　蓬门陌巷压线感华年

　　夏天来了,所有的浓桃艳李,娇媚的海棠,富贵的牡丹,都随着春光逝去,红粉缤纷,碎锦一般的落满了地,令多情的人惋惜。仿佛一个繁华美丽的世界,转眼成空,至少是一切好看的东西都没有了,造物的妙笔写得穷尽了,又像是一场好戏唱完了;继之者是骄阳似火,热气闷人的长夏,这就仿佛是向人说"春天你也乐够了,该受一点罪了。"

　　是的,到了夏天,就拿花儿说吧,除了石竹之类的一些草花,和非得在池塘才能看见的那"可远观而不可亵玩焉"的莲花,还有什么好看的呢? 柳树也不开花儿了,只弄些长丝,摇摇曳曳的,如同向你摆手,仿佛是说:"没有了! 春天那些好玩的东西都没有了! 你还别烦气,这夏天算是好的,以后就是秋冬,一季不如一季,你还想看花? 等着冬天看雪花吧! "

　　夏天确实是苦闷的,不像春天那么舒服,但你若有钱,再住在大城市,依旧能够随处买得到"春风"。娇小玲珑而可爱的花,夏天也不是没有,但须你留心去物色,譬如在北平,夏天最常见的花是晚香玉。

　　由这里我想起来一件故事,是在战前。北平城内后门大街,鼓楼前,两边的人行道,摆着许多小摊,到了夏天,其中就有卖晚香玉的,那真可以说是价廉而物美! 在南风熏暖之下,北平的太太、姑娘、少奶奶们,发上至少都要戴上几朵这种花,拿那"半面俏"的小扇子扇着,把一阵阵的香风儿送进不相干的人的鼻孔。卖晚香玉的小摊旁，看摊的多半还是女人，尤其是大姑娘。在电石的小灯儿之下，白色的光圈照着白色的小朵的晚香玉，更照着明眸皓齿的卖花姑娘。无论是新诗人或旧诗人，看见了此景，也得作一首诗，可是伧俗的人，有时也因为买花，一言不合，而打起架来。这就是"人与人不同"之故。现在我要说的就是由买花打架而起的一件事情。

这一天还是一个月夜，月光照着鼓楼和地安桥，这两座伟大的建筑物。马路上的电车已经稀少了，绸缎百货店的"无线电"也唱完了，卖冰激凌、酸梅汤的铺子也上了门板，独有卖花的摊子旁，田二姑娘还没有收摊。田二姑娘乳名叫"二玉"，她是个十七岁的处女，不小啦，不像小的时候跟着她爸爸做小买卖，一点儿也不知道难为情；现在，她竟然觉着做这种事情，有些不惯。她倒不是怕遇见熟人，而是最怕遇见生人！这种心理是很复杂的，她自己也战胜不了，所以最怕她的爸爸叫她看摊。白天，她倒是在家里，可是一到了傍晚，她就得来看摊，把她的爸爸换回家吃饭。她的爸爸田迁子是个有病的人，吃完了晚饭，非得在家里睡一个觉，这个觉有时可就得睡两三个钟头。今天更晚了，直到这时候还不来，也许就睡下去了吧；可是她一个人，怎么收摊？因此她很着急，想要回去叫她的爸爸，可又离不开身。

街上的人越来越少了，月光可倒更亮。电石的灯光慢慢地缩小了。摊上，瓷盘子里水泡着的十几朵晚香玉，一朵一朵地躺着，也仿佛睡着了。她不住地皱眉，心说："还不来！这是怎么啦？"她又想起她的妈前天由公馆回来，悄悄地跟她爸爸说的那些她没有听清楚也不好问的话，她就更烦，这种烦在一年前，她还没有，如今，自己也觉得是变了。

在这时候居然还有两个人来问花，两个还都是男的，还都穿着洋服，她就不大乐意。她故意低着头，连看也不看，就听一个男的说："这花，怎么卖呀？"她还没有答话，就见一个光穿着衬衫和裤子的，用手拉这问价钱的穿着一身雪白洋服的人，说："买这干吗？你往哪儿戴？"这人笑着说："不会在这儿戴吗？"他由盘里捏起一朵晚香玉，在他那洋服上身的胸领上比了一比，很是得意，二玉看见他那儿带着一个小小的徽章。这个人的洋服真比晚香玉还白，脸也是又白又圆，非常讨厌。他又问说："喂！到底怎么卖呀？还有新鲜的吗？"说话很不客气。

二玉依然不用正眼看他，坐在小凳上也不站起，就说："没有啦！都卖完啦！就剩下这几朵啦，要要，就一块儿都拿去，一毛钱！"心里希望他不要，而这个穿白洋服的却又笑了，说："喝！倒真会做买卖，论毛的？干脆给十个铜子吧，卖不卖？"说着，他就把眼睛盯在了二玉的脸上。二玉躲避着灯光和这人的目光，生气地说："卖不着！"

旁边，那个穿衬衫的，高鼻梁、大眼睛的人，还知道一点"眼色"，就又拉他，说："走吧！走吧！回去吧！买这个有什么用？"

而这人却偏偏地要买，可又不直截了当地买，故意把这十几朵晚香玉批评来批评去，说什么："锈了，都快干啦，大概都晒了一天啦！还不贱点卖？嗨！你可真会做买卖！"二玉气得不看他，他却依旧捏捏这朵，又动动那朵，临了，他挑选出来五六朵，说："我就要这几朵，应该多少钱？卖花的，你说一个价钱吧？"二玉说："也是一毛，少了不卖！"这人说："哈！全拿去是一毛，买几朵也是一毛，你是怎么算的呀？是用珠算算的，还是用笔算算的呀？"说着他又翻动着这几朵花。

这时，田迁子已经来了，看了这种情形，就说："喂喂！你倒是买不买？不买别动，我们要收摊了！"田迁子说的确不像买卖话，声音也很暴，他是刚睡醒了觉，所以精神充足，又因为闹病，脾气也非常不好。何况分明看得出来，穿洋服的这小子，哪儿是想买花，简直是成心要骨头！

田迁子把这个人说的一怔，瞪着眼睛看着他，又向他女儿怒冲冲地说："收摊！咱们不卖啦！"他赌着气，把盘子连花都装在竹篮里，又"空隆空隆"地拆铺板，拿板凳，吹灭了电石灯。而这时那穿白洋服的人也叫他那朋友给拉走了，算是要打架，而没有打起来。

田迁子平日不因为什么还要生气，何况今天，眼看着女儿受了这么个小子的调戏、侮辱？本来他看见穿洋服的就有气，于是就抱怨女儿说："你早就该收摊！"

二玉的气也不打一处来，说："您不来，我一个人可怎么收摊？"田迁子扛起两块铺板，又夹起两条腿儿都活动了的板凳，说："你收了摊在旁边坐着,等我!"二玉挎起竹篮,拿着个凳儿说:"明儿咱们就这么办!只要您去吃饭,过了一个钟头还不回来,我就收摊!"

田迁子说:"明儿?明儿咱们的摊子就不摆啦!"二玉就小声地叨念着说:"您爱摆不摆,别跟我说……"她委屈得流下了眼泪。她的爸爸倒像是生了她的气,拿着东西在前面吭吭地走,她也拿着相当沉重的东西,在后面跟着。

这时月色更明,鼓楼的巨大的黑影投在地面上,如同压着二玉的心,地面更是坑坎不平。又走了几步,忽然田迁子站住了,原来是板凳的腿儿掉下来了,田迁子就"啪哒"一声把铺板都摔在了马路上,气哼哼地站在那里发呆。可是待了一会儿,他又弯下腰,由地下拾起来板凳腿儿,再去用胳臂夹板凳,用手拿铺板,可是他的两手简直就拿不过来,气得他说:"明儿,我把这些东西都扔了!我投河去!"

二玉赶紧放下竹篮,先拿袖子擦擦眼泪,就赶紧上前去帮助她的爸爸,并说:"爸爸,您着什么急呀?您的病刚好一点,禁得住这样自己生气吗?"她的声音不再像刚才那样地倔强了,是很悲切的,她又哭了,腾出手来又用袖子擦眼泪。同时她无意之中一回头,看见身后边不远,还有那个穿白洋服的跟那个穿衬衫的人的身影,把她吓了一跳。幸亏她的爸爸没有看见,而她也没敢言语。

就这样,回到鼓楼后一条肮脏的胡同里,她的家门前。她的爸爸田迁子就把胳臂夹的,手里拿的东西全都扔在门口,推开门,气哼哼地就进去了,什么全不管了。二玉就先把自己拿着的花篮和小凳送回屋里,然后她再出来拿铺板,拿板凳,拾板凳腿儿。

明洁的月色照穿了这条小巷,巷里一个人也没有,她很害怕。只有隔壁陈家养着的那条大狗"老黑",过来用鼻子闻她,还把两条前爪儿搭在她的身上,她打了"老黑"一下,说:"去!"就赶紧分两次把摊子上收回来的这些家具,拿到了院里。同院的邻居都已经睡了,只有他们住的那间小屋,纸窗上,有新点起来的黯淡灯光。她急急地把大门关好,上了门闩,又搬过来石头顶上。此时她也累得喘吁吁的,这才进屋。

她住的屋子是很小的,里边除了造饭用的一些简单破旧的用具,和一张小竹榻，就几乎没有什么了。煤油灯放在水缸的盖儿上，玻璃罩子是已碎了的，而用纸粘着，灯苗比豆子还小。田迂子就躺在竹榻上，扒下了两只破袜子，往旁边一扔，他的气似乎比刚才更大了，吓得二玉也不敢言语，就轻轻地又关好了屋门。

田迂子这时才细问："刚才到底是怎么回事？那两个穿洋服的小子是干什么的？"

二玉说："我哪儿知道？我又不认识他们！"

田迂子说："得啦，反正你也有错处！不然，别的摊子上也有姑娘看着，怎么唯独咱们……出了是非？"

二玉一听，真觉着心里发堵，可是又不愿跟她爸爸分辩，怕招得嚷闹起来，又得叫同院的邻居都知道了，所以，她就忍气吞声地一句话也不说。

田迂子坐起来，"老夫子"似的指着女儿，说："姑娘家，应当学着端重！你自己要是正正气气，别人也就不敢小瞧你。咱们摆小摊，是为生活所迫，没有法子，你……譬如你要是有个哥哥，我就绝不能让你出头露面！咱们虽然穷，可是有名有姓儿，咱们家中没有不要脸的姑娘！"

二玉含着眼泪说："您说的这是什么话呀？"

田迂子"啪"地打了自己一个大嘴巴，说："总怪我不好！我小子自己没出息！在好年头儿的时候，有钱粮有米，我什么事也不干，整天地提着鸟笼子耍大爷，皇上没有了，我也完了。可是我也不是坐吃山空呀？我也能屈能伸，在机关当了两年的听差，我低下头去伺候人，从不说我是怎么早先家里也是使奴唤婢，人得到哪时说哪时么！你爸爸不是不爱惜你，我也不是老顽固，那时候我就送你到女子小学读书，现在，假如我还有那个事，哪怕是家里天天吃窝头呢，我也愿意送你上中学。现在不是不行了吗？指着你那个继母娘，在外头佣工，死逼活要，才拿回家里的那几个子儿，还够咱们爷儿俩喝粥的……"

二玉擦着眼泪说："您说了多少次啦？"

田迂子说："不是，不说你老是不明白。我摆小摊，是为维持咱们的家用，我不能指着娘们儿给我挣钱养活我，我将本图利，你不是主顾，我就还是大爷。不说我也知道,哪一个姑娘愿意跟她爸爸在街上受穷风呢?早先我卖炸糕、凉粉的时候,都不用你帮助我,现在不是我又有病,挑不动那份担子了吗?这才没法子,有时候叫你去替我看看摊儿。"

二玉实在忍耐不住了,就说:"我也不是没去看摊儿呀?"

田迁子把嘴一撇,说:"看摊?看摊还用得着在脸上抹两块黄胭脂?用得着裤腿儿那么肥,袖子那么短,自己头发上还先戴上两朵晚香玉?是做广告吗?我都知道,你是跟……"他狠狠地指着窗户,悄声地说:"你是跟西屋里那个丫头学坏啦!你不想想,她们家里是干什么的……"

二玉说:"谁跟她学啦?人家姓人家的谭,我姓我的田,我学她干吗?"

田迁子说:"那你学谁啦?反正咱们家里祖宗三代,咱们的老亲旧友,都没出过你这样儿的姑娘!"

二玉说:"那……那叫我死去!"

田迁子说:"你也用不着死,以后你就听你爸爸点儿话,打扮得朴素一点,别在看摊那儿招惹些个穿洋服的……"

二玉抽搐着痛哭,本想说:"那也不是我给招来的。"可是连这样的话她也说不出来,她只能忍受着委屈,不加分辩,她的心就像整个浸在苦液里。

田迁子教训完了女儿,就又躺下了。二玉还不敢多哭,擦擦眼泪,换了一身睡觉穿的旧衣,就吹灭了灯。她躺在那有很多臭虫的炕上,掩着破旧的棉被,又伤心了一会儿,就也睡去了。在梦里她梦见了许多恶劣的幻景,倒是没有梦见那个穿白洋服的,却恍惚梦见了那穿衬衫的高鼻梁大眼睛的人,醒来觉得很奇怪,她自己也不解。

次日 清早,同院南屋住着的刘大叔,就来叫他们的屋门。刘大叔也是卖晚香玉的,不过他卖的是整棵,连根带叶,专为卖给"公馆人家"在盆里栽种的。他的"买卖"比较大,每天清早,必要到隆福寺花厂子去趸货,所以,田迁子摊上摆的那点货,就全是托他给稍带着趸来的。现在他又来问:"还要带点货不带啦?"

二玉赶紧起来开了门,回头看看她的爸爸在竹榻上睡得正香,她也不敢去惊动，就自己想了一想，拿了昨天卖来的一点钱，托刘大叔稍微买一点货。刘大叔说："你们多买一点好不好？有冰冰着，不会坏。现在白玉兰、茉莉也都下来了，价钱也不算贵，为什么不多预备两样？到了晚上，后门大街的人不少，有些买主。"二玉却摇着头，说："我们的买卖不好。"

刘大叔说："你爸爸他不行，那脾气，什么买卖也做不好！昨儿晚上又为什么？他回来，我就听咣啷咣啷地直摔东西，在屋里又跟你唠叨，他穷疯了吧？可真叫街坊笑话！你是明白孩子，由你梳小辫时我看你长大了的，你没一样儿不好，就是摊着了这么个爹爹，那么个娘。你别着急，我认得好几个大公馆，连女学堂都买我的花，慢慢的，我给你找个事，离开他们！"这个有点驼背的老卖花的，就挑着他的空担子，出门去了。

因为刘大叔的话，惹得二玉更是伤心。十七岁的她，在这家庭中实在受尽了折磨和痛苦。从她小的时候，人就都说她可爱，心眼聪明，长得好看，就在这由衰败而至极贫困的生活之中，她渐渐发育长大，长成了个美人。"哟！小美人儿！"这虽是西屋住的谭家姑娘对她说的妒嫉的话，可她也相信自己美。她跟一般女孩子同样的，在可能的范围内，趋时的打扮，她由对门的小织袜厂里常揽些缝袜子的工作，自己偷偷地积几个钱，撕点花洋布，买盒胭脂，谁想这也能挨她爸爸的说！

从今天起她决定不"打扮"了，但是，她仍洗净了脸，刷净了牙，梳好了她那长长的乌黑的辫子。这辫子依着她早就剪去了，但她爸爸不让剪。昨夜由鬓边摘下来的两朵晚香玉，都已枯萎了，显得那么憔悴、可怜。

到九点多钟，田迁子方才起来，昨晚的气好像还没消，坐着发怔不说话。二玉生着了火，烧开了水，沏了一盖碗茶。她爸爸连饭都可以不吃，而这个必须是讲究的小叶茶。她恭恭敬敬地送到她爸爸的床边，并说："爸爸您喝茶吧！"可是田迁子理也不理。

二玉不敢耽误工夫，赶忙做窝头。他们连蒸笼屉也没有，只将个铁锅坐在火炉上，摆上几根筷子，铺上一块旧布，在这上面就蒸上几个

"杂合面"捏成的,像个小小坟头,底下可有个洞的"窝窝头",然后在上面再扣一个旧锅。都弄好了,她等待着窝头做好,就上炕头去盘腿坐着,缝洋袜子。这是袜子在出厂以前必经过的一道手工,她缝一打,才挣六个铜子,合一分半钱,然而她能够耐着心地一针一针地穿那袜子上微小的线孔。这时田迁子就到院里"吧吧"地钉那板凳腿。

刘大叔回来了,给他们带着趸来了一蒲包儿的晚香玉,还说:"你们得预备点花叉子,姑娘的手又巧,买点铜丝自己做就行。做买卖嘛,就得什么都预备着。"又说:"你爸爸他卖惯了油糕、凉粉,干这个真是外行,姑娘你得常留心一点!"二玉点点头,微笑着答应。

田迁子手持着钉锤进了屋,直眉竖目地问说:"谁的主意又趸?不是从今儿起大家挨饿,不摆摊儿了吗?"

刘大叔把他推开,说:"老哥哥你是怎么啦?你有这么好的姑娘,还不知足?"二玉一听这话,不禁又落下辛酸的眼泪。

田迁子说:"我没逼她,我是恨我自己个儿,要是有皇上的时候……"

刘大叔气得真仿佛要打他,说:"皇上?别说没皇上了,就是有皇上也没你的福享!你是怎么啦?穷糊涂啦?"

田迁子说:"我穷不糊涂,我越穷越明白,这年头儿,无论老的跟少的,心……"

刘大叔说:"得啦!我还得做买卖去啦,犯不上跟你怄气。你也闯过、混过,干吗在家里撒脾气?好朋友外头想办法去,没办法就得受着!"

田迁子说:"我受不了!我一定得投河去!"

刘大叔说:"你去投啊!你手里还拿着钉锤呢,冲自己的太阳穴砸几下,还不是一样死?我决不拦住你。可是,人受了穷,得自己认命,别拿着儿女撒气!姑娘,别理你爸爸!"

刘大叔"大不赞成"地出屋去了,二玉一声也没敢言语,只赶紧收拾这些趸来的晚香玉。田迁子倒也怪,叫刘大叔数落了一顿,他倒什么事也没有了。喝了他的一碗小叶茶,又自己跑出去买了一手心的"刮骨肉",窝头也蒸好了,他就就着肉吃,吃完了却又唉声叹气的,叫二玉帮着他摆摊子去了。

照旧在后门大街摆上了他们卖晚香玉的摊儿,天气很热,二玉就赶紧回到家里。才一进屋,就见西屋住的谭家的姑娘,正在她的炕边坐着,一看见她,就拉住她说:"我告诉你!嗳哟嗳哟,现在有一件想不到的事!"二玉却一点也不惊异,因为这个名字叫谭素素的姑娘,向来是爱这么大惊小怪的。

谭素素比二玉大四岁,身子可高胖得多,穿着箍身的时髦的粉红衣裳,她那梳着两个刷子一样的小辫,两只眼睛全都是"大疤癞眼",露着红眼皮,像石榴似的。她今儿可真许有点事,又万分地作难,千分地害羞,才说:"我倒是说不说呢?真难死我了!"她皱着眉,托着腮帮子想了半天,才一跺穿着高跟鞋的脚说:"咳!告诉你也不要紧,你可千万别跟人说!你要告诉人,我可就恼了你啦,你得起誓!"

二玉不耐烦地说:"什么事呀?你爱说不说,我不能够起誓!"谭素素哼哼着,像个小女孩似的,过来压低声说:"你不起誓,叫我不放心!回头,我实心实意地告诉你啦,你又许向别人说,叫别人都知道我的秘密啦……"二玉不理她,照旧坐在炕边,低着头缝袜子。

谭素素却低着一对疤癞眼,含羞带笑地说:"我不告诉你,心里又闷得慌!因为咱们俩是知心的人……是这么一回事,刚才不大一会儿,我在门口儿,瞧见一个穿白洋服的……"二玉吃了一惊,赶紧停住了针线,把头抬起来,脸也不由得一阵热。

谭素素的脸跟一块大红布似的,两只疤癞眼一挤一挤的,低声又说:"那个人年纪不大,洋服上一个泥点儿也没有,留着博士头,胡同外还停着一辆摩托车哩!他走进了胡同,直往咱们这个门儿来瞧,又直瞧我。我知道,这是我给招来的,一定是我昨天上美容公司去,他就跟着我来啦!直跟到了咱们的家门。真无聊!这种人多极啦,我就遇见得多啦,可还没有这么不客气的人。你说我可怎么办呀?我到底应该是理不理他呀?咳!真愁死我啦!"说着一头躺在炕上,仿佛她要哭了。她又说:"你说我可怎么办呀?你快给我想个主意呀!那个穿白洋服的,绝没有错儿,一定是为我来的,我可真怕得慌……"其实,二玉倒是很害怕,并且实在厌恶那个人,心乱得她连袜子也缝不下去了。

谭素素躺在炕上，用手直推二玉，说："你倒是给我想个法子呀？你说我可应该怎么办？我真后悔，这几天我不该又一高兴，打扮了打扮，就招出这事来！其实我爸跟我妈，他们也不管我。那个人，我看也不是什么坏人，不过！你说他无事再来了，我可跟他应当怎么说话呀？"

二玉不耐烦地说："你不用说！你不用理他！"

谭素素皱着眉说："可是，我想也不应当太端着架子，这种人总都是诚心诚意，也很可怜的！"

二玉说："那你爱怎么办怎么办去，问我干吗呀？我不愿意听！"素素哼哼了两声，就撇着大嘴说："我知道，你是吃醋！"二玉急着说："你可别在这儿胡说八道的！"

素素说："得啦！以后我不再跟你说啦！还有这样儿的？人家拿你当知心人，才告诉你，你不但不给人想个主意，还给人钉子碰。你看吧！以后你要有点什么事，我可也……"

她的这话，倒叫二玉觉着很是害怕，怕她真要是跟那穿白洋服的人交谈了，打破了她的梦幻，并且知道了那人不是对她，而是对着我，那她不定得多么生气了！她一定要给我去胡嚷嚷，我爸爸又得大闹……

二玉的心里充满着烦恼、忧急，她真没遇过像这样的事！天底下，会有这么缠上人就没结没完的人？那个穿白洋服的人，到底揣的是什么心呢？看他那个样子，这辈子我也不想见他！她气愤愤的，把袜子也缝错了，窟窿都联得不好，她就拆了又重新缝。她的脸上这时也没有一点好颜色，眼皮儿往下低着，绝不理谭素素，更是不说一句话。

素素却仍在她的旁边说着："我要做一件方格的印度纱的旗袍，我妈可总说没有钱，真没有钱吗？我看不见得。我爸爸今天一早回来，就拿回家来七八块钱，都是昨儿一晚上，给小月仙拉胡琴挣的。人家小月仙，有好几个热客，都是什么经理、大老板，花钱简直跟流水儿似的……"

二玉听到这儿，就叹气说："咳，你就别说啦！说这些个干吗呀？"

素素蓦然坐起来，笑着说："得啦！不说啦！我知道，你是个千金小姐！大老板儿，死心眼儿，一脑门子的忠孝节义，看不上像我这样儿的。

我可……这辈子也不能像你！谁爱说我什么就说什么，要叫我天天吃窝头，穿破袜子，我可受不了！那我早就另想法子啦！"

二玉说："人跟人不一样，我爱这样儿！再受点穷，我也不能抱怨谁，我更不羡慕别人。"

素素说："你好啊！你是贤德的人，将来给你挂贞节牌，盖贤孝坊……我知道我是个破破烂烂，我也不在乎，谁爱说谁说，我真到没办法的时候，还许给人当姨太太，还许下窑子呢！"

二玉瞪着眼睛说："你可别在这儿胡说八道的！你走吧！"

素素站起来揪了揪她那粉红旗袍，这本来是小月仙穿剩下的，叫她爸爸拿回来给了她的。她就撇着那鲜红的大嘴，说："走就走！离开您这绣房，别给您沾上我们这股臭气儿！您缝袜子吧，待会儿，龙车凤辇就来接您来啦，接您到正宫里去做娘娘……"

二玉把袜子一摔，皱着眉说："真烦人！你快走吧！你上哪儿玩儿去不行？何必跟这儿，说这些个？"

素素又笑着说："我是不敢出门！出门如遇见那穿白洋服的，他要是正大光明的跟我说倒不要紧，我就怕鬼鬼祟祟的，回头再给我来封信，那可真难住我啦……得啦，咱们别说这些话了，还有一件事，我得叫你给我拿个主意：你说，我买一副黑眼镜好不好？"二玉说："那随你的便。"

素素挤着一对疤瘌眼，笑着说："你看看，你这也不帮帮我的忙！等你将来求着我的时候，我也得拿拿架子！"她嘻嘻地笑着，又悄声地嘱咐说："可是，记住了！刚才我跟你说的，都不许你告诉别人，要不然我一定给你造谣言！说你有这么一件事，有那么一件事，看你受得了受不了？"说着一耸鼻子，表示出凶狠的样子，然后又撒娇似的扭着，就出屋去了，嘴里还娇声唱着："暖和的太阳……金姐，她出嫁啦；银姐，她出嫁了，秋香有谁爱你呢？有谁娶你呢……"她也没把门带上，进来了许多绿头蝇，"嗡嗡"地在屋子里乱飞。

二玉又气又急，赶紧关严了门，拿着个破蝇拍子打了半天，才算把苍蝇打得没有了。她把一堆苍蝇的尸身，用一块旧报纸捏着，扔在院里,再进屋的时候,就觉着眼睛发黑,身上也发软。这天气实在太热了,爸爸又是个病身子,他在那么热的大街上摆着摊,怎能受得住呢? 他虽然脾气不好,可是为了生活,也实在是不容易呀!

谭素素已经回到她那挂有竹帘的很凉快的西屋去了,还在唱着:"可怜的秋香,可怜的秋香……"仿佛是故意唱给二玉听,故意叫二玉生气。

二玉其实也不生气,因为跟谭素素住了差不多快有三年的邻居,已经习惯了,忍受惯了。同时为此也很谅解她的爸爸,心想:不怪爸爸把我看得严,时常地胡疑惑,有这么样的邻居,也实在不能叫他老人家放心。以后我更要自己尊重,叫爸爸放心,也别再跟他常顶嘴了! 二玉自己倒很忏悔,心里也非常地难受,想起来那个穿白洋服的人,更觉着忧虑,简直时时刻刻觉着不安,袜子也缝不下去。

在单调的蝉声,和窗外嗡嗡的苍蝇声里,天色又渐渐地晚了。夕阳返照,她的这间小东房,简直跟个小蒸笼似的。她只好舀来凉水,洗了脸,她仿佛这时才感觉到,家里已经连一条整的洗脸手巾都没有,实在是太穷了! 穷,就应当去找一条生路才对,但是一个年轻的女子,到外边去找生路,恐怕也太难了吧?

她抑郁地沉思着,心里千回万转,不觉着又到吃晚饭的时候了。她自己吃的是上午剩下的窝窝头,却把家里仅存的一点黑面,为她的爸爸烙了一张油加盐的饼,做好了,她就赶紧换上鞋,又拢了拢头发,就去请她的爸爸回来吃饭。

她一出门就很发怯,恐怕那穿白洋服的人在门外等着她,幸喜倒还没有,她就迎着夕阳往后门大街走去。街上穿白衣裳的、穿洋服的原也很多,她看见一个,心里就要紧跳一阵。到了摊子旁,见了她爸爸,还怕自己的神情会被查出来,她就故意地做出镇定的样子,微笑着说:"爸爸! 饭做好了,还给您烙了一张饼。您拿点钱,再买点什么菜吧!"

田迁子说:"还买菜啦? 你瞧,这货一点也没动,从早晨到现在,卖了还不到两毛钱! 这个摊子,还摆什么呀? 你看,花都晒得成什么啦? 谁还要?"

二玉的心里也确实不好受，可还勉强地安慰着她爸爸，说："您也别着急啦，这有什么法子？等明儿，咱们想个别的买卖再做得啦。"

田迁子说："想什么买卖？还有什么买卖可想？你别净说呀，你给我想去！"

要是往常，二玉又得顶她爸爸两句，今天她可不敢了，她就低着头，一声也没敢言语。她本想催着她爸爸快点回去吃饭，可又怕爸爸起疑心，她就拘窘，作难地在摊旁站着。

田迁子又叹了口气，这才站起来，说："看着！有人要买花的时候，你和气点，别沉着个脸，把主顾给僵走。可是，要是有什么人，还像昨天晚上似的欺负咱们，那你就……端重一点！别一来就笑，可也别一说话就跟人吵嘴，你越跟他吵嘴，他才越开心呢！"

二玉心里想着：这可真难！嘴里却连连地答应着，又说："爸爸您回去吃完了饭，快一点回来！"

田迁子"嗯"了一声就走了，才走了几步，却又急急地回来，说："你倒是在凳儿上坐下呀！你不坐下，在旁边站着，人家还当是这摊子没有人呢！你穿得这么干净、阔气，谁知道你是摆摊的？你是怕坐在那儿寒碜吗？"二玉摇了摇头，就听话地在凳儿上坐下了。她爸爸跟她这么嚷嚷、发横，叫街上来往的人都瞧见了，她就连头也不敢抬，也不敢哭，好容易田迁子才走了。

街灯已经亮了，晚风儿徐徐地吹起，街上的人渐渐地增多。穿着各色时兴夏装的妇人、姑娘，都那么骄傲地从她的摊子前走过。女学生骑着自行车在马路上飞驰着兜风，还有骑车的男学生也杂在里面，汽车和箭似的那么快，吓得行人跟人力车全都赶紧躲避。电车里装满了人，一边走，一边奏着"音乐"。绸缎百货店里的"无线电"唱着《桃花江》，霓虹灯下站着许多闲人，看那"夏季大牺牲"的广告。卖酸梅汤的"叮叮"地敲着小铜碗，代替他的吆喝。斜对门的那个"饮冰室"，出来进去的尽是些穿西服的少年。

月光又照鼓楼，二玉也把摊子上的电石小灯儿点上了，照着盘里的那几十朵无人怜爱的晚香玉。有两个太太走来，问了问："还有好的吗？"她赶紧说："有。"就站起来，从花篮里拿出新鲜的晚香玉给人看，可人家不是说"花儿太小"，就是说有什么"毛病"。旁边的人，多是穿的很讲究的年轻妇女，总是拉那问的主儿，说："上别的摊子买去吧！她这儿的不好。"二玉拿着货物，祈求似的等着人买，人家一问价钱，其实她说的还是最低的价钱，可是人家连价也不还就走了，并且连头也不回。

她的这些晚香玉，素洁而芬芳，可是没有人买，而她在这人丛中，渺小而卑微，也好像是不存在一样。她的晚香玉仿佛白给人，人家也不要，而她自己更是痛苦忧伤、窘困失望。她那如花的容颜，如月的心灵，是没有人来理会的，她就枯坐着，低着头，不免自怜、自惜。

第二回　有意遗金芳心添愁绪
无心赴约绮室列华筵

蓦然间，又有个买花的来了，她一惊，然而这正在她的意料之中，因为就是那个穿白洋服的。不过今天的洋服仿佛另换了一身，布料已经不同，昨天穿的大概是什么绸的，今天这似是白哔叽，所以越显着挺拔。他却没有再同着他的那个"朋友"，白白的圆脸上，也仿佛不像昨晚那样轻浮、讨厌。

他来到摊子前，很快地说："昨晚上真对不起！我跟你随便讲了讲花的价钱，不想那位很瘦的，上点年纪的，大概是你的父亲吧？他竟误会了！其实我可以跟他争辩，但因为你的关系我就走了。我知道一个年轻的女子摆花摊，景况必是很可怜的，我应当同情你，不应当倒使你为难。"

这些话，如同温水似的浇灌着二玉的心，使得她很觉着难受，她也不能说什么，只脸红红的，摇了摇头，半天才说："不要紧。"

这穿白洋服的态度依然是十分的郑重，又说："我今天实在是要买些花，我买这晚香玉，实在是有用。因为我也是很寂寞的，买点花，放在玻璃的小碟里，在办公室的桌上摆着——我最喜欢晚香玉。"

二玉又从竹篮里取出那些新鲜的花，说："您随便挑吧。"

这人由他的白洋服上身里，掏出个装钱的皮夹子，笑着说："我也不用挑，请您给我拣二十朵，不，五十朵吧！我这里有手绢。"说着扔过来一条很新的花绸大于绢,带着比晚香玉还香的"香水精"的气味。

二玉的手先是有点发颤,但她赶紧极力地矜饰着,一朵一朵地把花放在手绢里,就听这个人在她的耳边又说:"我最近要办一个女子商店,需要很多的女店员,其中的售花部,我想请你给主管。你也许觉着这个职位太小,我看你也像是念过书的,你要愿意当我的商店的女职员,或是管理账目,也可以。因为我看你很聪明,不该在街上摆摊。"

二玉摇头说:"我不能去!这个摊是我父亲摆的,我每天在家里做点别的事,不能离开身。"

这个人笑了笑,说:"你家里的事,我也大概知道……"二玉就瞪了他一眼。

他却又笑,说:"我知道你是不大信任我,可是我请你去看一看,你也就信了。明天一清早八点钟,请你到北海公园里漪澜堂饭店,你也许不能那么早就出门,那么我可以等到正午……"

二玉摇头说:"我不去!"赶紧包好了五十朵晚香玉给他。

他也不笑了,就问:"多少钱?"

二玉正色说:"三毛钱。"

他说:"我没有零钱,只有一块的。""铛"的一声,就把一块现大洋扔在摊子上了。

二玉摇头说:"找不开!你上别处去换换吧!"

他笑着说:"何必换呢?或是存下,以后我再来拿花;或是,索性你给我拿一块钱的吧!我知道你这买卖很公道,多一个钱你也不肯要。"

二玉真有点生气了,耐着性儿又给他三朵五朵地往手绢里添了不少的晚香玉,同时又听他说:"明天,我们全体的同人,女职员跟女店员已经考取了三十多名,都在漪澜堂聚会,商讨应当进行的事情,因为在下月初就要开幕,我还可以领你到我们的筹备处去看一看。至于待遇方面,我不妨也跟你提一提,职员最低的月薪是五十元,店员起码三十元,年终还可以分到奖金,完全是大公司的待遇。"

二玉摇头说:"我不能够去,不认识的人给我介绍事情,我不能做。"

这人又笑了一笑,说:"你说这话,可就有点不合乎时代了。这是正经的公司,大规模的女子商店,你明天可以去看看呀,这难道能够是什么骗局?我要给你介绍事,是因为我们那里需要。我爽直地告诉你吧!是因为我们那商店对女职员、店员所定的条件是:第一要年轻,第二要相貌端正,尤其要长得美丽。但这也并不是什么不正当的心理,却是新商业的一种手段,一种办企业的技术。那么像你,正合这几个条件,而且你一定有很丰富的商业经验,所以我必须要请你!"

二玉说:"我不愿意去!这还是能够勉强的吗?你不会去找别的人吗?"

这人说:"我实在找不着像你这么美丽的了!"

二玉生着气,把那满满的一手绢晚香玉,向他一扔,差点儿没给扔在地下。

这人就说:"既是这样,我也没法子,不能强迫你,不过一个生在现代的人,脑子千万不可以太守旧。"二玉沉着脸不言语。

这个人就拿着包着晚香玉的手绢走了。他在马路旁放着一辆摩托车,他骑上了车,"嘟嘟"的比电车还快,就往南去了。

二玉倒不十分生气,并且不能断定这个人是什么坏人,他所说的也未必全都是瞎话,是骗局,心想:他也许真要开个女子商店,真想请我去当店员,而且只希望的是给他们招来买卖。其实倒也没有什么的,"现代的人"脑子确实"不可以太守旧"。不过这件事,我爸爸绝不能够答应,那么就谁管他是真是假,我不能够去做就完了!看了这么一会儿摊,就卖了一块现大洋,这倒是值得欣喜的,爸爸来了,我也别说是谁买的,或是就说是一个老太太买的!明天也可添一点白玉兰、茉莉花……于是她伸手由摊上去拿那一块钱,想收起来,却忽然看见,原来刚才那人,把他那装钱的皮夹子忘在这儿了。

她想着:那人一定是只顾了说话,就忘记收起他的皮夹子。他骑着那么快的车已经走了,反正追也是追他不上,真讨厌,我还得在这儿等着他,待会儿他一定要回来取的。二玉又怕她爸爸来看见,又得跟人家打架,心想:爸爸知道了,又得说是我给招来的,又得跟我大闹不休!我真没法子再受了!

　　眼看着这放在摊上的皮夹子,她觉着这么放着也不相宜呀? 摊子前的人来来往往的,谁能够不注意这个装钱的皮夹,而且鼓鼓囊囊的。她就把皮夹子放在花篮里。待了会儿,又觉着也不大相宜,这件事,还是不能够告诉爸爸,告诉了,这就又是我的事,他又得骂我一天一宿,永远成了我的一个短处了! 还得闹得邻居们全都知道,倒像是我跟那人有什么……

　　所以她又把那皮夹子,藏在她的衣服口袋里,幸亏她今天穿的是一件蓝布的小褂,比较肥大点,带上一个鼓鼓囊囊的皮夹子,也看不出来。她盼着那个穿白洋服的人,即时回来,把皮夹快些拿去,可是等了半天也不见那个人来,连一辆摩托车也没再看见。

　　她的爸爸田迁子倒是吃完了饭,也睡完了觉,又回来看摊来了,并对她说:"快回去吧! 袜厂的人等着跟你要袜子呢! 我知道你的心也慌啦,这一天你净在家里干什么啦? 连一打袜子,都没缝好? "

　　她心里有点发怯,想着这皮夹子是不是应当交给爸爸,告诉明白了是那穿白洋服的忘下的,等着回头他来取……她还没有说话,田迁子又问:"这半天难道一点买卖也没有吗? "她赶紧笑着说:"卖了一块钱,我给他拿了有六七十朵……"

　　田迁子惊喜着,说:"一块钱? 是一回卖的吗? "

　　二玉说:"对啦! 钱就在篮子里了,是一个老太太来买的,还带着个小姑娘。"说出了这谎,却又觉着不大好,因为待会儿那穿白洋服的来了一说,岂不就把这个谎话,全都"对"出来了吗? 可是也不能够改了,皮夹子更没法子从自身边掏出来了,这真叫二玉着急,她的爸爸却又直催着她快些回去。

　　她还想在摊旁多徘徊一会儿,等一等那个穿白洋服的人,就当面说,当面讲,把皮夹子扔还给他。我虽然说了谎话,可也叫我爸爸看明白了事实。又想:万一那个人再说请我去做女店员,而爸爸也乐意呢?那明天我就不妨去看看。所以,她还是不赶紧回去,又拿出几朵晚香玉,向那瓷盘里摆着,麻麻烦烦的。她的爸爸却又催着她说:"你还不快回去,在这儿干吗? 一个摊子还要叫两个人看着吗? "她只得走了,心里却非常地着急，暗想：那个人，你为什么不回来取你的皮夹？难道我们还能够要你的吗？

她往回去走，口袋里倒不觉着太沉重，心上却像是压着个沉重东西。想不到又添上了这么一件事，那个穿白洋服的也太慌张了！不，他未必是因为慌张才掉下的吧？也许是故意地吧？这么说，皮夹里也未必是钱，不定是什么啦……因此她的心不住突突地跳，赶紧回到家里。

因为天热，她们这小院里的邻居，都各自拿着个小凳儿，坐在院中。刘大婶给小三子和招弟在说故事，刘大叔却问说："今儿你们的买卖怎么样啊？"二玉笑着说："还不错！"

突然谭素素一把拉住了她，把她吓了一大跳。她生怕那个皮夹子掉出来，所以也不敢用力夺手，更怕素素的手触到她的身上，就说："干吗呀？你别闹！"素素说："袜子厂找你要袜子，你知道不知道？"她点头说："我知道，还有两只，我这就赶缝去。"

刘大叔说："算了吧！这么热的天，在那屋子里，别再缝出病来。二姑娘，你还是拿个凳儿到院里来凉快凉快吧！缝那袜子，累死了你也养活不起你们这个家，还是等些日子，我给你找个事，那是正经的。"

二玉却推开了谭素素，走进了自己的屋里，还没点上灯，她先摸摸口袋里的皮夹，只觉着真是鼓鼓囊囊的，里面好像是有几张纸。她摸了煤油灯，刚一点上，闭紧了门，想取出皮夹来打开看看，不想谭素素一推门就进来了，说："你们这屋子里真闷得慌！"挤了挤她那只疤瘌眼，用极小的声音说："你没看见有个穿白洋服的吗？"二玉的心又突突地跳，面上却矜饰着，说："我没有看见。"

素素又纳闷，又仿佛很失望似的说："今儿我一天也没上别处去，一会儿上一趟门口儿，可是我也没再看见他。那人是怎么回事呀？早晨来了一趟，怎么就不再来啦？也许他见我没理他，他想着是我把他看不上眼？"二玉赶紧向她努嘴，说："你快出去吧！别在这儿又说这个……"素素叹了口气，说："今儿我一天也没正经吃饭，真的……"

二玉好容易才叫素素出了屋子，她坐在炕边，偷偷地掏出来那个皮夹，只见是一只咖啡色的很新很好的皮夹，她刚要打开，院子里乘凉的刘大婶又说："二姑娘出屋来吧！你大叔叫你,跟你有话说。"小三子跟招弟又都来推门,说："我妈跟我爸爸叫你呢！"她赶紧就把皮夹子藏在破炕席的下边。

谭素素又进屋来,说："你干吗啦?是拿臭虫啦?我看你这炕上的臭虫绝拿不净,别白费那力气啦！出来说点闲话儿好不好? 老在屋里憋着,倒好像屋里有宝贝似的！"小三子把灯给"噗"的一下吹灭了,招弟拉着她,素素又推着她,生叫她出了屋子。

刘大叔叫她喝茶,还主张叫田迂子改个买卖,叫她将来可以到一个公馆里去看小孩。小三子跟招弟两个孩子却叫她给说故事,刘大婶也说："对啦！叫你田姐姐给你们说故事吧,她进过学堂。"可是二玉的心,时时在惦记着那个皮夹,别人无论跟她说什么话,她虽也带着笑,和婉地回答,可总是心不在焉。她在个小板凳上坐了一会儿,便被素素又拉到门口外,也不管她听不听,回答不回答,就又对她说了一些关于"穿白洋服的"的无味的话。

二玉真是时时神不守舍,她还不知道这时摊子上有没有事情发生。也许穿白洋服的回去找那皮夹子,爸爸一定是不承认,就许已经打起来了！她提着心,袜子也没缝,那皮夹子也没有工夫看,就被素素缠着,被小三跟招弟缠着。直到十点多钟,他们都各自进屋里睡觉去了,夜深了,风儿吹来也更凉爽了。二玉又回到屋里,她可还不能细看那皮夹子,因为刘大叔此时还在院里。她就把那皮夹又取出来,妥妥地带在身边,这才帮助她的爸爸去"收摊"。

二玉踏着微茫的月色,又到了后门大街。她先在远处看了看她爸爸的神情,见田迂子正坐在摊儿旁抽烟卷儿,才知道是没有什么事情。同时,她心里也明白了,皮夹子是那穿白洋服的人故意留下的！里边不定是什么讨厌的东西,多半是信。真讨厌！这以后恐怕他还得没结没完……这样一想,除了对将来的麻烦还有点忧虑,心倒是安定一些了。

田迂子见女儿来了,于是就收摊,什么也没有说,并且因为今天的买卖还不错,他也没有那么大的脾气了。

收了摊,回到家里,夜已很深,田迂子接着他那晚饭后的觉,又沉沉地睡下去了。二玉却辗转不能成寐，把那皮夹子又藏在炕席底下，她想着：这个东西，那人就是不再要了，我也不能留着它，非得把它扔出去不可，要不然，几时叫爸爸看见，几时就是个问题。

次日，她仍然时时地惦记着那个皮夹，把它带在衣裳口袋里，外面还多穿了一件肥一点的旧衣裳。她也不嫌热，只怕被人看出她的口袋有点鼓。她升火、做饭，时时怕那东西从口袋里掉出来，所以在弯腰时，都很注意、小心。今天幸亏她的爸爸田迂子没发脾气，喝够了小叶茶，吸足了烟卷，吃的是猪肉韭菜热汤面。刘大叔把货给他带回来，他立时就叫女儿帮助他去摆摊。二玉去摆完了摊子，又急忙忙地回家，幸喜谭素素多半是没在家，倒没有人到她的屋里来"起腻"。她这才紧闭上屋门，由口袋里掏出那皮夹子，心跳动着，细细地查看，但，当时她的神色就变了。

这皮夹子里面原来分着好几层，有一张名片，印的是"吴惠彝"，住址是"地安门内碾儿胡同××号"，电话是"九〇八九三"，上面印着好几排官衔，什么大学的"学士"，什么洋行的"副经理"，最后印着是："大洋洲女子百货商店总经理"，还有一叠钞票，十圆的五张，五十圆的一张，统共是一百块钱。里边有一颗金的镶着蓝宝石的女戒指，还有一张小相片，是在一个"心形"之中印着那穿白洋服的小影，微笑着，比他本人还显年轻，脸仿佛更圆，旁边有紫色的钢笔小字，写着："赠给最美丽的姑娘"，此外就什么也没有了。

二玉拿着那几张钞票来回地数了两遍，又拿着戒指在自己的手上戴了戴，把小相片细看了看，但她赶紧就摘下来戒指，把这所有的东西照旧全都收在皮夹里，而带在身边。她坐在炕边发了半天呆，紧紧地咬着下嘴唇，像是被人欺负了似的，眼中不禁流出泪来。她跺了跺脚，又掐自己的头，然后就躺在炕上，千回万转地想了半天，她觉着：不行！他这是欺负人！他一定不是好人！看他那样子也不像好人，他没怀着好意。我要是一声气儿也不吭，就收下他的，他可就有了理啦！缠上人更得没结没完。这是个试探，我不能受他的这个试探，我把钱，把他的名片跟他的相片，连戒指带皮夹，一股脑儿都得扔还他。我不能叫他说我的眼皮子太浅，我就是脑子旧，由他去说，反正我不愿认识他，永远也不能认识他……

门外卖吹糖人的来了，敲着清脆的小锣儿："铛！铛！铛……"又仿佛是："娘！娘！最美丽的姑娘……"这声儿传到小院里，敲在她的耳畔，她心里凄苦地想着：美丽，最美丽，长得好可又有什么用？不过只能惹些个闲是非！

"娘！娘！最美丽的姑娘……"讨厌的吹糖人还不快点走！她又幻想着：一个高楼里的女子百货商店，里面百货杂陈，电灯、霓虹灯照着无数的男女顾客和许多女店员。其中，卖花的部分有玉兰、茉莉、栀子、晚香玉，以及各种各色的西洋鲜花，芬芳的气氛拥绕着一个穿着最时兴衣服的"最美丽的姑娘"！她穿着白皮鞋，头发也剪了，手上还戴着蓝宝石的金戒指，一定得有手表！有一百块钱还不能买一只好手表吗？

她的家里，爸爸也不必摆摊了，恐怕病也好了，脾气也好了。后妈回不回来倒不要紧，屋子绝不能这么脏了，被褥绝不能这么破了，臭虫也不咬人啦。同时，谭素素一定羡慕，邻居们也都得说："二姑娘在百货店，不，在公司做事，瞧人家……"那么，每月可以起码挣三十块钱，慢慢攒钱呀！连戒指的钱都还给"总经理"——那穿白洋服的吴惠彝，不沾他的，他还能对我怎么样？他再给我相片，我也不得罪他，我收下，拿回来把它撕碎，反正我是连半张相片也不给他——做事可以，别的呀，叫他别做梦！

这样，二玉觉着也不错，但她也明白不能这么简单，转又想：不行！还是少惹事吧！我爸爸的脾气摸不定，也许他看见戴戒指，就得跟我大闹一场，而且，那究竟不是好人家的姑娘应当做的。我上过学，老师嘱咐过我们，应当处处学好，拾金不昧，莫贪虚荣……

门外吹糖人的走了，小锣不响了，她的脑里也仿佛清醒了。她坐起来，想着那穿白洋服的吴惠彝讨厌而可怕的模样，及他这种分明是以钱跟东西来诱惑人，没怀着好心的行为，她又觉着可气。不行！不能叫他小瞧了我！我们穷人不是就眼皮子浅，我得连皮夹带钱跟东西，还有他那破相片，都得还他，全都扔给他，一定！不这么不行！

她擦擦眼泪，决定趁着爸爸现在正在摊上的时候，就赶紧去办这件事。找吴惠彖去，谁能上他家里找他去呀？他当总经理，还能够没娶太太？我也不会打电话，反正他这时候准在北海公园漪澜堂了，连买门票我都不花他皮夹子里的钱。趁着天还早，他约的别的女店员大概还都没有去，我见着他……反正已经见过两次了，就把皮夹子跟里面的东西都给他，还得叫他当面点点。我也不说别的，只叫他以后别做梦，不，那也不必，我就得跟他说明白了，我的家庭、环境，以及我是怎么个人，请他以后别再来麻烦我……对！不这么办，永远是个事儿，谁有这闲工夫呀？日子久了，纸里还能包得住火吗？我是得跟他说清楚了！

这样想着，她觉着很对：是得这样！我别的全都不如人，只是自信品行还好，心还纯洁，要是真受了这个诱惑，贪图这点便宜，那就真是什么都不如人了！纵使带上个蓝宝石的戒指，由这种关系做个女店员或女职员，那真是对不起爸爸，对不起我自己，也对不起在我六岁时就死去的亲娘……想到这里，她不禁又流下眼泪，决定这就到北海漪澜堂去树。

她先把已经缝好了的袜子送到对门的袜厂，并且向那袜厂的主人胡矮子说："我今儿有点事，不能做活，那儿还有两只袜子没缝好，等明天我再给送来，你可别又催去！"胡矮子笑着说："二姑娘把晚香玉送我几朵呀？"二玉说："等明儿的！"她就又跑回家里，重新又梳洗梳洗。她也没有别的衣裳，只是一件花洋布的短袖小褂，青的士林布的长裤，白袜子，还有自己仿照时兴的样式，用黑布做的一双提梁儿的坤鞋。她觉着这样打扮，进公园是不大好看，可是又想：我又不是给人看打扮去了！把东西还了他，说明白了话，我转身就走，又不是去游公园，也不是去喝茶吃饭，可有什么关系呢？行为正，品行好，那比打扮得时髦强得多！

她把屋门带好，忙忙地走了。恐怕遇见熟人，更不敢从后门大街经过，所以她特意绕远路，走那条叫作"锣鼓巷"的胡同，在炎热的太阳下，迤逦地走到了北海公园的正门。去年中秋节，各公园都免费开放，她就跟刘大婶、小三子、招弟一块儿来过，记得那一次还丢了一条手绢，所以现在她要特别把这皮夹子带好了，她时时地用手摸着。

她用自己预备上的五分钱，买了一张门票，交在收票人的手里，就心情紧急地走进去了。外面是那样的炎热，一进了公园，当时却觉得凉爽。十一点钟的阳光，照着"琼岛"上巍然高耸的白塔，松树的枝叶也闪闪地发着光。白石的桥，走在上面都有点发烫，可是风儿吹来却很叫人舒服，还阵阵地带来点荷香。柳丝千条万缕地垂在池畔，蝉声应合着各种鸟儿叫声，沿路都有花圃，还陈列着各种的盆花。她却没有时间和心情去一一地看，只急匆匆地走，越往前走，心神也越紧张，就到了"漪澜堂"。

漪澜堂是这个由清代的"禁苑"改为公园的北海之中的"胜景"之一，座落在太液池畔，雕栏玉砌、画栋朱栏的一道长长的走廊和十数间广厦。这里经营着饭店，在廊下摆设着很多的茶桌和藤椅，里面并设着华丽的礼堂和幽雅的饭厅。

这时候，虽然也有来游玩的。稀稀地撑着漂亮洋伞、穿着时髦旗袍的太太们和三三两两在一块儿的短发短裙的女学生们，可没有像二玉这种打扮的，所以她来到这儿，不禁自觉得有些害羞。那看茶座的茶房们，对于别的人都殷勤地张罗着，说："请坐一坐吧！歇会儿吧！"唯有对于她，简直就一点也不理。

她没看见一个穿白洋服的，可也不好意思向穿白号衣的茶房去打听。她踌躇着，徘徊着，本来是想要走开，忽听见有人大声笑着说："来啦！我说她就一定得来，是不是？"她赶紧回头去看，就见从那饭厅里走出来男女好几个，她就认识其中的吴惠彝，今天穿的仍是白洋服。她立时不由得脸红了，想说："我给你送还东西来了……"但，当着好几个人，这话怎能够说？

吴惠彝满面笑容地迎过来，十分客气地说："请！请！我们等你半天啦！"又向另一个穿西服的中年人介绍说："这是顾先生。"再给几个都剪着头发、穿着时髦衣裳的年轻女子介绍，说："这是陈小姐、徐小姐|金小姐……"同时指着二玉，他可说不出她是姓什么。

二玉更显着扭怩不安，大家都对她这么客气，吴惠彝尤其对她客气,她还能够一下就掏出皮夹子给人吗？这时她倒后悔没穿一件旗袍来,虽然她并没有整齐的旗袍,她更惭愧这个辫子。于是,她摇着头说："我不进去了！我就找吴先生,因为有几句话说……"吴惠彝却直向里边请她,她就也不好意思不同着这几个人走进了饭厅。

这饭厅,四壁都是花团锦簇,金碧辉煌,大沙发、地毯、收音机、电扇……当中摆设着大长案,原来是正要吃"西餐"。还有两个女的,打扮得更为时髦,看见她进来,仿佛很是惊异。经过了吴惠彝的介绍之后,这两个女的也还大模大样的,从二玉的头上看到脚下,两人又悄悄地说话,大概是说："这许是吴家的丫鬟吧……"

二玉只觉着心里局促,脸上发热,但极力地镇定着,心想:我又不是赴宴会,我是为还东西,只要得个机会,我就把东西给他,我决不跟他们混到一块儿！然而她虽是这么想着,却被吴惠彝跟一个穿着咖啡色绸旗袍的年岁较大的女人让到一张沙发上坐下了。

她实在是头一回坐这个里边好像打着气似的有弹性的沙发,她简直不知应当怎么坐。这沙发是华丽灿烂的缎子的,跟她的黑布裤子简直配不上。斜对面就是一个整容镜,正照着她,她自己都觉得不像样子,尤其是脑后的长辫子,真容易把沙发给油脏了,所以她也不敢往后去靠着,就两只手扶着沙发的两边。当茶房给她送过茶来的时候,她不由得就欠身伸手去接,但见别人却都不跟茶房这样客气,她就觉得自己这又是露出"小家子气"了。

吴惠彝不愧是"主人",他招待周到,又笑又谈,简直没有一点工夫。他说："还有两位没有来呢,还得等一会儿。大家先随便坐着,都不要客气,反正以后我们都是自己人了,只盼着在诸位的努力工作之下,我们的女子百货店,营业日渐兴隆,大发其财,那么我们以后每礼拜可以聚一回餐！"他谈吐爽快,晃摇着个圆脸,小分头,真的很神气,旁边的一些女职员和店员们都微微地笑着。

二玉倒觉着这个人不说假话,女子百货店原来真是快开张了。这些个女职员、女店员,看那样子没有一个不是女学生,还有的像是阔小姐,年纪也都与自己差不多,都那么听他的,可见不是"骗局"了。这倒叫二玉的心里又萌生出些希望,同时也就犹疑起来,没有决心立时就交还那个皮夹子了。

随后又来了两个人,一个都有了胡子,穿着很阔的中装,拿着嵌金丝的手杖,进来就摘下了"巴拿马"草帽,并且摘下了眼镜,说:"今天真热! 对不起,叫诸位受等。"吴惠彝给大家介绍说:"这是金董事。"这人却笑着说:"其实我倒是一点事也不懂! 以后得多承诸位小姐帮忙。"跟着他进来的却是二玉认得的,那个高鼻梁、大眼睛的青年,今天他虽是穿了一件白帆布的西装裤子,可是上身仍只是短袖的衬衫,连帽子也没有。二玉就等着听介绍他的名字了,没想到吴惠彝竟没有介绍,好像他跟大家都认识似的。

这个穿衬衫的首先就看见了二玉,二玉这才真感觉着忸怩而且惶愧。他所站的地方离着二玉坐的沙发很近,他还是看了一眼又一眼,那健壮的体格、俊爽的相貌,在二玉的眼前就如同立着个……什么呢? 她想找一个譬拟,可也譬拟不出,她又想起那天做的那个梦,不禁更觉着不安。

那个有胡子的就提议,说:"没有预备个本子吗? 请大家都签个名吧! 还请另一位给念一念,使大家彼此全认识认识,因为以后得天天共事呀,若不知道谁都姓什么叫什么,那有多么不方便。"

这时候,有个穿浅绯色旗袍的年轻女子,就拿着一本精装的纪念册和一支自来水笔走了过来。有胡子的就说:"我先写吧!"于是他就又戴上了眼镜,一边签名,一边做自我介绍,说:"鄙人叫金奉臣,做过县知事,开过小银行,现在办慈善团体。惠彝是我的老弟啦! 他要创办女子百货店股份有限公司,叫我投了点资,还给我个董事的名义。我先声明,以后我是不能常去的,所以得请诸位多帮忙,只要是不亏紧,到冬天我送给你们每位女大衣一件、钢笔一支、信封八打、信纸两本、邮票若干,至于诸位女士拿它干什么用,我可就不管了!"说毕他自己先笑了,旁边居然有不少女人也捂着嘴低着头笑了。这有什么可笑的呀? 简直是无味! 是讨人嫌! 二玉实在不明白。

接着那坐在对面沙发上不大爱理人的,像个外国人似的女子也签了名,吴惠彝给介绍说:"这是沈荷卿女士,是会计主任。"然后是那个说二玉是"丫鬟"的,改造脚的中年女人,她叫吴惠彝替她写名字,原来她是庶务主任,严太太,名字也不知叫什么"贞"。

接着又各自地写,吴惠彝按着"签名"给一一介绍。穿西服的中年男人是交际主任,叫顾绍常,此人是个大近视眼。穿咖啡色旗袍的女子是叫梅蕴芬,是职员。其余的都是年轻的,至多不过二十岁的女店员了,叫什么卢玉珣、陈黛娥、徐芷,那个穿浅绯色衣裳的叫金爱娜……轮到穿衬衫的那个青年了,他原来也姓吴,二玉很注意地去听他的名字,可还是没有十分听清楚,因为吴惠彝说得太马虎,仿佛他不重要似的,也没说他到底在女子商店是干什么的。

他之后,就该是请二玉签字。二玉的心里本来就一步一步地在紧张着,她自从离开小学,几时动过笔?更是从来也没动过钢笔,尤其是自来水钢笔。她在早先倒有个学名,笔画太多,她知道写出来会很难看,所以,当吴惠彝亲手把那本纪念册跟笔递给她时,她的手确实有点发颤,然而终于,她很端正地写了个笔画简单的"田二玉",自己都觉着仿佛有些气喘。吴惠彝却笑得跟个弥勒佛似的,高声说:"这是田二玉小姐,售花部的……"

二玉赶紧站起来,连连摇头说:"不是!不是!我写了名字我可不加入!我压根儿就没想当女店员,我今儿来是……"

吴惠彝似乎有点发怔,说:"这是为什么呀?"又笑着说:"得啦!反正只要签了名的就都得算!"二玉着急地说:"不行!到开张的时候,我可真不能够去!"吴惠彝也不理她,就笑着,又找别人签字去了。

二玉看见有些人惊异地看着她,有的还捂着嘴笑她,她就一生气,想要摔手就走,可是那皮夹子还没还给吴惠彝呢,她也不好掏出往地下扔呀。她只得赌着气又往沙发上一坐,冷笑着,自言自语地说:"反正到时候我不去!我压根儿就没答应,写了名字那就算打了保啦?真没听说过,哼……"

那穿咖啡色旗袍的老大姐梅蕴芬,忽然跑过来说:"田小姐!您的辫梢儿散开啦!"她赶紧把辫子掠到胸前来,斜低着头,双手系那辫梢上的红绳。她觉得有好多人在笑,还有"咯咯"地笑出声儿来的,她更生气,气得简直要哭,脸也通红,头都不敢抬。

这时那个金奉臣走过来了,到底是个上年纪的人,说话非常地客气。他说:"这位田姑娘,我看你是一位老实人,今天到这儿来,也许还没得到家庭的同意。这其实不要紧,签了名也不过是让大家认识认识,没有关系,以后愿意做事或不愿意做事,全都随便,做了事之后,还许辞职呢!这本来是玩么!我也是掺在诸位年轻小姐的里边玩玩,成立买卖也不是为赚钱,只是为给诸位年轻小姐一个练习做事的机会,所以我才主张不叫它为公司,而叫作百货店,因为并不是想要有多么大的规模。田姑娘你既然来了,不妨大家凑个热闹,吃个便饭,在公园里玩玩,彼此联络联络,因为很难有这么个机会。以后商店开了幕,田姑娘纵使不帮我们的忙,可还得希望田姑娘给宣传宣传,介绍些位亲友做我们的主顾呢!田姑娘千万不要由此就发生误会。"

二玉摇头说:"我没有误会……"自己倒觉着很后悔,而且怪难为情的。

她系好了辫梢就又掠在背后,她觉出那个吴……吴什么呀?那个高鼻梁大眼睛穿衬衫的,不住地看着她。二玉可真害羞了,太觉着丢了丑,她就想自己再"找"回来,表现表现,想:我虽是个旧式的姑娘,可是我有我的长处。但是表现什么呀?这儿又不能缝袜子,或蒸窝窝头,只应当表现出来我的"大方",我们虽然穷,可早先也是有根底的,也上过女子小学……

这时可应该吃西餐了,二玉本想着:我凭什么吃他的呀?我又不是女店员,我吃得着吗?但是那梅蕴芬却过来拉她、让她。她坐在沙发上不起来,摇着头说:"我吃过啦!您请吧,不客气,我真吃不下去!真的真的,大姐您别拉我!"梅蕴芬可是用力地拉,说:"你既然来了么,哪有不入席的?以后我还要找你玩玩去呢!"她就被拉到那摆着花瓶的长桌旁,在一把椅子上坐下了,她就更觉得拘窘。这桌上还摆着油盐酱醋的瓶儿,摆着盘子、酒杯、刀子、叉子和银调羹,跟一块雪白的大手巾,还有印着花的薄纸……幸亏对面坐的就是那个不大爱理人而长得像外国人的那位,二玉就瞧着人家,人家怎么样,她也怎么样。

吴惠彝先说了一大篇话,什么发起的原因、筹备的经过、组织的情形、服务的目的、管理的方法、对同仁的期望……二玉觉得反正跟她没一点关系,所以也不细听。接着吴惠彝又说了初步的待遇,他说:"店员一律每月暂支三十元,以后成绩好的,还一定加薪……"这些话就仿佛是一种诱惑,引得二玉不由得注意去听。她的心里又很后悔,觉得不该就放弃了这么好的一个机会:这不是有了活路儿反倒不走吗?然而细细地一想,由那皮夹子里面的东西一想,也实在不能走这条"活路",而且爸爸也一定是不能赞成的。

吴惠彝说的一大篇话,很博得在座的满意,没有不高兴的,于是大家都欢乐地举杯饮酒。二玉也拿着个满盛着晶莹绿酒的玻璃杯,跟人学着举了一举,她可一点也没有喝。

一道一道的"西餐"陆续着送上来,二玉怕人笑话她太馋,所以虽然觉着好吃,也不敢多吃。她使刀子用叉子,尤其的谨慎,面包也只吃了两片,果酱也不敢多抹。后来不但有咖啡,还有冰激凌,她是向来也没有吃过这样可口的好东西的,她愈感到平日生活之可怜:拿人家一比,原来我真穷,我那环境圈里的人,也都没有见过这样的世面。但这也无可怨,谁叫我生长在穷人家里呢……她自悲自怜,所以不禁有点发怔。

待一会儿,大家都吃完了,各自都离开了座位。吴惠彝就嘱咐大家后天上午十点,务必都要到店里去,因为自那天起就得忙着布置了,下月一日就要开幕。他并没有专向二玉去说,但二玉听了,心里却很难受,仿佛自己把一件已经得到的东西又弄丢了似的,很是痛心。然而这也是一件不得已的事。

第三回　双桨风横凌波通款曲
一庭雨骤含泪泣穷途

现在会开完了,餐也用过了,大家就要高高兴兴地游园了。二玉想:这我可得走啦! 我在这公园里穷逛什么呀? 她想找到吴惠彝,把那皮夹子给他,可是她刚一走过去,吴惠彝就又去跟别的人谈话去了。

她又等了半天,直到大家都向外走的时候,她才赶过去,说:"吴先生! 我可要回去啦,我有点事,还没跟您说呢……"吴惠彝却说:"别忙别忙,玩一会儿再回去。"二玉摇头,带着点着急的样子,说:"我回家去还有事儿呢!"

吴惠彝笑着说:"你有什么事儿吧? 家里又用着人,洗衣裳做活都不用你,你在外面玩一天也不要紧,只要你别太晚了回去就得啦。你家里的情形我还不知道吗? 除了你们老太爷管束着你,不许你打扮得时兴,不许你穿好衣裳。可是他整天在柜上,他得看着那些伙计,你偷偷在外面玩一会儿,他哪能够就知道呀?"

二玉听他说了这些个随口瞎说的话,倒好像是真事儿似的,不由得也发了怔了。同时,见什么沈荷卿、卢玉珣、陈黛娥、徐芷、金爱娜,连那个严太太都不住地向她来瞧,神气都带着点惊讶,仿佛又有些羡慕。金奉臣并且惋叹着说:"年轻的姑娘遇着一位守旧的老人,可也是没法子,但老人家也都是过分爱惜儿女,譬如我家里那两个女孩子,我也管得很严,胡打扮是绝不行的。田姑娘,再玩玩不要紧,反正你家老太爷既知道你是上这儿来了，回去晚一点，自然能够加以原谅。"

吴惠彝又像是那么回事儿似的说："要不然，待会我给他打个电话！"

二玉的脸不由一阵一阵地发烧，心里说不上是生气，反觉着感到一点"光荣"。梅蕴芬又过来说："既是家里有老妈子干活，你忙着回去干吗？我看你也太老实，女儿这么大了，只要是正当的交际，做爸爸的他管不着！"二玉皱着眉说："因为是继母。"梅蕴芬就说："咳，怪不得呢！"于是有几个又对她表示出怜惜来了。

二玉就被吴惠彝给"弄假成真"，不但什么话都不能说，反倒更得矜饰着点儿了。她跟着这些人出了饭厅，茶房鞠着躬向他们说："您回去啦！"她又觉着惭愧，一个梳着长辫子、穿着短衣长裤的大姑娘，跟人家穿西服的、烫发的这些时髦人物，掺在一起，她自觉也不伦不类，在屋里还特别显眼，简直的"太差事"，恐怕这么大的北海公园，也找不出第二个像她这样打扮的人。她决定还是得走，但必须办完了所要办的事，她就还想抓住吴惠彝。

这时候吴惠彝是跟金奉臣和严太太等人在前面走着，他一边走还一边说着："我跟她家里也不大认识，是朋友给介绍的。不过我到她家里去过，她家里很过得去，她父亲现在开着很大的花厂，还有果木园子，就是把女儿管得太严，好衣裳都锁在箱子里，不许她穿，也不许她交际。所以本来说好了是叫她做女店员，一定是她父亲不赞成，又变卦了……她的继母是整天除了听戏，就是打牌……"

二玉还真没有看见过这样会编谎的人，编得还有鼻子有眼儿的，编得叫人不生气，可是禁不住地脸红。尤其是，现在那个穿衬衫的也跟着在一块走了，这可瞒不了他，所以二玉难为情极了，而那个高鼻梁、大眼睛的人，倒像是对这些事没有注意似的。

出了长廊，就来到了太液池畔。这里种着无边的莲叶，都像翡翠的盘子似的，叶上捧着朵朵娇艳的莲花，羞容媚态的，仿佛要跟哪一位姑娘竞赛美丽。远处是渺渺的烟波，有数只小船自远向近来行驶，双桨悠荡，船上的青年男女在笑着唱着。这里，浅绯衣裳的金爱娜，由手提包

里取出口琴吹着,那穿衬衫高鼻梁大眼睛的人就唱道:

> 有花须折莫春归,有酒须饮莫空杯;
> 少年转眼成老大,人生历过不复回。

好几个姑娘都喜欢得鼓掌。梅蕴芬在旁边,二玉就悄声地向她问:"这人是谁呀?"问出来,自己不由得脸上更烧。梅蕴芬却惊讶地说:"原来你不认识他?这是吴经理的兄弟呀!叫吴文琦。"

吴文琦悲凉的歌声,征服了这许多年轻女性的心,仿佛没有一个不喜欢他的。虽然他遭到哥哥的冷淡,他穿的衣服迥然不如他的哥哥,皮鞋也很破了。他并不像是吴惠彝的兄弟,他不是圆脸,而是长阔的脸,鼻高而目大,眉毛也重,他不算"漂亮",但确实是具有一种男子的美。他年纪很轻,二十岁左右吧,可是很沉着的,虽然有几个女的总是跟他笑,他可好像永远保持着他的郑重。不过有时候又不郑重,他时常拿他那一对大眼睛盯向二玉,盯得二玉一阵阵的脸红。

二玉想:他既是吴惠彝的兄弟,我把皮夹交给他,也是一样。他这个人还诚实,一定能够明白我的意思,也不能看不起我。尽管叫他哥哥替我瞎说、瞎吹,可是我自己没说。我倒是说了,我不能给他们干女店员!我还可以公开说明他哥哥对我所用的手段,可是我不上当,不受金钱虚荣的诱惑。他总会觉出来,我虽然打扮守旧,比不了那几个阔小姐,但是我跟她们不同……

她恨不得过去向吴文琦说话,可是又顾忌旁边的这些人。

那吴惠彝虽然直替她吹,可又仿佛故意躲避着她。吴惠彝是永远跟金奉臣一块随走随谈着,过了一座小桥,又上了"琼岛"的石阶,金奉臣的手杖碰在石头上"嘟嘟"地响,两人都吸着烟卷,大摇大摆,像"老爷"似的。

瘦长脸的卢玉珣,跟学生打扮的陈黛娥,还有十四五岁的徐芷,她们三人像是同学,早就跑上了山,金爱娜也拿着手提皮包和口琴追了上去。还有两个女的是跟着那严太太,她们没有一个跟二玉说话。那个长得像外国女人似的沈荷卿,根本没跟她们一块来玩,不知是上哪儿去了。梅蕴芬原来是个"太太",家里还有孩子等着她吃奶,所以也走了。二玉更没有个伴儿了,简直没人理她,她又想着:我算是干什么的呀?

二玉向山坡上行了不远,就四下寻找吴文琦,见他原来还在下边呢,是遇见了一个朋友,正在那儿说话,二玉心想:反正他也得到坡上来。于是就站在一棵白果树的树荫下等着。等了一会儿,吴惠彝那些人都到了"琼岛"的上面,正在白塔的旁边登高远眺,下边,吴文琦才跟朋友谈完了话,打了个"再见"的手势,也健步地往山坡上走来。走到白果树旁,他并没有瞧见二玉,二玉叫了声:"吴先生!"便拦住了他。

吴文琦蓦然被她叫住了,这才赶紧止住了步。因为看二玉沉着脸儿,凝滞着眼珠,紧紧地闭着嘴,这么正颜厉色地对待他,他倒不由有点惊异。二玉说:"你先别走,我跟你有几句话!"吴文琦怔柯柯地说:"有什么事啊?"

二玉很快地掏出来那皮夹子,说:"这是你哥哥昨儿晚上在我们摊儿上买花,他搁下了就走啦!当时我也没瞧见,后来瞧见啦,等着他回去去取,他可就给个不照面了……"

吴文琦往后退一步,说:"这皮夹子里有钱吗?"

二玉说:"谁知道呀?我连打开瞧也没瞧。不管他里边是什么东西,我们也不能够要他的,今儿我来,就为的是这件事,交给你,你就给他吧!"

吴文琦却又往后退步,摆着手,和蔼地说:"这件事请去托付别人,或是交给他本人,千万别给我!"

二玉有点生气地说:"他净躲着我,当着那些个人,我也不能就怔摔给他。你是他的兄弟……"

吴文琦说:"可是,我不是他的亲兄弟,我们不过是本家。我们之间,并没有感情,别人好办的事,到我的手里也必然难办。其实这么个钱夹子并不要紧,可是他既然见了你的面不提,就一定是里边没什么重要的东西,大概是他送给你了……"

二玉说："他送给我，可是我不稀罕，叫他趁早儿收回，要不然我就扔在地下！"

吴文琦说："你千万别扔在地下！你扔了我可也不能捡……"

二玉瞪着眼说："是你帮着他，弄的这骗局吗？"

吴文琦有点着急的样子，说："我帮助他这件事干吗？前天我不过是同着他在后门大街闲走走。他去买花，故意捣麻烦，我曾拦过他，后来他跟着你，一直跟到你的门口儿，我也劝过他……"

二玉说："你不会再劝劝他吗？劝他把这个皮夹子收回，再劝劝他，把眼睛睁大了点，认清楚点人！得啦，什么话也就不用再说啦……"说着又要把皮夹子给他。

吴文琦是万分地作难，头上仿佛都急出了汗，他一边往旁边躲，一边说："你听我说！前天晚上，因为我劝他不要跟你那么样，我说不可以对一个穷人家的姑娘施行玩弄的手段，他当时就跟我翻了脸……"

二玉说："难道你怕他吗？"

吴文琦说："我并不是怕他，我只是——我跟你实说也没有关系，我的家庭环境实在比你还穷！我只有一个母亲，她指望着我，而我再有一年，才能够高中毕业。我的学费全指着吴惠蘩给维持着，为这个，我才一切都不能不听他的。以后我可以慢慢地劝他，叫他不要再这么玩弄你。或是我得到他的同意，我再跟你要这个皮夹子去，还给他，都可以；就是不能够由我的手里转交，因为这是他的一种手段，他一定很得意他的这种手段……"

二玉哼了一声，说："这么说，你是怕他不高兴啊！你还怕他没欺负够呀？"

吴文琦说："他的事跟我无关！"

二玉说："凭什么跟你无关？你们两人老在一块儿！"

吴文琦说："他给你这皮夹子的时候，我可没跟他在一块儿。"

二玉急急地说："反正不能说就没你的事儿啦！反正他姓吴，你也姓吴，这是你们吴家的皮夹子，里边也许有钱，你叫他给你当学费吧！我们不稀罕这个，把成堆的银子给我，我也连看一眼也不看。他说得对,我们家雇有老妈子,我们家里开花厂,我那继母成天打牌……"

吴文琦说:"这些话也不是我说的,你可以当着他否认呀!这皮夹子,你也可以马上追着他还给他呀!跟我没关系,我不管。只是,田小姐,你何必叫我为难?你叫我替你把这个给他,他就会跟我大闹,和我翻脸,叫我……叫我失学,其实也没关系,但因为这么一点事,也不必呀……田小姐!你得要原谅我。"

二玉不由得心软了,又瞪了他一眼,觉着也真怪可怜的,于是就说:"那么,好吧!我也不能叫你得罪了你那哥哥。可是,你得去跟他说,今天我来,为的就是还给他这个皮夹子,我绝不去当他那个女店员……"

吴文琦说:"那个商店,你不去也好,因为虽能挣几十块钱,可是太没有意思,他根本就不是为提倡什么女子职业。说他是借此引诱女性,有什么太坏的心,可也不是。我知道他,他是跟另一个人赌气,才开的……"

二玉听了这话,又觉着有点奇怪,心里仿佛又有点活动了,但也不能细打听,就说:"那我也不管他,反正,他这个皮夹子我不能够要……"

这时候,忽然坡上有人叫着:"田小姐!快上来呀!"她抬头一看,却是那个学生打扮的陈黛娥,招着手儿在上面叫着。徐芷、金爱娜也跑下来了,来拉她,徐芷笑着说:"都在白塔上了,怎么单没看见你,经理还当是你走丢了呢?"金爱娜也说:"到上面玩一会儿去,经理还请咱们划船呢!"不知为什么,刚才这几人都不理她,现在又都对她很殷勤。

二玉就摇头说:"我不去,我还得回家呢!"吴文琦却说:"你为什么不再见他,当面给他呢?"二玉想了半天,结果就点头说:"也行。"她把皮夹子又收在口袋里,别人都已看见了,她就心说:你们看见了也不要紧,待会儿,我还得叫你们看看我怎么还给他呢!

金爱娜跟徐芷,两个人都拉着她的手,往山坡上去走,都像是很喜欢她似的,可二玉觉得她们像是"奉命"来把她揪上去的。她的心里想着吴文琦刚才说的那话,知道吴惠彝开那女子百货店,是跟另一个人赌气,而不是引诱女性。这样说来,给他当个女店员,也没什么,找个事是实在不容易,尤其我真需要。还皮夹子是另一件事,女店员似乎也应当去当,问题就是怕爸爸一定不赞成!这倒真叫她心里为难,而又感到惆怅。回过头去看,见吴文琦在下边远远地跟着了,她又可怜这个人:原来他自己连中学都上不起,家里还有个母亲。他上中学也不是就能挣钱呀,还不如摆小摊呢!他也许比我们还穷,他可还会唱……

到了琼岛上,白塔的旁边,吴惠彝跟金奉臣都在这儿等着她,看见了她,就笑了笑,也没说别的。二玉的心里就踌躇着:皮夹子是不是应当在这儿就给他?这儿的人可多极了,万一要因为给他皮夹子,说岔了,那可真叫大家看热闹!我不能够丢那个脸……而徐芷,和那个女学生打扮的,很漂亮的陈黛娥,已把她又拉到了一边。在这里,向下一看,就可以看见整个的北平,连后门大街也看见了。鼓楼更是个显著的建筑物,不过是在云烟里,看着有点模模糊糊的。

这时候,太阳已被乌云遮住了,气压很低,十分闷热,唯有这高处还稍觉得凉爽,陈黛娥说:"哎呀!恐怕要下雨!"

吴惠彝又走了过来,他真像是个大经理,好有气派的,令人不敢侵犯,可是态度还很和蔼,他说:"不要紧!下雨也没关系,你们尽管放心地玩,下了雨我可以叫几辆汽车,把你们各自送回家去。"

金奉臣也提着手杖走过来,说:"我懂得天文气象,我敢保雨绝不能下,你们诸位放心玩吧!今儿要是不玩够了,以后一站柜台,从早到晚忙起来,再想玩,可也没有工夫了!"

二玉却摇头说:"不行!我可得赶快回去。"

吴惠彝说:"是的,你因为家庭的关系,不能在外边多玩,可以早些回去。我们由这儿下去,就去划船,用船把你送到北岸,那边就是公园后门儿,你由那儿出去,一会儿就能到家啦。"

二玉说:"吴先生,我还得跟您有几句话说……"吴惠彝点头说:"我知道,那不成问题,慢慢再说吧!你放心好了。"二玉简直不能再说什么了,把她的脸倒弄得一阵红。

吴惠彝又眼望着陈黛娥,说:"这位田小姐到咱们那儿去服务的事,现在还没有得到她家中的同意,她要是不能去,售花部可就得请陈小姐帮忙了。"

陈黛娥微微地笑了笑,卢玉珣就拍着她的肩,笑说:"喝!售花部,售花部的大主任!"

吴惠彝又正正经经地说:"刚才我还有几句话忘了说,自然大家也不需要我嘱咐,不过我们这个商店,完全是现代化,女店员必需要打扮得……"他笑了笑,说:"总得阔气一点!这个,我可以暂借给诸位一点钱,譬如要买个戒指,做件衣裳什么的,这都是必需的,总之,我们不能像油盐店的小伙计一样……"

卢玉珣又向徐芷笑着说:"你就是个小伙计!"

吴惠彝又说:"我知道诸位小姐箱子里有的是好衣裳,有的是金戒指、宝石戒指,可是我不能不这么表示一下。"几个"女店员"都笑了,彼此打量着衣裳,彼此看着手上有没有戒指。二玉也被人看着,看得她更低下了头。

这时,金奉臣说:"要划船的可就赶紧下去划船,划一会儿,我看还是各自回家吧!这个天,我这个天文气象家,可有点不敢保险啦!"

二玉生着气,心想:雨都快下来了,还划什么船呀?可是这些个"女店员"就像是一辈子也没划过船似的,现在有了便宜船,都非要去划划不可,都这么小家子气,别看打扮得时髦。

金爱娜不但想去划船,还又吹起那口琴来了,并推着吴文琦,跺着脚说:"你唱呀!唱呀!快唱!你怎么不唱啦?哑巴啦?"吴文琦却不搭讪她,这个青年,已不像刚才那么高兴了,他的脸上蒙上了一层忧愁,像这忽然变了的天气似的。

大家都又走下了琼岛,这一磴磴儿的台阶,把二玉的腿都走酸了。走下去,就又到了漪澜堂的长廊,金奉臣说:"我老头儿可不能去划船,我在这儿等着你们。要是下了雨,你们就赶紧地回来,我请你们在这儿避雨带吃晚饭。"

这时候,那些女店员早就都抢了划子上去了。原来吴惠彝也不去划船,也许他是不好意思跟女店员们在一块划。但是,原说好了是要用船把二玉送过去,现在金爱娜的那船上倒有空闲的地方,可是只她一个,也不能当那"艄夫",严太太是晕船,顾绍常又是个大近视眼,他们都是不能上船的。吴惠荪就派了他的"兄弟",并嘱咐说:"你把田小姐送出后门儿,给她雇上一辆车。"二玉却摆着手说:"不必!"

金爱娜在船上招着手,说:"快来呀!你们真慢性儿!"吴文琦的样子实在不高兴,不过有他哥哥的吩咐,他似乎是不敢不遵,等着二玉上了船,他也就上去了。当二玉从这个小码头,提心吊胆地上了这晃晃悠悠的小船上之时,那边廊下的金奉臣和严太太都跟她说:"再见!"吴惠荪也向她笑了一笑。她不得不点点头,笑了笑,可是在船上站不稳,赶紧就坐下了。

这个船本来有四只桨,可以让两个人划。金爱娜坐在吴文琦的对面,划了不远,她就不划了,又擦了擦口琴,向吴文琦笑问说:"现在你应该唱了吧?"吴文琦却摇头说:"不唱,我永远也不唱了!"二玉就坐在金爱娜的身后边,当着她,吴文琦给了金爱娜这一个"钉子"碰,所以,金爱娜很生气,就沉着个有雀斑的脸儿,说:"你爱唱不唱,谁还求着你了吗?跟谁学的,这么大的臭架子……"吴文琦也不理她,只是使着力"咕隆咕隆"地鼓桨。

那边的卢玉珣、陈黛娥和徐芷的那只船,在远远的,隔着渺渺的烟波,向他们这边笑着招手,金爱娜就噘着嘴说:"瞧人家那边有多好?我今儿净遇见了死脸子,真是倒了霉啦!"

天上已布满了乌云,水也显着发浑,风吹得莲叶乱动。双桨击荡着波涛,溅起来雾气,二玉的布小褂都有点潮湿了。她现在只盼着暂时可别下雨,快一点渡过去,好急忙回家。

同时因为是坐在对面,她也不由得去看着吴文琦,她就觉得吴文琦仿佛是有一种"神力",这小船在他手里拨着、划着,真是轻而易举,算不了什么,他大概是个运动员吧?他又像是有一些"神秘",他心里想的事情,令人猜不透。二玉又想:我一个摆花摊的姑娘,今天突然来到这儿,既说是不当女店员,可又白吃了一顿饭,想还那皮夹子,结果也没还成。他全都知道,可也不笑话我,但也不"巴结"我,他到底对我是什么看法呢?就像是没看见我似的……

她神驰地这样想着，几乎忘了天要下雨。她很想由吴文琦划着船，在这水上多玩玩，可她又不愿有金爱娜在旁边，因为那才好说话。她希望向这个环境相同的人诉一诉心里的痛苦。他是男的，总会有点办法，他应当指示我，穷人家的姑娘在这社会是应当怎样地去生活；他应当帮助我，我很需要这么一个人的帮助；他安慰我，我也愿意安慰他……

但这些，不过是脑里的幻想，像这水波一样的凌乱，而且不能够说出，不当着别的人也不能够说出。她希望他也能够这样想，环境相同的人，心也应当相通，可是观察着吴文琦，又仿佛一点感情也没有，这个人也太老实啦! 他只是拼命地在划船。二玉倒愿意忽然船翻了，一同掉在水里，而被他的巨臂所援救，那倒是个刺激，她一辈子都得记住，可又怕他到时候只救金爱娜，因此又恨不得马上就落下倾盆的大雨。她有一种恋恋不舍的情致，深深地藏在心里；她有一种缥缈的幻想，高高地飞向天边。天上乌云愁结，就像他们的环境，然而就不能够彼此说一说，彼此安慰安慰吗?

这时候，船就抵了北岸，二玉客气地说："劳驾啦! 我就起这儿走啦。我认得路，看这雨也当时下不了，可千万别给我雇车，找麻烦!"吴文琦只点头说了声："再见!"他连往岸上送一步也没有。二玉离开了船，有点生吴文琦的气了，就连头也不回，顺着岸向东走去。

走了不远，就出了公园的后门。这时园里有很多的游人，都急急忙忙地向外走。门外乱纷纷的，有好些辆抢坐客的人力车，可也没有一个来招呼二玉的。二玉也不敢雇车，她就忙慌慌地去走。她现在可想着不能再绕远路，故意躲避那后门大街了，她应当赶紧去帮助爸爸收摊。于是她的心更急，就用一只手按着口袋里带的东西，撒开腿跑。

跑了几步就气喘了，那巨大的雨点直往她的头上、身上猛击，街上的车都在疾驰，她又紧跑。雷在空中咕碌碌地滚着，劈啦一声，闪光划破了乌云，大雨就倾盆而下。她气也喘不过来，跑也跑不动了，雨水挟着泥尘溅满了她的腿，又淋透了她的身。

她想找个大铺子的门前去避避雨，可是，凡是能够避雨的地方，几乎都被人给占满了，而且她的衣服都湿贴在身上了，那口袋里的皮夹子硬鼓鼓的,也有棱有角地很明显地露了出来。她只得在这大雨之下,低着头,努力地迈着脚步,坚毅地往前走着,心里什么也不想,全身什么也不顾。雨水猛淋着,遍地都是汪洋,她身上又湿又冷,打着颤,眼睛全都模糊了,才很艰难地走到了家门前。

她的家门口现在没有一个人,小胡同里汪洋地流着雨水,像一条河似的。院子里,更是跟个水池子一样,漂着无数的泡沫。蓦然,她听见雨声中,似乎有人说话,就是自她住的屋里发出的。她偷偷地向里面看了看,见屋檐下,雨水直线地向下急流着,板凳、铺板全都立在那里了,就知道她的爸爸已经收摊回来了。这倒使她很着急,皮夹子还在衣服口袋里,衣服又湿得贴住了身,谁能看不出来?

这小小的"街门"上面,还有个"花墙"的门楼儿,下面有两层台阶,所以这一块小地方倒还没有雨水。顶门的石头就靠着破门板子,在那儿搁着了,这除非到了夜晚关门的时候,是不会有人动的。于是她趁着这儿没人,蹲下身,偷偷地将皮夹子藏在了石头的后边,倒觉着还没有人看见。

她的心可还不住地噗噗跳着,院中的雨水也仍在哗哗地流着,她就急忙地跳了几步,走到她住的房门前,拉开了门。屋里十分的黑,她的爸爸跟有点远亲关系的小隆,都在屋里了,她就一边喘着气,一边招呼了一声:"隆大哥来啦?"

小隆在这六月天气还穿着冬天的破棉袄,瘦得跟个猴儿似的,坐在她那炕上说:"二妹妹回来啦!你快给讲讲理吧!你们不是去年欠了我两块钱吗?这几个月,我见了田四叔的面儿,我连提也没有提过,我知道你们爷儿俩的日子比去年过得还难。这些日子,倒霉!我害了场伤寒病,二妹妹你瞧,我又把这当铺都不要的破棉袄穿上了,冻得我还打哆嗦。家里连吃饭的破碗都卖了,一家五口,从昨儿晚上就没吃饭。我有一礼拜没拉车啦,走道儿都晃摇,真拉不动,可又没什么法子!刚才我就找四叔去啦,正赶得要下雨,四叔就叫我帮助收摊儿,先不提还账的话,我就帮助把板凳板子都给搬回来了。我刚病好的人,这就够我受的,可是刚才一说出来了……告诉你,二妹妹,我但凡有一点办法,我绝不能跟你们要账！可是四叔刚才说什么？二妹妹你猜猜，他老人家说，我来了正好，算是来了收尸的啦！待会儿他就上吊，吊死了是我的事。二妹妹幸亏你回来啦，你不回来我还真不敢走啦！"

二玉没有言语，只见他爸爸田迁子躺在那竹榻上，直挺挺的跟个死人似的。忽然他又在床上乱蹬脚，拿拳头捶着胸，放声大哭，他说："你们都别走啦！看着我吊死了你们再走！小隆！我死了，我家里这些东西全是你的，就算是还你那两块钱啦！二玉子！你也别趁着我摆摊的时候，就满处去胡撞，下雨要收摊都见不着。你瞧你这个样子，我们田家没有你这丫头！你爱去嫁人，去打野鸡，我当爸爸的都不管……"

小隆向二玉说："你听这是什么话？这不是老糊涂啦吗？"

田迁子坐起来瞪着眼，跟个凶神似的说："什么？我糊涂？我，有皇上的时候我也是个'笔帖式'，差一点就是顶儿、朝珠、黻褂，我活了五十多岁的人会糊涂？我都明白！不过家丑不可外扬，现在叫你看见啦，我也没法子遮掩啦！你是存着什么心，我也知道，你是想叫我卖了女儿还账……"

小隆气得直喘气，说："这是什么话？这不是骂我吗？得啦，您该我那两块钱我不要啦！我待会雨住了就回去，我们一家子都饿死也认命，也不找您来啦！这是怎么说的，当着二妹妹这么满口胡说，简直是糊涂啦，是疯啦……"

二玉虽不言语，可是心中沉重得如压着一块铅。窗外的大雨还不住下，她们这屋子又漏水，就离着她睡觉的炕不远，像瀑布似的，哗哗地直往下流。地下也成了海，她爸爸的那个破竹榻，就像小船似的。

田迁子忽然光着脚丫下了床，向小隆说："喂，账主子，你要账也得有点眼色！你瞧你二妹妹回来淋得这个样子？你还不走，还不给她个空儿叫她换换衣裳吗？"

小隆说："行！我走！我走！我上门口儿去，等着雨住。"说着就下了炕。

田迁子说："我也出去，门口儿要是有一道河，我就跳下去叫你瞧瞧！"

小隆说:"您别拿死来吓人,您的女儿回来了,我就全不怕啦!账您能还就还,不还我也没法子。可是您要有个三毛两毛的,只当是借给我吧,我先给您的侄媳妇跟您的孙女们买点杂合面,先叫他们喝点粥。"

田迁子却说:"三毛两毛的?我连半毛也没有!今儿就没开张,倒还有晚香玉,你要拿就全都拿去!"

小隆说:"下雨的天,我也没地方去卖呀。"又向二玉说:"二妹妹换衣裳吧!"他跟田迁子就出屋去了。

他们是往门口去了,门口那石头后就藏着那个皮夹,二玉真怕要叫他们看见。其实叫他们看见也不要紧,因为那正可以救了他们的穷。不过,那可是吴惠蘩的呀!一半天吴文琦就许替他的哥哥来跟我要,那时候我可说什么呀?咳!还不如刚才不管当着人没当着人,就还给他呢……

二玉提心吊胆地惦记着那个皮夹,换了干的旧衣裳,她还不住地发怔,脑里还不断地回忆着刚才在公园里那一幕一幕的情景,更不知道吴文琦被雨淋着了没有,他现在回去了没有。

待了半天雨才住,她赶紧到了门口,却见一个人也没有,小隆一定是走啦,她爸爸是到刘大叔的屋里发牢骚去了。她庆幸那皮夹子还没被人发觉,就趁着没人又弯身拾起,藏在了口袋里,然后赶紧跑回了屋,藏在她的破棉被里。她定了定神,现在是完全放心了,可又想那里边那一百块钱跟那个宝石戒指,能够解去人们的多少困苦呀!忽然听见她的爸爸在院里咳嗽,知道要进屋来了,她又很害怕,知道一定得问她刚才上哪儿去啦,她就赶紧在脑里编谎。

田迁子进到屋里,唉声叹气的,他把两只湿鞋一扔,又向竹榻躺下了,忽然对着二玉说:"以后我要是再管你,我不是人!等你妈回来,咱们说开了,反正我有办法就完啦,你还放心,爸爸绝累不着你,我连棺材也用不着你给买……"

二玉不禁扑扑簌簌地堕下眼泪,着急地说:"您这是为什么呀?怎么啦?"

田迁子忽然跳下床来,用手狠狠地指着她,瞪着眼问说:"刚才上哪儿去啦?我……咳!气死我了!原来你天天趁着我摆摊的时候,天天出去,打游飞呀?"

二玉惊讶着说:"这是哪儿的事呀?"

田迁子说:"哪儿的事?哼哼,我早就跟咱们邻居打听明白啦!你还瞒着我啦……"

二玉摔着手说:"我瞒您干什么呀?我就是今儿出去了一会儿,我出去也不犯私,我是找我的同学去啦!"

田迁子说:"这八年我也没看见你还有什么同学!"

二玉说:"怎么没有?您忘了,去年佟慧敏还找我来啦。"

田迁子说:"找同学干吗?她还要拉着你上学是怎么着?还要光着腿,披散着头发去……"

二玉说:"我也没说我想上学。"

田迁子说:"你想也是白想!告诉你,咱们明天上半顿就没得吃!你去上学去吧,找同学去吧,爱干什么干什么……"

二玉说:"您听我跟您说!因为佟……佟慧敏她知道咱们的家境困难,她想给我找个事。"

田迁子摆手说:"你趁早别说找事,都没有好事,我绝不能够指着女儿出去给我挣钱!"

二玉说:"我知道您一定不愿意,我才不跟您说,其实现在外边做事的姑娘多极啦。"

田迁子说:"那都是女学生,女学生咱们比不了,咱们家里也没那德行!"

二玉说:"人家给我找个事倒是不用什么学校毕业,是个女子百货店的女店员。"

田迁子说:"当女招待去呀?那还不如跟着我摆小摊呢!"

二玉低着头,擦着眼泪说:"这一月能够挣三十块钱,年底还能分奖金,管吃管穿……"

田迁子立时直着眼,问说:"管住吗?"

二玉摇头说:"那倒不准,可是我因为知道您一定不愿意,当面我就说了，我不能够去……"

田迂子忽然咳地叹息了一声，又拿脚向地下的泥水里直跺，指着二玉说："你呀！你怎么比我还糊涂啦？我管你，是疼你，因为这年头儿不好，外面的坏人多。譬如那天晚上，你好好的在那儿看摊，就有那么个穿白洋服的小子去勾引你，可是……"二玉抬起头来，生着气，连向她爸爸看也不看。

田迂子又说："什么女招待咧，那些个乱七八糟的事，我宁可叫你跟着爸爸饿死，也不能叫你去当什么女招待。可是刚才我听你说的。"他吸着气，婉惜着说："那个事儿不错呀！又天天回来，跟上班下班一样，也算是个文明事儿呀！"

二玉沉着脸说："本来人家是正经的大公司么，又不是骗局。人家早就有了好些个女职员、女店员啦，还都是学生，人家今儿都在北海请了客啦……"

田迂子赶紧问说："你也去了吗？"

二玉摇头说："我没去，我当面就辞了人家，我干吗还去？我也没有一身衣裳，脑袋后头还梳着个大辫子……"

田迂子说："倒不能够因为当个女店员就剪辫子。没有你妈，我什么话都可以跟你说，以后我还得给你找个有根有底、真正规矩的婆家呢！"二玉又低下头去，擦了擦眼泪，一句话也不说。

田迂子又说："我想你还是赶紧去找你那同学吧，就说刚才是怕你爸爸不愿意，所以没答应，现在你爸爸又愿意啦……"

二玉说："我可没那么厚的脸。"

田迂子说："这算什么呀？找事不得先回家来商量商量吗？"

二玉说："人家因为我把话都说死了，我决定不去，人家早就另找了别人啦！"

田迂子又连连地跺脚长叹，说："咳！咳！你真糊涂！你为什么要把话说死了呢？这真是，真是……咳！真是受穷的命！没法子，我知道我是得去寻死，有活路儿也得叫你给堵住了门！你走吧……"他急躁地跺着脚，大声嚷嚷着，又说："你走吧！我不要你啦！人家的女儿都养活她爸爸，你，你……"二玉气得就跑出了屋。

这时南屋的刘大婶赶紧跑来了，连声问说："什么事？什么事？爷儿俩又为什么吵呀？"谭素素也捏着烟卷来看热闹。田迁子在屋里是大哭大吵，闹得人仰马翻，二玉是又跑到门口去躲着了。

待了会儿，谭素素因为没弄明白是怎么回事，就来找二玉了。田迁子虽然大哭大闹，可是他始终没说出是因为女儿把好机会错过了，才招他发急，他是不能让人说他要指着女儿出去挣钱，他还得保持着面子。素素却是爱打听个闲事儿，她就直问："为什么呀？为什么呀？是因为你刚才偷儿地出去了一趟吗？你到底是上哪儿去啦？"二玉一句话也不回答，转身又往院里走。

她没有想到她爸爸对于那个女店员的事，居然会赞成。其实现在去也不晚，雨也住了，吴惠彝那些人一定还在北海公园玩呢！自己只要回去表示一下愿意做，马上事情就算定了，可就是不能够丢那个人，那么一来，先得叫吴文琦瞧不起。不过这也不是就断绝希望了，大概明天，他又能到摊子上去找！二玉心里有绝对的把握，所以对她爸爸的大闹，都漠不关心，现在所考虑的倒是当了女店员以后，保得住吴惠彝真没有什么"太坏的心"吗？

待上不大的工夫，田迁子就不再吵闹了，刘大婶也回自己的屋里去了。二玉就拿笤帚往门槛外，扫出屋子里的雨水。屋顶那漏的地方，还像眼泪似的往下滴答着，田迁子躺在竹榻上真成了一个死人。二玉照旧地做事，又把院子里的雨水也扫了扫。小三子指着天空说："虹！虹！二姐姐快看虹！"二玉也仰起脸来看了一看，东边的大际真是挂着一道美丽的彩虹，比花旗袍儿还好看，天空就像宝石一样的湛蓝。

第四回　金非己有慨以助贫丧
　　　　节到中元欣复逢旧识

雨后天晴,现在不过下午六点多钟,太阳还没有落。这么凉快的风儿吹着,后门大街的人不定得有多少了,照理说应该再去摆上摊子,可是田迁子没有发话,二玉更没有那心肠。她将一块木板放在檐下的台阶上,就坐下来缝袜子。其实她也真缝不下去,不知道为什么,心里极乱,乱得她着急,乱得她难受、悲伤。

天已黄昏,二玉就到屋里去做饭,没有别的,还是蒸窝头,佐着点咸菜吃。她爸爸向来是吃不下去的,所以还在竹榻上躺着不动,她叫,她请,她拿着个粗碟子把个塔似的窝头给送过去,她爸爸也不理。她只好自己吃,可是自己竟然口味也变了,其实是天天顿顿吃这个,唯独现在就觉着难以下咽,她不明白是什么缘故。

一天就这样过去了,这是她生活中离奇的一天。她回忆着北海公园里的一切,回忆着那形形色色的人,和每个人说的话,还有西餐、歌声、划船、大雨等等,她越想越乱,破褥子底下压着的那个皮夹子,她伸手去摸了好几回。她又想着将来,仿佛既可喜,却又可怕。她睡不着,都到半夜两三点钟了,她还没有睡着。她很着急,就决定什么都不去想,只背诵"九九表":一一得一,一二得二,二二得四……

二玉渐渐地睡着了,可她做了个梦,又是跟上回一样,梦见了吴文琦,可是在这梦里的情景更离奇了,简直真是想不到,她又赧然回忆了一些时候。

次日，二玉拿本钱里边的一些钱，买了一斤黑面，做的又是"片儿汤"。田迁子还打来酒猛喝，他说："尽它个喝呀！反正过了今天没有明天啦！"

今天也没有趸货，只是昨天没卖出去的那些晚香玉，烂虽没全都烂，可是已没有新鲜的时候香了。田迁子说："扔了吧！还摆什么摊儿？我女儿连三十块钱的事都推啦，我还在乎这个吗？我还摆摊儿干吗？我有瘾呀？"

二玉却执意地要去摆摊，她说："爸爸！您别再说这些不着用的话啦！反正事情是没有啦，以后再等机会。"田迁子说："机会？等死的机会吧，有机会我就得投河去。"二玉皱着眉说："可是咱们还有这些货呢，难道晚饭还吃本儿？我想您要是不去摆，我叫小三儿跟招弟帮助我去摆。"

为这个，父女二人又吵了半天。二玉本来不愿招爸爸生气，可是不知道为什么，心里头就是不耐烦，仿佛不会说软话儿了。结果是由刘姊子又给解劝，连小三子跟招弟都帮着拿竹篮、板凳，这才又到后门大街把花摊儿摆上。

二玉所盼望的是晚上她还去看摊儿时，吴惠荪能再去，或是吴文琦代他的哥哥去取那个皮夹，不然就是另派个人去，对她说："你还是去吧！因为你已经签了名啦，就得去。"这种希望飘在她的心头，使得她越发地神魂不安。对门袜厂送来的袜子，她简直缝不下去，这间闷热的小屋，也不像以往那样使她能够相安了。

好容易才盼到了黄昏的时候，她赶紧就去把她的爸爸换回家吃饭。她在那里看着摊子，也不像往日那样自然了，她心说：我要在这时遇见什么陈黛娥、徐芷那些人，我应当对她们说什么呢？家里雇着老妈子的人，可又摆小摊，放着女店员不去做，可愿意受穷，她们不定得把我看成是怎样的一个怪人呢？她恨不得背过脸去，她怕叫人瞧见，可又盼着吴惠荪或是吴文琦快一些来。

这天的结果是使她失了望，人家并没有再来找她。她可还很有自信心,觉着:反正你们得来,因为还有东西在我这儿啦,除非是你不要了!可是这种自信心也渐渐地摇动,一天、两天、三天,直到第四天,还是没有人来找她。她的心里有些失望,并且很是生气,暗暗地想:你们不来找我,难道我还能够找你们去吗?我决不能去丢那脸!反正皮夹子我给你们存着,过一年你再来,我也给你,叫你看看,我准保是原封没有动!

现在她连摊子也懒得去看了,简直什么事情都懒得做。她的心里暗暗地憋着一口气,说不出,吐不出,只时时地惹得她泛想,使得她要哭。摊子也真不值得一看了,因为这几天,田迁子真像女儿已经当了"女店员"似的,十分的自足自傲,不!他索性"自暴自弃"起来了。每天也不管这一天的买卖是赚是赔,反正若没有菜,就非得打二两酒来,不然他就吃不下去饭了。窝头他让二玉去吃,自己最不济也得吃黑面饼,因此,本钱就算是吃光了。刚把二玉的唯一的花洋布小褂当了,他却又买来"烧羊肉"吃,脾气更是越来越大,不是说觅井,就是嚷投河。

他天天逼着二玉去找"佟慧敏",这个名字,二玉都快忘了,他可给记得很切实。他说:"你不去再找找她,打听打听那女店员的事还有指望没有?你光在家里等机会,等?等个'鸡腿'吧!咳,人家是不要男店员,人家要是要,我去给人下跪,也得叫人把我收下……"

他甚至于要自己去找佟慧敏,说:"她在哪儿住?你告诉我,你拉不下脸再去,我能拉得下脸来,我替你去。我先叫她'佟小姐',然后就求她再维持维持咱们,咱们可以减价,不要三十块钱啦,比别人少挣五块,或是多给掌柜的送点礼,还不行吗?她要是本来就没那么回事儿,本来就是拿咱们开心,那可不行!那我可得跟她说点什么……"

同时,那在外做佣工的继母,又跟公馆里的太太上天津去了,田迁子却说是跟公馆里的小听差跑了。二玉想她那个继母倒还不至于,可是一个月交给家里的那三块钱,现在过了好几天啦,也没托人给送来。

小隆自从那天雨后回去,病就更重,现在起不来了。他的老婆抱着个孩子,背着个孩子,都光着屁股,脚上连一只鞋也没有,就来跟田迁子要账,要去年该的那两块钱。田迁子先前还耍"长辈"的脾气,说:"是你男人在这儿当着我,当着我女儿,他亲口说的,那两块钱他不要啦!你怎么又来?"

这老婆却非常泼辣,哭着说:"好四叔!您要不是该我们的,那是我的汉子拉车挣来的钱,您就是拿红纸封儿送给我,我也不要!不是为要账我也不来,我讨饭也决不到您的贵府……"

田迁子又说那话了:"你是想叫我卖了女儿还账?"不料小隆的老婆却跳起来说:"我不怕二妹妹抽我嘴巴!只要您有心卖,我就准能够找得着人买!"田迁子吸着气说:"喝!你可真是逼死人的账主子!这么着吧,我投河去,看你找谁去要?"

小隆的老婆当时就背着个孩子,抱着个孩子,说:"好!走,咱们走!您要是先投了河,我跟孩子要不投,就对不起您!我到了这步天地,还能怕死?"当时是大人哭,孩子也都哇哇地哭。这可把田迁子弄得一点办法也没有啦,结果是跟刘大叔借了一吊钱,暂时把这个厉害的债主搪走了。

二玉所见的,所受的,全都是这样极度的贫穷和痛苦。有时她的爸爸弄来一两个钱,还偷偷地吃"刮骨肉",喝烧酒,而给她留在家里的只是半个发馊的陈"窝头"。这样的日子,她觉着不能再过下去了。而破被里密藏着的那个皮夹子里面就有一百块钱,自己却不敢动,等着来取可又不来取,仿佛"舍"了似的,让我们"守着烙饼挨饿",这不是成心愚弄人吗?我不是傻子吗?于是她就不顾一切的,背着她的父亲,从皮夹子里偷偷地取出来了一张十圆的钞票。她悄悄地到鼓楼前的一家小"兑换所",换成了十张都是一圆的票子,然后为家里买了点黑面、油盐和煤炭。她的爸爸看着很惊异,就直眉瞪眼地问说:"你哪儿借来的钱呀?"

她说:"我又到佟慧敏家去啦。"她爸爸就赶紧问说:"事情怎么样?有点机会没有?"她说:"我看那样子,慢慢地自然还有机会。人家佟慧敏知道咱们家里过不去日子,就把自己的学费,五块钱借给我了。"说了这话,她倒不禁地脸通红。

田迁子倒也不细究问,立刻跟女儿要去了三块钱,拿在手里仿佛坐都坐不住,他精神奋发,人也和气了,待了会儿就出去了。回来,买的冬瓜、猪肉、洋白面,叫女儿给包水饺子了,他笑着说:"咱们也得犒劳犒劳自己啦!"

午间,他们正在吃水饺子的时候,小隆的老婆背着抱着孩子又来啦。一进屋,看见了热气腾腾的水饺子,她就说:"哎哟!您敢情是装穷啦!"当时孩子大人的就把饺子拿过来硬吃,吃得田迁子直心疼,他就悄悄地向二玉说:"给他们两毛钱,快把他们打发了就得啦!"

不料这话叫小隆的老婆听见了,当时就又大哭起来,说:"给我两毛钱?两毛钱是够我们买杂合面的,还是够抓药的?您在这儿欢天喜地的吃饺子,您没瞧瞧我们家里,您的侄子小隆,他连腮帮子都塌下去啦,脚也全肿啦!昨儿晚上他跟我说,只要他死了,叫我赶紧去嫁人,孩子可以给人;他说他没能耐,又得了这么个要命的病,他对不起我……"她边说边哭,哭得脸上都成了泪河,破褂子全都湿了,两个孩子却还在拼命吃饺子。

二玉实在看不下去,就把口袋里的五块钱全都掏出来给她,说:"隆大嫂子!你别难过!这个钱,也不用说是不是还账……"

田迁子赶紧拦住说:"喂!咱们就该她两块,昨儿还先还了他们一吊,这是五块呀!你,你都给了她,咱们可……"

二玉沉着脸说:"您不用管!隆大嫂子你拿着钱快回去吧!快给我的大哥治治病,别着急,要是不够,自管再来找我想法子。"

田迁子着急地说:"得!得!你还拉后主顾!"

小隆的老婆拿着钱更哭得厉害了,说:"二姑娘哟!你这可算救了我们啦!人心是肉长的,你大哥就是死了,我跟孩子们也忘不了你的恩……"二玉说:"不用着急。"她又挑那凉一点的饺子,给塞在两个小孩的手里,叫他们拿去吃,田迁子却跺脚嚷嚷着说:"得啦!得啦!还不够吗?你给了他们四个啦……"

小隆的老婆跟孩子去后,田迁子向她女儿不住地瞧来瞧去,说:"你怎么不赒济赒济你的爸爸呀?我也病着啦!你妈还在外头佣工,也没有影儿啦!你是得了彩票啦吧?就是有个阔同学吧……还能够常跟人去借钱?借钱将来也得还呀?也犯不上这么大扬特扬,还烧纸引鬼!"

二玉说:"我跟您说实话吧!佟慧敏一共是借了我五十块钱,现在咱们这儿还有四十块……"

田迁子不禁露着牙,笑说:"四十块?佟小姐家里是干什么的呀?她爸爸是……对啦!我还许认识呢,就是报上常登的那个佟总长吧?"

二玉摇头说:"不是!她爸爸是做买卖的,家里还有果木园子,家里有老妈子……"田迁子说:"那当然喽!看得出来,人家的手面很大。"二玉说:"这钱是她母亲给我的。"

田迁子说:"一定是她们没有再给你找着事,觉着有点对不住你。"

二玉摇头说:"那倒不是!人家是借给咱们这钱,叫咱们做本钱。"

田迁子探着头说:"我还能够坐吃山空?有皇上的时候,我游手好闲,不务正业,弄得受了这么十多年的穷罪。现在,人家帮咱们一步儿,我还敢坐在家里吃吗?那不光对不起人家,我连你也对不起啦!我,我田四是有脸的,我不是没骨头,没志气,要不然,像咱们那家贵邻居……"他指了指西屋,那个在妓院拉胡琴的谭八的家里,又说:"我早就……还能穷到今日?"

二玉对她爸爸的这话,倒没大介意,可是她爸爸向她伸出手来,说:"那四十块钱,在哪儿啦?交给我,我想想我得做个什么买卖。"

二玉说:"人家只先给了我十块,那四十,说是明儿早晨叫我去取……"田迁子说:"不能再变卦吧?"二玉说:"我也不知道。"

田迁子又思虑着,说:"想个什么买卖呢?晚香玉是快过了时候,那利也太小,晒一天赚的钱还不够我买茶叶的呢!再说还得净让你看摊儿,你一看摊儿就得出事,像上回那个穿白洋服的小子,到现在我想起来还生气。卖炸糕、卖凉粉,那太地道啦,担儿我也挑不动,在街上也是给你丢人。我想,明儿你把四十块拿来,我先做一件蓝布大褂,然后我就天天上茶馆去闲坐着,拉个房纤……要不然我就串胡同儿,托个小鼓儿吆喝着:'玉石来!宝器来!我买……'什么字画、古瓷瓶、翡翠簪子、宝石戒指,我全懂行,那可赚一下就是一下子!"

二玉这时又十分觉着烦气,心很乱,就皱着眉说:"得啦!等那四十块钱来了,您再说吧!"现在,她本想是"原封儿不动",到时还给吴惠彝的那些钱,也弄得不得不动了。

晚间,她就偷偷地由那皮夹里,索性又拿出来了六十块钱。第二天清晨,她出去了一趟,又换成了一些零的,带回家一些个柴米,只给了她爸爸三十块钱。田迁子倒也知足,拿着钱就出去"想买卖"去了。

又过了一天,小隆的老婆就又来了,见了面就趴在地下磕头,哭得简直说不出来一句话。原来小隆死了,尸身还停在家里的炕上,抛下寡妇孤儿,缺亲少友,棺材还没有着落。幸亏这时田迁子没在家,二玉就给了她们二十块钱,说是除了买棺材葬埋之外,剩下的叫她可以摆个小摊,暂维持生计。小隆的老婆,千恩万谢地哭着走了。这天又下雨,凄凉的,如悲悼这惨痛的人生。

田迁子做了新大褂,买了新鞋,是天天借着"拉房纤"为名,上茶馆。过了一个多礼拜,他可一个"纤"也没有拉成。于是他又想改行,想串着胡同去收买古玩玉器,可又发愁本钱不够啦。算是二玉的继母,由天津汇来了五块钱,二玉缝洋袜子的钱,也凑了几个,都交给了田迁子。还是由刘大叔给趸货,办了一些馉子木梳、假戒指、珠花等等,每天他跑到西单牌楼,摆地摊去做买卖。

因为是闰月的关系,七月北平的天气就凉了。雨还常下,下得可都是"秋雨",风雨吹来,能够穿透了单衣裳而触及皮肤,凉飕飕的。街上卖鲜藕、卖莲蓬、卖"老鸡头"的渐渐多了,价钱也便宜了,听说那都是从"北海公园"里割出来的。晚香玉都已枯萎不堪,也没有人在头上戴了,一些有钱人家的妇女,都已换上了入时的秋装。

二玉现在把皮夹子和钱永远在身边带着,她就拿那皮夹子里的钱,去撕的红花儿的洋布材料,自己做了一件可身的衣服,还买了一双胶底鞋。她想着:那皮夹子反正吴惠彝也不要了,再来要,我可以只给他戒指、相片和名片。现钱就说我们动用啦,谁叫他……给他送去他既不收,又不赶紧来取?他要是一定要还,我们可以慢慢给他凑,他还能够说什么啊?

现在,二玉对于吴惠彝几乎是忘了,她把那什么陈黛娥、金爱娜等人更是都忘了,不过她还记得那个吴文琦,忽然有一夜竟又梦见了他,这真奇怪,使得二玉精神上很觉不舒服。

谭素素出来进去的总唱着一首什么歌:"暖和的太阳,太阳,太阳,金姐,她出嫁了;银姐,她出嫁了,秋香有谁爱你呢?有谁娶你呢……"有一天她就更愣啦,她居然在屋里跟二玉说:"你就是可怜的秋香,咱们长得都好看,可都没有人爱……"二玉就推她说:"你出去吧!"素素挤着两只疤瘌眼向她笑,又唱着:"可怜的秋香!啊!可怜的秋香……"

刘大叔现在改卖一些盆花,这天回来,他就在院子里说:"今儿,我到西城送花去,哈!原来西四牌楼大街上,开了个女子百货公司,好热闹!咱们不常到西城去……"

田迁子也正在家了,赶紧隔窗说:"我倒是天天上西城去啦,我怎么没有注意呀?"

刘大叔说:"你那眼睛,还能算是眼睛?那个公司不小,里头站柜台的都是女学生。真的,这年头儿有姑娘好,姑娘比小子还容易找事。"

谭素素也从她屋里跑了出来,说:"是吗?这明儿我可得去看看……"

田迁子在屋里,回身向正擀着面的二玉悄声问说:"他们说的,就是上回你说的那个,要请你当女店员的公司吧?我想你还是赶紧再找找佟慧敏,再托托人家,还是去找个位置,那有多好?光指着我这买卖,你看货也越来越少,过些日子还是不行呀!你光知道在家里缝袜子,这有什么出息?出去活动活动,练习着点交际,这不能算是给家里现眼,只要走得端正,这年头外边,女的真比男的吃得开!要是有皇上的时候,我决不指着你,现在,谁叫年头儿变了呢?"

二玉也不言语,她真不愿意有人再提说那个女子百货店。那个店毕竟开了,人家都去做事了,自己反倒落伍了,因此她就有点生气。

谭素素当天晚上就去了,回来时,紧张得跟遇见了鬼似的。二玉都快要睡觉了,她却又把二玉拉出屋去,揪着二玉的胳臂,在院里一个昏黑的墙角儿,悄声说:"你猜,我上那女子百货店去,遇见谁啦?你万也猜不到!就是那个……哎哟,敢情就是夏天追随我的那个,还到咱们门口来过,那穿白西服的……我跟你说过,你一定忘了,你的脑子真不好,就是他开的! 看那样子他是经理。那么些个女店员,我看没什么长得好看的,全都听他的。喝! 他简直权力大极啦,真馋人! 我……咳! 那天他追我的时候,我错啦! 我真后悔,我不该不理他。刚才他见了我的面只看了我一眼,可也不理……我想也去当个女店员……"

二玉一听了这些话,当时脸色就变了,一声也不言语。素素还在说:"那个穿白洋服的……"二玉却跟她跺脚,说:"你跟我说这些个干吗呀? 我又不认识他! "

素素说:"那你也不至于就跟我生这么大的气呀? 我不过是跟你商量商量,因为我想去找那个人,叫他给我找个女店员的事。"

二玉说:"你爱怎么办怎么办,不必跟我商量! "说着,她一摔手就进屋里去了。

素素在外边说:"喝! 好大的脾气呀! 大概是发了财啦? 财大气粗么! 好,咱们两人从此谁也不用理谁! "

二玉真觉烦恼,她躺在炕上,什么事都懒得做。田迂子偷着出去喝了不少的酒,回来直打带着酒气的嗝儿,喷得屋里的气味真难闻,二玉索性拉过来棉被盖上头。她的爸爸又由口袋里摸出花生米来,一边嚼着一边说:"我劝你,明儿还是应该找一找佟慧敏去……"二玉就假作没有听见,恨不得拿手捂住耳朵。她的爸爸嘴里还老不闲着,躺在那小竹榻上还咯嘣咯嘣地嚼东西。

灯已灭了,由窗纸的破洞儿吹进来的风,凉飕飕的,她感觉到以后将是难度的寒冷天气了,而她盖的还是单薄的破被。这些日子还不是就仗着那皮夹里的钱,才算把日子挨过去吗? 但这并不是个长久的办法,钱已经快花完了,爸爸是更显出来好吃懒做,以后还找谁去? 冬天在街上摆摊也很难谋生。

她的心里愁绪纷纭,并且,那女子百货店的开幕,仿佛是给了她一个打击,她更不愿意出门了。

这一天,已到了"中元节"。中元节是旧历七月十五日,俗传是一个鬼节,是"目莲僧救母"的日子,人们都得在这天追念祖先。有坟地的就得往坟上去烧点纸,坟地离得过远,或是没有钱也没有工夫的人,至少也应当在巷口焚化几张纸钱，为的是送给宗族关系的阴魂，一些"冥间的费用"。二玉的生身母亲已经死去十几年了，平时她想不起，今天，尤其是今年的今天，她特别地感觉着心里难受。

田迁子是很敬佩他们那祖坟的，他常常向人夸耀，说："在东直门外头，我们那座祖坟，有石人、石马、石骆驼……不过，现在只剩下个没有脑袋的石骆驼了。"由这个证明，在"有皇上的时候"，很早很早的年代，他们家里的确作过高官，祖宗立下过"丰功伟业"。所以他以前最爱上坟，到坟上去烧纸磕头，缅想着，也可以说是幻想着，他家里过去的伟大。不过因为穷的关系，他已有三四年没有上坟了。今年，尤其是下半年，他觉得日子过得比较宽松一些，所以又想起坟地来了，无论如何也得去祭祖。

今天当然不能再做买卖了，鬼都要过节，人更得给自己放一天假。田迁子把脸洗得很干净，穿上了他的新大褂、新鞋，带上早就买好了的烧纸，还有八百多万块钱的"冥国银行"的洋钱票，还带上一些现钱。他便向二玉问说："你不去跟我上坟吗？"

二玉正对着一个破镜奁上的不大有光的镜子，在用木梳梳头发。这是她母亲留下来的。早先，有皇上的时候，安愁不能够给她找个好人家？现在可……他这么一想，也对女儿很是怜恤，就说："你也跟我去，出城溜溜去吧！看看你妈那坟，几年没给她去烧纸，坟也没人管，也许已经平了呢。还有你那个，五岁时候就害伤寒死的那个姐姐，咳！要是有她，也轮不着什么事情我都逼你！她不是埋在那岗子后头吗？我也去给她烧几张纸，这就是对不起活的，还得想法子要对得起死的呢。你跟我出城去散散心吧！省得天天在家里这么整天皱着眉。咳！告诉你，光愁也无用，何况咱们现在也不是一点活路没有。人得想开了点，尤其咱们爷儿俩，就跟……你没听过那出戏吗？《打渔杀家》里的萧恩跟桂英，那就跟咱们爷儿俩差不多！你那个后妈，她不算咱们家里的人……咱们跟坟里埋着的那些个，才是一家子。"

二玉早就流下眼泪来了，她摇头说："我不去！我还得在家里看家呢！"说着，拿破手巾擦擦眼泪，又对着镜子梳头发编辫子。

田迁子站了一会儿，就点头说："也好！家里也得有个人，说不定佟慧敏能够找你来。"他又掸了掸大褂，就拿着烧纸包儿，从从容容地出屋去了，到了院里，还向刘大婶说："对啦！我上坟烧纸去……"

见她爸爸走了，二玉就仿佛连辫子也懒得编了，她烦恼得一摔木梳，手握着长发，就在炕头呆呆地坐着。她又想起来那天在漪涟堂饭店，当着许多的人，散了辫梢时的羞窘情形，现在，还恨不得拿手打自己。把那天的情形细细回想，那是怪我自己太不大方，而且也没有决断：或是还了皮夹，或是答应了当女店员，倒落个"干脆"呀！现在这么啰里啰唆的，心里总忘不了，算是怎么回事？反正我不能去找他！她就自己跟自己生着气。

这时招弟忽然跑了进来，说："今儿晚上北海放河灯，我妈叫你带着我看去！"二玉就一边编着辫子一边说："天还早呢！到晚上再说吧！"因为今天是"鬼节"，又因为连年各地打了不少天的仗，死了不少的人，所以"慈善会"就发起，今天晚间，在北海公园里放河灯。

招弟正在这儿磨烦着二玉，让带着她去，谭素素也进屋来了，向二玉说："快吃饭快走！今儿北海开放，白天是和尚道士念经，烧法船，晚上放河灯。快点！咱们一块儿去，我可换衣裳去了！"说完了，就忙忙慌慌地又走了。

这里招弟又磨烦着她，说："我哥哥病啦！我妈不能带着我去，我爸爸还得做买卖。二姐姐你千万带着我去玩吧，我求你啦……"

这个邻居家的小女孩很好玩，而且，跟谭素素一起玩玩也好。这些日来谭素素就像跟二玉有意见似的，这倒不怪人家，是怪二玉自己，她无理地跟人家发急，两人因此发生了意见。二玉平心地一想，觉着素素的品格虽不高，心里却也没有什么的，她哪儿知道自己不愿意听那话儿。又想：既是好几年的邻居，也不好弄得见了面谁也不理谁。今天她既是找着我，叫我跟她出去玩，我也不妨趁此和她和解，免去意见；出去玩玩也好，在家里愁死了也没有人管！于是她就赶忙地编好了辫子，她一个人的饭是很容易做的，一会儿就做完了也吃完了。

招弟叫她妈妈打扮得像个布娃娃似的又跑了来，催着二玉快换衣服,但二玉却又发了愁。她新做的那件红花儿洋布的衣服,却是夹的,这时候虽已渐秋凉,可是这时,尤其是中午时间,街上走的女的还没什么穿夹衣裳的,她可只有这一件,也没法子不穿它,幸喜还有一双像样儿的新胶鞋。那个皮夹子,怕被她爸爸回来时翻出,或在无意之中发现,所以她仍然得在身边带着。

这又磨烦了一会儿,谭素素就打扮得花枝招展的又来催她。她就去上了趟茅房,在茅房里便拿出来那颗宝石的戒指戴上了。她向刘大婶托付给照应门户的时候,手里又拿着块手绢,并且拉着招弟,掩藏着她手指上这装饰的东西。但出了门,就被素素看见了,问她说:"哎呀!你什么时候买的戒指呀?"她遂说:"是佟慧敏给我的,是个假的。"既然是个假的,谭素素就没有再问。

她们步行着到了北海公园的后门,虽然天色不过十点多钟,但因为今天是不收门票的关系,连一些平常不逛公园的老婆儿和旧式的姑娘都来了,所以特别显着人多。园中的草已长得更高,有的已染上了一点黄色。树上的蝉还在叫着,可是不再那么吵人,仿佛力气微弱了似的。湖上,莲花莲叶已尽刈去,一片汪洋广漠的碧水,秋风在上面划出一层层的漪涟,船是很少。

今天来这里玩的人没有那些高贵的,时髦的人也很少,这倒叫二玉稍稍放心,想着吴惠彝那些人,今天大概不会在这里碰见的。不过,望着辽远的水波,想起一个月以前在这里划船,和那个划船的人,却又感觉到有些怅惘似的。素素忙忙地拉了她跟招弟往西走,实在不容她想什么,所以她脑里的那片旧影,立时就断了。

由这北海的北岸向西,有一座大庙名叫"天王殿",那里,高搭着缟素的牌坊,和尚道士就在那里面诵经。外面摆着一只纸扎的大法船,约有两丈长、八尺高,虽不算太大,但上面有纸糊的楼舱帆舵;还有个龇牙瞪眼,披着发拿着叉,在船头翘立的"开路鬼",后舱还有"渔婆",上面挂着一串串的烧饼,这就是"普渡怨魂"的慈航,听说过了午就要焚烧了。

来瞧的人越来越多,都围上了这只纸船。招弟也乐得不得了,跳着,叫着,恨不得叫谁抱着她上船去看看,素素的两眼也直了。独有二玉觉着没有多大的意思,她不愿意夹在人群里,就说:"走吧!有什么可看的呀?"素素没有听见,招弟却急得直跺脚,说:"再看一会儿!再看一会儿!"

二玉站得实在有点累得慌,她就想要找个地方去歇歇。一回头,忽然看见有一个女人跟她招手,她起先还纳闷,想着:是谁呀?怎么这样眼熟?但旋即又想起来,这是那天曾在漪澜堂见过面的,她叫什么?好像叫梅蕴芬?她立刻觉着有些难为情,就遥望着,点头笑了笑。

梅蕴芬却走了过来,向她问说:"你来玩来啦?这小姑娘是谁呀?"

二玉说:"是我们同院住的小孩。"

梅蕴芬穿着绿色毛呢的旗袍,很朴素,是"太太"的打扮。这个人并不讨厌,而且态度非常亲热,说:"怎么好多日子也没看见你呀?百货店开幕了,也没见你去,你现在哪儿做事啦?"说话时很注意地看了看二玉。

二玉摇头说:"我没做什么事,在家里了,您呢?还在那儿吗?"

梅蕴芬说:"我就是每天晚上去一会儿,帮助结结账。白天,我简直一点工夫也没有,家里有个孩子,还有不少的杂事情。我老想要看看你去,可总没有工夫,你怎么样?还想上那儿去做事吗?"

二玉一听这话,真难以立时回答,她心里当然是想去极啦!这几天,正发愁没个台阶儿再跟吴惠彝见面。爸爸天天逼着去找佟慧敏,其实,上哪儿去找佟慧敏呀?那不过是多年没见面的小时候的一个同学,但是竟然弄假成真,倒成了爸爸心上的一个希望。现在,可遇见跟那百货店有关系的人了,并且,听这话味儿,自己确有去做事的可能,所以她心里立时生出无限的欢喜。不过,她还有点顾虑,态度也还故意矜持着,就说:"我倒是……想做个事。"

这时,谭素素也走过来了,瞪着两只疤癞眼,不住地看梅蕴芬,二玉也没给她们介绍。梅蕴芬把她往旁边拉了拉,就说:"那儿,现在营业很好,只是实在缺少一个能干的女店员。那几个都是小孩子,整天就知道玩,她们站着柜台还唱歌儿,吃瓜子。吴先生很希望你去,前几天都把你的住处告诉我了，叫我去找你。我一来是没工夫，二来也有点不好意思，本来，我听说你家里是个旧式人家，你未必能够有什么自由。"

二玉说："我的父亲倒是让我去了。"

梅蕴芬说："这很好啊！以后我们可以常常在一块儿。我不是说，虽说家里不指着你做事，可是一个月挣几十块钱，自己拿着花花，买点心爱的东西，总是好的……"这时，旁边站着的谭素素，听着都发了怔，她可也插不上嘴。

梅蕴芬说："真巧！我本来是跟严太太一块儿来看这法船，刚才那边人太多，我们两人就走岔啦，我正在找她，没想到没找着她，倒遇见你啦，你现在有工夫吗？"

二玉说："我倒是没有什么事，可是，我同着人啦！"梅蕴芬看了看素素，谭素素刚要招呼她，她却又向二玉说："那么……待会我见着吴先生，我就跟他说一说，表示你愿意去。"二玉点了点头，自己更觉着难为情。

梅蕴芬说："不过，白天他是不大到店里去的，他的事情很忙，也不容易找得着他。今儿晚上，他也不能到店里去，因为他一定到这儿来看河灯。"

二玉说："那么，以后再说吧！"心里却又有点生气，觉着：我还能够遍处去找他吗？

梅蕴芬又问说："今儿晚上你不在这儿看河灯吗？很好玩呀！吴先生一定来的，因为昨天我们定好了的，在这西边，五龙亭茶社，我跟着我们先生来。我想到时候，你上那儿找我们去，索性再跟他见一见面……"

二玉摇头说："也不用见了，我就……"

梅蕴芬说："你应当跟他见面再谈谈，因为他是特别看得重你。我也得当着你的面跟他说一说，不能够让他像普通职员那样待你，至少每月给你六十块钱的工资。"二玉的心有点跳，素素在旁边更直瞧她。

梅蕴芬又说："你家不就住在鼓楼后头吗？那儿离着这儿不远，你可以看完了烧法船，回去先歇歇，晚上六七点钟再来。记住了，七点钟吧! 就在这西边,五龙亭茶社。反正我一定在这儿,咱们商量完了事,看完了河灯,我送你回去,可千万……"

二玉点了点头,还想要再说什么,可是也没什么可说的了。

梅蕴芬就笑着说:"咱们可一定啦! 千万别失信! 我还得找严太太去,咱们晚上一准见吧!"二玉也笑着点头说:"好! 晚上见。"梅蕴芬又招招手,就忙忙地走了。

梅蕴芬才一回身,谭素素就紧紧地拉住了二玉的胳臂,问说:"是怎么回事? 那个人是干什么的? 你是怎么认识的? 她说请你去做什么事? 一个月挣六十块钱? 要你今儿晚上七点钟去见谁……"

她紧急地问着,而二玉却总是有点发呆,并不回答她的话。她就急了,把二玉的胳臂一摔,大声地说:"哟! 快有了好事啦! 快发了大财啦! 巴结上阔太太啦! 七点钟跟人有了约会儿,就不理人啦,立刻就不理老街坊啦! 好,谁要再理谁,谁就是忘八蛋!"也不知她是哪儿来的这么大的气,当时拉着招弟就走。招弟哪肯走呀? 直哭,她却要打招弟,也不怕旁边的人看,又嚷嚷着说:"干吗还跟人家在一块儿呀? 人家有了好事儿啦! 马上就要发大财啦! 人家连理咱们都不理啦! 咱们还不快点走?"

二玉本想过去跟她解释解释,可是见她脖子上绷着红筋,两只疤癞眼瞪得很大,更大声嚷嚷着说:"咱们别不知分寸啦! 趁早儿躲开人家远远的吧! 人家阔起来啦! 早先还在街上摆摊卖晚香玉,现在就要住大洋房啦……"有不少人这时都不看法船了,都回过头来看她,连带着也去看二玉,二玉真觉着难为情,就赶紧躲开了。

谭素素到底生着气把招弟拉走了,二玉知道她回去,一定嚷嚷得满院子的人全都得知道,其实这倒不怕。

在西边,有一条小路,涌着一座土山,那里有两棵单薄的小松树,放着一把休息椅,可没有人在那边坐。二玉就走过去了,她的心里真是乱七八糟的。要就去当那个女店员,即使每月真给六十块钱的薪水,自己也是不愿去的。因为吴惠彝那个人,绝不是个好人,何况我本来都不去了,已经僵持了这些日,忽又,等于是央求他,这有多么令人难为情? 可是,有法子吗? 以家庭状况来说,我要再找个事,挣点钱,这几天就过不去！所以，无论怎么说，今天遇见了梅蕴芬，这个机会总是好的。何况话是先由她说出来的，她主张叫我去，还有什么得比别人优待，那都是她先提出来的，她先给我向吴惠彝去说，在面子上不算太难看，可就怕，真的，吴惠彝还不定点不点头呢？

因此，二玉心中又忧虑了一会儿，但转又一想，事情当然没有问题！梅蕴芬去告诉了他，他不定得怎样地喜出望外。本来么，从夏天他到摊上去买晚香玉，以及后来留下皮夹子，里边又有那么一张相片……我又不是傻子，他存的是什么心，我还能够不知道？那么现在我就等于是……哼！到底是叫他称心如意了！她因此又非常地生气，觉着不甘心，觉着脸上发热，觉着这不对，这很危险，而应当急速地……不干！

但，不去干实在又不行，尤其是这时候谭素素一回去，已闹得无人不知。爸爸若是上坟回来，听说了这事，他当然是不但没问题，反得特别高兴……早先我把爸爸那个人猜错了！今天我要是半夜回去，他也不会问一句话的，我要是这时候回家，他一定要逼着我再来。

如今就是：吴惠彝那里一定欢迎我，爸爸也绝对能够愿意，邻居们都会羡慕我。今后的生活不但用不着再发愁，还能够很好，就是一样，我是不是就能由此而堕落啦？

堕落？堕落的道儿我是绝不走的！无论什么时候，我得横住心，保持住我自己！我一定要这样，我反正还是有我自己的主意！

她一个人在这儿心绪纷纭，忽而矛盾、交战，忽而生气、担心，忽而可又觉着眼前是一片坦途。她孤零零地坐在这孤零零的椅子上，眼前连个走过的人都没有，可是在她的身旁，在她的心里，仿佛比那边等着看烧法船的那些人还乱。五彩斑斓的梦在她的眼前飘荡，有时可又变为了愁云惨雾，她的心里升降着甜的汁，苦的液，精神上也感到一种特别的兴奋和紧张。

又待了许久，那边突然传来哦哦地喊叫声和呱呱地凌乱掌声，起了一阵纷乱。只见人群之中火光与浓烟高高地升起，咚咚咚、喳喳喳，皮鼓与铜铃不住地响，大概那边已经把那只"法船"焚烧了。一霎时，那只纸船就变成了灰烬，浓烟还在空际飘浮着不散，那成千成万的人也都饱了眼福,达到了目的。白日的这出"好戏"是演完了,只剩了夜晚的放河灯。

人群渐渐地散开了,可是好像更为稠密了,堤边柳下,湖畔阁旁,桥头坡上,处处都是密密的人,将公园变成了闹市。有穷的人,穷得衣履都不齐全,进公园来就好像是为要饭;也有阔的人,拿着手杖的男的,挟着皮包的女的,他们仍然悠闲地走着。

二玉这里,人也多了。休息椅本来不是为一个人坐的,也就有人向她的身边来怔坐,使得她连在这儿发呆想心思,都不可能了。于是她就把她的座位让给了一个白头发的老太婆,站起来走了。

她行在人群里,今天倒不感到孤独,因为像她这样梳辫子的姑娘,有的是,梳着髻儿的女人也更多。她在这时,忽然心里又生出一种感想,好像她去不去做那个女子百货店的事,不但是受穷与富裕的两条路的交叉点,也是自己生活上的新与旧的分歧之处。自己本是生在旧式人家,爸爸永远说什么"有皇上的时候",真是顽固。他又至今也不准我剪发,更是愁人。顶多了再过几年,我也跟这些个梳着髻儿的妇人一样,那活着还有什么趣味呢? 若是,做了事以后呢,生活可就渐渐的会变得"新"了,也可以……虽然自己不是羡慕那些时髦的太太,可是究竟有了前途。

她一边走着,一边又这样的寻思着,打算着,她已经一点也不彷徨了,心里已经没有了犹豫、矛盾。她决定了要去做事,就是对付对付吴惠萃也不要紧:他还能够吃了我吗? 所以,她现在的心情,只是急切地盼着快点到那晚上七点钟。等待着时间,是最难受的一件事,越盼越急,可是太阳越不向西。她遥遥地看见了那边的五龙亭,可又不敢往近了去走。她希望遇见个熟人,谈一会儿,也好解闷儿呀! 可是这么多的人,多一半都是一年也不逛一次公园的,全都直着眼,假定有个熟人,看见了叫他,他也不会听见的。

她现在可又渴了,虽然有茶座,那里还有汽水呢,二玉的身上也不是没带着钱,只是她没有那种习惯。她也找不着一个休息的地方了,就倚着湖畔的铁栏杆站着,站得她腿都发酸了。面前的碧水,晃得她眼花缭乱,柳丝荡过来的秋风吹散了她的鬓发。

天是渐渐地晚了,湖波已染上了凌乱的金色。她手上的那戒指上的蓝宝石,也映着夕阳的返照,灿烂地发着光。人来得更多了,刚才没看见烧法船的,现在也看河灯来了。

第五回　水逝灯飘心期成幻影
峰回路转聘报到寒家

　　人们大概都是吃完了晚饭才来的,二玉到现在可还没有吃什么东西,虽然这园子里有很多的便饭店,中西餐都有,她却连想也没有想到,只看见了一个提着篮子卖包子的,她买了四个,可又不好意思当着来来往往的人吃,她就依旧在柳树下,倚着栏杆,假作低头看湖里的水,她却悄悄地吃了。

　　这时暮色渐渐下降,空中的云霞缤纷散落。园里的一些电灯全都亮了,人群就跟粥似的,仿佛越来越稠。她想着:一定是已经到了七点了,还许过了时候,我应当去了,于是她的心弦又觉着有些发紧。

　　往西走了不远,就到了五龙亭。这里是临着湖的五座建筑得非常壮丽的亭子,有划船的码头和准备放河灯的地点,也就在这里,所以这里人挤得更密,可是都不能够往近处去,因为近处全是茶社的所有地,那里亭内亭外全都摆着桌子和藤椅,座位上差不多都坐满了。

　　今晚这里的生意特别好,因为上流的有钱的人,都携着眷属在这里等着看河灯,这个地方是"近水楼台",不用去挤,到时候自然能够看得见。现在呢,泡着香茶,摆着瓜子、水果,还可以随时叫茶房拿来水和冰激凌,这儿也有点心和饭菜。这里的人们就坐着很舒服的藤椅,抽着烟卷,可以领略阵阵微凉的晚风,可以看那东方刚出来的淡淡的月,还有不太清楚的银河、才又分离的牵牛织女的双星,以及许多小星星。

旁边的电灯比星月更亮,照着这些人们,二玉站得远远的,看了半天。她真不能断定吴惠彝和梅蕴芬已经来了没有,她的脚步踌躇着,很是为难的,但又想:我怕什么呀?又不是没见过面,又是他们请我来的,我也不可以太不大方啦!于是她就往前去走,仿佛这也使别人羡慕:瞧!人家进茶社去了!

这茶社的客人真多,十几个茶房简直忙不过来,她来了,仿佛就没有人将她加以注意。旁边有人从藤椅上立起了身,扭着脖子不住地看她,大概是因为注意她的这条辫子。

她也不能就在人家的旁边站着呀,想叫茶房,却也叫不出口。这时忽听临着湖的那边,有人站起来,招着手叫她说:"来吧!田小姐!我们在这儿啦!"她这才看见梅蕴芬是已经先来了,赶紧笑着往前去走。

梅蕴芬还同着一个中年的女人,却没有给她介绍,只赶紧叫着茶房,说:"再搬把椅子来!再拿个茶碗来!"她叫了好几声,才有个茶房过来,给又搬来了一把藤椅。

这个地方紧临着湖水,月光照着水波,就在眼前浮动着,风吹来也觉得很冷。但二玉的心里,却满怀着热烈的希望,她觉着事情是 定成了!她心里想着:虽然我一天也没有回家,可是爸爸一定早就知道了,我回去就告诉他这件叫他喜欢的事,每个月可以挣六十块钱了,真是花不了的。她当下向梅蕴芬笑着说:"我还以为你没来呢!"

梅蕴芬说:"我不敢来晚了啊!来晚了这茶社也没地方了,就看不见河灯啦!河灯虽没什么特别的,可是不常有,今年要是不看,不定得过几年才看得着呢。"旁边那个中年妇人也点头说:"本来年头儿不好,孤魂怨鬼多,这才有人放河灯,要是好年月,放河灯干什么呀?"梅蕴芬说:"河灯我还没看过呢!要不,今天我也不来……"

她们的兴趣仿佛完全在那河灯上面,这叫二玉的心里很着急,她也不好意思劈头就问。喝了一碗茶之后,才用话去试探,问说:"您这天倒没有什么事吧?"

梅蕴芬说:"我怎么没有事呀?家里还有个孩子叫老妈看着啦!百货店那边也不放假,每天我都应当去一趟,今天我可就没去。"二玉笑了笑,说:"您真忙,今天您为我的事情大概又操了一番心。"梅蕴芬摇头说:"你的事倒没什么的!我也不过是替你在旁边说两句话就是啦。其实我不给你说,也没什么的,我也知道,你和吴先生的交情比我们和他还深得多。"

这句话叫二玉听来,倒不禁觉得有点莫明其妙。可是,也难怪,吴惠彝是很会编瞎话的,他不定和别人怎么说,我和他是有多么深的"交情"啦!这实在是一种侮辱,不过现在为了做事,为了生活,就是侮辱也得忍受着点!因此她听了这话,就也没大介意,反带笑地又问说:"吴先生……"说出这三个字来,不由得觉着很惭愧,幸喜这是晚上,虽说电灯很亮,可是大概梅蕴芬也看不出来她的脸红。她接着问说:"吴先生没来吗?"

梅蕴芬说:"他大概还得待会才能来。我的先生跟陈经理、郝司长,全都在亭子里了,听说焦督办的少爷大概也能够来,他们还有别的事情要商量,所以我也不便过去。可是吴先生待会一定来,等他来了,我必给他去说一说。"

二玉真觉着急得慌,后悔当初他们求着的时候,她反倒拿着架子不去,现在,到了求人的时候了,这滋味才难受呢!梅蕴芬这时又只顾和旁边坐的那个中年妇人谈话,不大来理她,所以她更觉着寂寞。

天色更黑了,湖上的风刮起来,触到身上已觉着寒了。那边的小码头上的人吵吵嚷嚷的,仿佛是都已等得急不可待了,都在说:"为什么还不放河灯?"

二玉的心里很急,她就问说:"吴先生还没来吗?"

梅蕴芬仿佛是才想起来的样子,这才和那中年妇人的谈话中辍,站起来说:"我给你去看看!你先在这儿等着。"二玉只好又在这儿等着,心里生气地想:吴惠彝的身份忽然大起来了,他真成了个老爷啦?只见梅蕴芬往当中的那个亭子走去。

那里的电灯特别亮地照耀着,那边是几桌尊贵的客人,男的女的坐在那里,饮着一些晶莹的绿酒,谈得也都非常地高兴。二玉扭着身子向那边去看,看了一会儿,就见梅蕴芬回来了,向她说:"吴先生来了!"

说这话时悄着声，仿佛非常秘密似的，又说："你来吧！见一见他吧！"这又带着些谆谆嘱咐之意，仿佛是叫她不要说错话。二玉这时候，不知道是为什么，真像是有点对吴惠彝害怕似的，同时更觉着难为情。她的心里发紧一阵阵地跳动，脸上像是被火灼着一般地热，两腿也仿佛有点没力气了。

二玉同着梅蕴芬到了那亭里，见那里两张方桌拼在一起，铺着雪白的桌布，摆着酒瓶子、玻璃杯，杯里是红的绿的液体，周围是烟雾缭绕。围桌坐着五六个人，有两个女的。其中的一个，也是那天二玉在漪澜堂里见过的，名字似乎叫什么陈黛娥，但是那天，她还不过是女学生的打扮，现在，简直是非常地阔了，像是个阔太太，又像是个电影明星。她眼睛直直地看着二玉，没有欠身，连点点头或是笑一笑的表示都没有。旁边的人，无论男的女的，看见了二玉，也都没有一点儿客气。尤其是吴惠彝，穿着一身浅灰色的洋服，躺在那把藤椅上，仰着一张圆脸，喷着烟，神气十足地傲慢，身份真比"老爷"大得多，比什么官，或是什么"督办""总长"的气派还大。

梅蕴芬就好像是个传达处里的听差的，她走过去，弯着腰，和吴惠彝低声地说话。吴惠彝略略地转转脸，瞧了瞧在这里直直站立的二玉，并没有一点什么表示，只含含糊糊地说了两句话。梅蕴芬就点点头，走过来向二玉说："你先回去吧！在家里听着信吧！吴先生说，百货店要用人的时候，一定要派人去通知你。"

二玉听了这话，心里就像是填入了一块大石头，不但是压得难受，而且堵得发疼。看见吴惠彝那副趾高气扬的样子，现在连再看她一眼也不看了，真是可气可恨！二玉就想：应当这时就去跟他大闹一场！把他的那张鸡心形的相片拿出来，扔给他，就对他说：你看看你在这相片上写的是什么？现在你却又端起来架子来啦！但是二玉实在不会这样做，连一点儿也不会做，她只会干生气。

当下她一声也没有言语，就回身走了。她自然不便再回到那边去坐了，梅蕴芬也没送她，她就忍着眼泪离开了这里。这时湖边上站满人，有许多小孩子都"哦！哦！好呀！好呀！"地叫嚷着，倒好像是在讥笑她似的，其实，她也知道不是对着她，是对着那河灯。这时候河灯已经开始放了，所以人们都这样地高兴。

河灯，原来就是纸做的"莲花灯"，中间点着一支蜡，下面不知是用油纸做的一种船形，还是利用西瓜皮，反正放在水里它不沉。它漂浮着，蜡也不灭，被风吹着，顺水流着，它越漂越远，红的灯儿，黄色的火焰，在碧波上浮动着，漂到远处，就好像一颗星。此时，像这样的河灯，放了有二三十个，都在水面上，时远时近地漂浮着，确实是很好看的，无怪这么多的人都这样高兴，大概都觉着在这里期盼了一天，结果看见了这么好看的河灯，总不算是冤枉，所以全都很快乐。

二玉仍倚着一处铁栏杆，向河里望着，她的两眼却不住地溢泪。泪水模糊了她的眼睛，已经看不清楚水波、河灯和这么多的人了。她认为只有投下水去，结束了性命，才可以消去心中的气，免除眼前及未来的永远的苦痛！她认为自己是上了梅蕴芬的当，在这里白等了一天，结果，是完全失望了，还落了个没趣。家里，谭素素不定还在怎样地妒嫉，院邻们也许还在羡慕地谈论着，爸爸大概也在喜欢着，期盼着呢。

其实我完全是上了人的当了。不，梅蕴芬也许是一番好心，不过她并没有力量，她大概也是没有想到，吴惠彝的态度变了，他又不需要我了。这个事找不成，还上哪里找事去呢？真不如当初，就那么安分地帮着爸爸摆那小摊，根本就没有找事的希望，倒好。现在，真没有脸再回家了！但是在这些人的注视之下，她想要投湖自杀，都是不可能的。

她擦擦眼泪，觉着西风吹来更冷，幸亏今天穿的是夹衣裳。她抬起手来，掠掠那被柳丝搅乱的头发，蓦然，月光照着手指上的戒指，闪烁的发着光华。她顿然想到：这宝石戒指能够值不少的钱吧？吴惠彝他既然又不用我做事了，可见他的心里一定很恨我，这个戒指跟那些钱，他一定要逼着去向我要吧？哼！这戒指当时就可以摘下来给他！钱，那不打利息呢，将来慢慢地我也都还给他……

她的心绪这时候更觉着乱，而且觉得眼前是个绝路，除非死，才能够完！可是，她又绝不甘心这么年纪轻轻的就死，她想要挣扎，不但想要活,还想要把所花去的吴惠蘩的钱和没有用去的东西,在一天之内整个的都扔还给他!还要当着梅蕴芬,当着陈黛娥的面,或者是到他那百货店里,扔给他!叫他没脸,叫他也难受,叫他别再看不起我!可是,从哪里才能够得到钱呢?当然不能够跟小隆的老婆去要,那么还是托同院的刘大叔给我找事吧。她想得头都觉着发沉。

现在河灯已漂到了湖心,几乎全都灭了,人们又都拥挤着往园外去走。她也身不由己地向外走去,不知怎么着就出了园门。

这中元节的夜晚,街上原来也很热闹,有许多孩子都举着纸做的莲花灯,还有的高高地举着一枝带莲茎的大荷叶,里面也点着个蜡头。所有世上的人,还都是这样的狂欢,她却更觉得没有了路,索性如今连希望、幻想也都破灭了。她真像是一个凄惨的游魂,回到了她的家,好像又归到了颓毁的坟墓里。

她进了屋子,她的爸爸田迁子真在等着她呢,迎上来就紧张地,又怀疑地悄声问说:"怎么样了?事情找着了没有?你在北海遇见的,那是谁呀?"

她说:"那是佟慧敏的妈。"

田迁子点头说:"我一猜就是,西头的那个丫头,那两只疤癞眼的丫头,真可气!回来就在院子里大声吆喝,七点钟五龙亭订约会!我是刚回来,我一听就明白啦。他妈的,订约会是女的跟女的订约会,又不是跟野小子去订约会,她管得着吗?可是我又纳闷,找事的事全都说好了吗?一个月是五十还是六十啊?干吗还得订约会啊?"

二玉心里真烦,没有精神回答她爸爸的话,而田迁子又偏要寻根问底地问:"到底怎么样了啊?"二玉就心不在焉地回答说:"不过是先见面谈一谈。"

田迁子又问说:"定了吗?是一个月六十块钱吗?几儿上班啊?"二玉说:"还没有说成啦,刚和经理见了面。"说到"经理",她真恨,恨得要哭,田迁子却说:"怎么?还没成?"他失望得很,仿佛是做梦梦见了元宝,如今梦醒了,元宝又没啦。

二玉皱着眉说:"您是没找过事,找事还有容易的吗?还有一说就能成的吗？也得等几天呀！人家说，过几天要是用我，就派人给我来送信。"

田迁子不住地吸着气，说："这么一说，据我看，可就又有点不保险啦！我还以为是成了呢，白叫人家嚷嚷了半天，弄得谁都知道了，我也白喜欢了一场，原来，多半这就算是吹啦！大概你也是跟我一样，命里注定，活该吃窝头，有一点好事，都不能够顺心！今儿我上坟的时候，我就有一种感觉，我觉得我还不如你妈，早躺在坟里早舒服……"

二玉跺脚说："这又有什么办法？事情不能够立时找来，也许，从此以后就真没希望了，可是，这难道怪我吗？"

田迁子说："不是怪你！我要怪我的女儿给我挣不了钱来，那我就不算田氏门中的好小子！"说着吧地打了自己一个又响又脆的嘴巴。又说："我不能指着女儿吃饭，可是也不准女儿在外有约会！有约会，能够挣饭，那在这个年头儿还可以另说。如今，饭也没挣成，约会是白约了，这不是成心拿着人打要吗？"

二玉擦着眼泪说："您就嚷嚷吧！"

田迁子说："不是我愿意嚷嚷，是我平常觉着佟慧敏她们还不错，我还想得了工夫得去一趟！现在我一看，哼！大概也不是什么有好杂碎的……"

二玉哭着说："反正是求人不成，净指着人也是不行！我在外边受的气，我还没处去说去，您……您倒不答应起我来了……"她把所有的气跟伤心，全都勾引出来了，她就拿手绢捂着眼睛，不住地抽搐。

这时，她手上戴着的那戒指，就被她爸爸一眼看见了。田迁子赶紧过来，他几乎把眼睛都挨在了女儿的那个手指头上，问说："这个戒指，是从哪里来的？"他的声音发颤，脸上白煞煞的，眼睛几乎要把那戒指上的蓝宝石瞪碎了。

二玉当时止住了哭泣，正色地说："这是人家佟慧敏送给我的。"

田迁子恨不得把戒指从女儿的手上拿下来，又问说："是真的还是假的？"

二玉摇头说："我也不知道！这还是前些日子，我到佟慧敏的家里去，她有一个小匣子，里头有这样儿的戒指十几个。她要送给我一个，叫我挑，我就随手拿了她这么一个。"说着她就摘下来，往炕上一扔，反正现在不给她爸爸看也是不行啦。

田迁子赶紧从炕上摸着，就近了微弱的灯光，瞪大了眼睛仔细地看。他不愧是曾做过几天收买玉器的生意，有点懂行，他就说："不是什么上等的货，圈儿倒是九成金，可是……"又声音发颤地说："倒不像是订婚用的戒指。"

二玉着急地说："这是人家佟慧敏自己买的，怎么会是什么……订婚的戒指啦？我也不想要，过两天我想给她送回去。"

田迁子说："那倒不必，人家好意送给你，你要是不收，倒辜负了人家的心，好在是同学，没什么的，要也没什么的……哎！想起来当年，这么个东西也不算什么。娶你妈的时候，放小订，是一对四两重的金镯，两只翡翠镯子，放大订的时候，金首饰、玉首饰、银首饰，一样就是一大匣子，那要搁到现在得值多少钱呀。今儿我在你妈的坟前还想着，她死的时候，还带走了两个五钱重的金戒指、两根玉簪子，还有一个金九连环呢！这现在还能够说吗？咳……"

他把戒指又给了二玉，唉声叹气地说："你好好戴着吧！姑娘家，哪有不喜欢首饰的呢？当爸爸的给你买不起，就算是对不起你。要不，我为什么一来就要说我想去投河呢？活着，我谁也对不起！咳，说这些话也没用，你是个明白孩子，用不着我多嘱咐，又不像有你妈活着，什么话都可以跟你说。我是有些话都不说出来，就盼着那什么佟慧敏能够给你找一个规规矩矩的事，指着我是不行啦！我今儿去上坟，就是跟你那妈，跟你那姐姐说一声，我快要找她们去啦……"说着，就又躺在他那破竹榻上去睡了。他说的这一些话，是比他嚷嚷、吵闹、发脾气，更能够使二玉难受，所以他虽然睡了，二玉仍然在哭泣。

中元节的次日，天气仿佛是更凉了，度过了"鬼节"，人世是更显得那么惨惨淡淡。二玉的眼皮都哭肿了，她不好意思出屋去见人，还得穿着破旧的衣裳在家里蒸窝头。

昨天晚间田迁子在屋里嚷嚷，邻居们就全都听见了，知道所谓找着个每月六十块钱的好事，大概是不成功。所以，谭素素也跟她释了"前嫌"，来到屋里，故意地问说："昨儿你是什么时候回来的呀？你看见河灯了吗？后来我领着招弟又去啦，怎么找也找不着你。我本想上五龙亭去看看，可是我又真没那个胆子，因为我想，我们这个长相儿，还配上那个地方吗？"二玉忍着气不理她，她又问道："昨天遇见的那个人是谁？说了半天，要找的是个什么事呀？你告诉我也没关系呀？"二玉却决不跟她说话，她就撇了撇嘴，又走了。

田迂子又不想做买卖去了，十点多钟才由小竹榻上起来，把那戒指要过去又细看了看，连说"不错"。他喝着小叶茶，吸着"小鸡牌"烟，又说："佟慧敏那儿，你还得去一趟。找事情就是，得自己常去活动着，别叫人家忘了，要是等着人家把委任状聘请书送到家门儿，那可是很少。"蒸好了窝窝头，他还得叫二玉出去，给他买来点猪头肉。

二玉连出门见人都觉着羞惭，她对什么"做事"已经完全断绝了希望，只盘算着如何去做他们那买卖。指她爸爸也不行了，得"豁出去"，自己去做，反正也得叫它能够维持生活，别再想"攀高枝儿"。只要小买卖能够维持住了衣食，那时吴惠彝再来说什么"六十块"，甚至干脆告诉他说："不去！你磕头作揖来请，用汽车来接，我也是不去！"

她这一天，就仿佛是跟谁赌气似的，永远这样想着，情绪十分地不安，向来她也没这样儿过。以往，有时她烦恼，伤心，现在却不是，她只是积极地想要自己找一条出路。她并不灰心，她仍然在幻想，但这个幻想是一点也没有边际，非常渺茫，可是她愿意得到，好去弥补她在昨天的损失，好向昨天那个说用她而又不用她的"骗子"，那个端着臭架子的人去报复。

田迂子也没有出门，他躺在小竹榻上，就像是起不来了，二玉更是什么也做不下去。对门的袜厂也没叫小徒弟送袜子来，大概是因为他们近来比以前有了钱，还许是听大家说她有了"好事"，所以，不敢把袜子再拿了来。因此，她仿佛是"好事"没有找成，反倒把原有职业丢掉了。同时心也不像早先的那个心了，早先辛辛苦苦地赚到几个钱，就十分高兴，现在却老想着挣几十块，再做小买卖，仿佛她得一个月能够赚几十块才好。

她的幻想终是幻想，总想不出来具体的赚钱的法子。可是脑子里的希望还没有断，眼前的事实却又有了新的发展。下午三点多钟的时候，忽然外边有人打门。她探出头来一看，那打门的已经走进院里来了，问说："这院里有姓田的……"还没有问完了这句话，那人就一眼看见了她，大笑着说："咳！你这地方可真难找，叫我好费事，才算找到这儿来！"

这正是昨晚分手的梅蕴芬，二玉立刻就脸红了，因为，自己现在是一身破衣裳，而且怎么让人进屋去呀？爸爸还在屋里躺着啦！把什么"佟慧敏"那些谎话拆穿了倒不要紧，可是要叫人家看见我们原来是这样出奇得穷，这可真难为情死了！她恨不得伸出两只手去拦住，就点了点头，笑着问说："您来，有什么事吗？"

梅蕴芬笑着说："吴先生叫我找你来了！你的事情成啦，现在就请你去。"说着就要往屋里去走。这时，二玉的心里虽然出乎意外地喜欢，可是又太窘了，就说："您不用进屋了！我们的屋子太不像样了。"梅蕴芬却说："算什么呀？我们家里也是一样。"

这时田迁子光着脚，拖着破鞋，就从屋里把门推开了，他弯腰拱背的，笑嘻嘻地说："您请进吧！这位太太……"向二玉问说："这就是佟太太吗？"二玉红着脸摇头说："不……是梅太太！"田迁子就赔着笑说："啊，梅太太！您可别笑话我们，摆了这几年摊，简直家里太破烂啦！可是我们早先有皇上的时候，也不是就这个样子……"

梅蕴芬把这屋里的情形一看，当时也仿佛很不好意思似的，就说："自己的人，客气什么？我跟田小姐，以后我们就是同事啦！"

田迁子大喜说："是吗……"他喜欢得不知道要怎么样，又深深地鞠躬说："得啦！就请太太多多栽培吧！"二玉却在旁沉着脸说："您就别多说话啦。"田迁子赶紧又向女儿鞠躬，连说："是！是！我这就走，我给太太沏茶去！"说着，拿起他家里的那把破茶壶，就出屋去了。

这时，招弟跟谭素素全在院里站着，向屋里来看，二玉把门带上。梅蕴芬穿着浅绿色的绸子夹袍，很漂亮，这个炕，她真不能够坐，她皱了皱眉,然而很恳切地说:"我不知道你家里的情况是这个样子,我要是知道,我早先想法子跟吴先生说,叫你到百货店里去了! 一向,我总认为你不太需要呢……"

二玉不禁落下泪来,低着头说:"我真是需要,可是我总不愿去求人。"

梅蕴芬说:"年轻的人都有这个脾气! 我不瞒你说,我也很受过苦,早先一点也不会交际,现在才算学会了一点,没法子,为生活就得去求人,就得依赖人。我不是说,我要是不为钱,我干吗还要在百货店里做事? 干吗听吴惠蓂的指使? 按理说,我们是亲戚,我是他的表嫂呢! 可是现在,就跟他的听差的差不多了。"

二玉擦了擦眼泪,又笑着说:"我真没地方让您坐。"

梅蕴芬摇头说:"我不坐着! 你快点换衣服,咱们这就走,趁着这时候吴先生在家里。我是接了他的电话,他告诉了你的住处,叫我来找你,请你赶快去,他还要跟你谈一谈。据我想,昨儿晚上在五龙亭,当着那么多的人,他也不能一下就答应说要你,因为现在托他找事的人多,还有不少的是有大面子的,他都没有用;他不能不叫你先回去听信,其实我知道他是很欢迎你。你这一去,跟他谈谈,你可以说家里怎么需要,不然他老说你很有钱,不指着这个。事成功了不好吗? 一个月挣几十块钱,干什么不好? 再说……"她又低声地说:"吴惠蓂现在很活动,认识的都是目前最阔的人,咱们给他做事的,靠着他,将来还能够有更好的希望!"

二玉听着,点了点头,但心里更觉着有点紧张,对于将来,仿佛倒有些害怕似的。她就被梅蕴芬在旁催着,看着,换了衣服跟鞋,还是跟昨天一样的打扮,但是现在她不愿再戴那个戒指了,又对着那破镜子梳了梳头发,还擦了点胭脂。

这时田迁子在谭素素的家里借来了茶壶跟茶碗,沏了一杯茶,拿回屋里,还掏出来他的"小鸡牌"烟。梅蕴芬就说:"我不喝茶,也不抽烟,不要客气,我们这就走啦!"田迁子说:"您再歇会吧? 那么……"梅蕴芬已经跟二玉出了屋子,他又追着二玉,悄声问说:"你跟着太太上哪儿去呀?"二玉说:"人家找我,大概一会儿就回来。"田迁子直送出门去,又向梅蕴芬鞠躬,谭素素也追出来看。

第六回　巧语花言教人学交际
　　　直声戆气为伊枉关心

二玉跟着梅蕴芬走了不远,就雇了两辆洋车,二人坐着,往吴惠彝的家里去了。

碾儿胡同是进了"后门"不远的一个里巷,这条巷可深得很,里边住着不下数百户的人家。吴家是一个很漂亮的门儿,房子十分整齐。下了车,梅蕴芬给了车钱,她就上门前去按电铃,院里一阵"嘀铃铃"的响,门外都能够听得清楚,可是院里很清静。

待了一会儿,里边就有人把门开了,出来的是个三十来岁的仆妇,笑向梅蕴芬说:"苏太太回来啦?"二玉才知道梅蕴芬的婆家是姓苏。当下,梅蕴芬就领着二玉进了门,这里的院子真干净,摆着许多盆花。进了屏门,见院子更大,花也更多,笼里的鸟儿在"啾啾"地叫,真跟个花园似的。

梅蕴芬问那仆妇说:"你们少爷没出去不是?客厅里没有人不是?"仆妇回答说:"没有。"梅蕴芬就向二玉微笑着说:"他是在家里专等着你啦!"二玉倒不禁疑惑,而且有点发跳。

她被让进了客厅,这客厅布置得很雅静,墙壁的颜色,跟器具的颜色,以及窗帷、台布的颜色,都十分的调合,电灯的灯罩也都特别漂亮。墙上挂着很多的相片,大概都是吴惠彝本人的,相片上的人都比他本人好看。这屋里还有钢琴、留声机,还有几册画报,梅蕴芬就说:"你请坐吧！你稍等一会儿，我去告诉他你来啦！"二玉点点头，在沙发上坐下，梅蕴芬就出屋去了。

那仆妇给倒来了一玻璃杯白开水，这回二玉可没有欠身，她想着别叫这个老妈子瞧不起。于是她就拿起了一册画报，一篇一篇地翻阅，就见上面都是些个年轻的时髦女子的相片。现在她对于这些很是注意了，因为自己正在计划着，将来怎样地剪发、做衣裳，打扮。

窗外传来了嚓嚓的脚步声音，二玉赶紧放下了画报，门一开，正是吴惠彝进来了。然而那仆妇遂着就出去了，并且带严了门。二玉真不知如何是好，不过她自然地就跟小伙计见了掌柜的一样，赶紧站起了身。吴惠彝却也真有点"经理"的架子，虽然是穿着西服，下边可是一双拖鞋，他抽着烟卷，点头说："坐吧！坐吧！"

他并不像早先在摊上买晚香玉时那样的轻佻了，也不像那天在漪澜堂，那么高傲了，他就坐在二玉对面的一张沙发上，眼睛也不大看二玉，只说："你现在肯于给我们的商店做事，我很欢迎。刚才梅蕴芬也跟我说了，她见你家里的情况是特别的困难，这，我一定要帮你的忙的，因为你很聪明，人也端重。"

二玉本来正觉着局促不安，忽然见吴惠彝是这样的态度，说这样的话，她的心里不由得十分感动，而又觉着难受，她就婉转而可怜地说："我本来早就愿意做事，就是怕我的父亲不愿意，才有那些事……"她想解释解释过去的误会，不料吴惠彝却摆手说："那都不必提了！我完全了解你。"二玉也不能再说别的了，想到了皮夹子的事，可也无法说出口。吴惠彝只管吸烟，也不再说话，如此就相对默然了约有两分钟。

吴惠彝忽然笑了笑，说："大概你也没怎么看过'好莱坞'的电影吧？"

"好莱坞"这个名称，二玉是从来也没听谁说过，所以她当时就是一怔，摇摇头，微笑着说："我不常看电影。"

吴惠彝像说正经事似的，说："好莱坞为什么有那么多出色的电影明星呢？那都是专门有人从世界各国千方百计物色来的，有的是奥国人,有的是挪威人,有的是百货商店里的模特儿,有的是舞星、歌后、滑冰的选手,各有一技之长,各有各的特点。聚集了全世界的各种特殊人才,再加以特别的训练,所以好莱坞的电影事业才能蒸蒸日上,在全球上称为第一。所出的片子,没有一部不受欢迎,没有一个公司不赚很多的钱,这就叫作现代商业的技术。"

二玉不明白他为什么忽然要说这些话。

吴惠彝换了一支烟卷吸着,又说:"所以我办这女子百货店,在没开幕以前,我就采用这个方法,我先得挑选几个人才,于是我就各处去找,上至女子学校,下至街头。我费了约有三个月的时间,仅仅挑选着两个人。一个是陈黛娥,她是相当的美丽,但她太时髦了,可以说是太'小姐式'的了。这也有缺点,因为咱们营业的对象,不尽是摩登的人家。相反的,那些守旧的老太太们,大公馆里的主妇,她们倒都极有钱,都愿意买东西,可是又看不上摩登女子,譬如一个摩登女子站柜台,她就不愿意来买,这是心理作用。因此,陈黛娥只能受一部分的主顾欢迎,同时也有许多顾客对她必不欢迎。而你呢……"他看了看二玉,就说:"你是我挑选到的,一个特殊的人才!"

二玉被他夸奖得不禁脸红了。

吴惠彝又说:"你听我说,第一你有一种闺秀气,现在的小姐们都满街跑,谁还能称得起是闺中之秀呢? 所以现在的闺秀,就非得是旧式女子,太旧可也不行,缠足,那绝不能当女店员,但却不妨梳着一条辫子……"

辫子,正仿佛是二玉的短处似的,她最怕人,她原希望借着找着了这个事的机会,就剪发。然而想不到吴惠彝对她的这条辫子,竟也夸奖起来,她真觉着难为情,同时也莫名其妙。

吴惠彝又说:"你的这条辫子是千万不可剪的,剪了可就使你的美丽减去好多,于咱们的营业前途,也大有妨碍。因为你若能保持着这般姿态,那些有钱的太太们才乐意跟你接近,因为她们最喜欢你这样儿的大姑娘,同时也能够唤起她们的回忆,使她们想起了自己的青春时代,就拿你当成是早先的她们,或是她们早先的姊妹了,于是自然就有好感，自然乐于跟你亲近，自然能够掏出很多的钱，来买咱们很多的东西。”

二玉一听，他原来是这样打算，这可真是怪事儿了！不过可以看出他这个人的心思很细，也可见他也并没有别的企图。这其实也没关系，不叫我剪辫子，我就不剪；剪了这么长的，梳了这么十多年的辫子，我倒许心疼呢！叫我去应酬那些老太太跟半老太太们，正合我的心，我才不愿意跟时髦的小姐和穿洋服的打交道呢！

吴惠彝这时又说："我想派你做个交际员。"

二玉一听，仿佛这个职位比什么女店员大一点似的，当时就点点头，微微一笑轻声儿地说："做什么都可以。"

吴惠彝说："你是才到社会上来做事，对于一切，大概还不太明白，你先听我告诉你，交际员所应当做的一切事。交际员并不是每天非得站柜台，主要的是跟有钱的太太交际，譬如说，哪儿有什么大宴会，你就可以出马，处处投人所好，叫人乐意跟你接近。然后你就请她们到咱们的百货店来参观，你把咱们新到的货物一件一件送到她的眼前请她看，叫她冲着你的面子非买不可。她要是拘着你的面子，不买是不好意思的，买又有点舍不得钱，那你还可以亲自把她需用的货送到她的家里，也不用先付款，可以记账。反正你所交际的，都是些有钱的人，不怕她们不还账，只怕她不照顾咱们。这就是现代的商业技术，非得这样，才能够买卖兴隆，不过像你这样的人才，可是很难得的。"

二玉听了，不禁有点发怵，皱着眉说："这个事儿，恐怕我干不了，因为我哪儿认识那么些有钱的太太呀？"

吴惠彝说："这我可以给你介绍，只是我虽说认识的人多，交际虽说广，可也不能跟他们全都有交情，这就得看你以后的交际和应酬的手腕了。不过交际是需要用钱的，我可以先支给你一点交际费，同时交际场中更需要有几套好衣裳，这我也可以叫来裁缝，量量你的身体给你做；反正这些钱都出公账，这也算是本钱。好，你就坐着等一等，千万别走！我去打个电话。"说着他就站起身，出屋去了。二玉也不知他是为什么要去忙着打电话。

现在这屋里又只剩下二玉一个人了，她又拿起了那本画报，可是看不下去，心里倒像添了许多的事情似的。她觉着这个事情真不好干，同时，这算是一个什么职业呢？最好还是叫他另派给我一个别的事情做吧！她看这里非常地清静，半天也没有一个人在院里走，就想：吴惠彝的家里人口一定不多，他的太太可不知道住在哪间屋？他一定没有小孩，不然绝不能够这么清静……

北屋是正房，那廊檐底下伏着三四只大花猫，电话就安设在那里，所以吴惠彝在那里打电话，说："喂……喂……"这里能够隐隐地听见。二玉猜想梅蕴芬一定还没有走，很希望她能够来到这屋里，好对她说："那个交际员的事情我怕干不了！"她想请梅蕴芬再跟吴惠彝说一说，给另派个别的事，可是这半天也没见梅蕴芬的面。

又待了一会儿，吴惠彝又进屋里来，说："我已经给成衣局打电话了，待会儿裁缝就来给你量尺寸，只要把尺寸单子开好了，以后做什么衣裳都好办了。材料等你明天来，我再给绸缎店打电话，叫他们送来，你自己再挑选。只是鞋……"说着话就低头看了看二玉的鞋。二玉恨不得赶紧把脚藏起来，吴惠彝却点了头，说："鞋可以明天你自己到咱们的百货店里，去随便拿两双就行了！"

二玉也不言语，假装在看画报，却偷眼去看吴惠彝的态度，见吴惠彝的态度很是郑重，这使得二玉连一句话也不敢说了。

吴惠彝抽着烟卷，又细问她的家庭身世。她想着：反正摆摊卖晚香玉的事情他都知道，家里的情形，今天也都叫梅蕴芬看见了，这些事，想瞒人也不行了。于是她就把家庭的景况全都一一地说出，连有个继母在外边佣工的事情也说了。

吴惠彝听了仿佛很同情，就说："这样，你更需要做事了，不但为你的家庭，还得为你自己。你要是永远在家里待着……我说话你别恼，一个女子年岁若是大了，找事情可不能像男子那么容易，何况你将来还得结婚呢？谁愿意娶一个穷人家的女子啊？"

他像个长辈似的，对二玉进这些忠告，仿佛全都正说在二玉的心坎上了，使得二玉的心里，不禁一阵一阵地发酸，眼泪都几乎掉下来了。末了，二玉就勉强地带笑问说："吴先生！我是由明儿起就来上班吗？"

吴惠彝当时没有答话，从嘴里一口一口地喷着烟云，好像是思索了半天，才摇着头说："不用！我先得带着你去交际交际，今天是旧历七月十六……"他站起来，走近了壁间挂着的一个很大的，印得极为精美的月份牌，翻了一翻，就说："再过六天，下星期二，是我的一个朋友，焦督办的生日，这是一个很大的宴会。"

二玉一听，"督办"是一个很大的官称呀！竟是吴惠彝的朋友？因此就不禁更为惊讶。

吴惠彝说："所以待一会儿裁缝来了，无论如何，得催着他在五天之内，把你的衣服都做好了，到那时候，咱们好一块儿去。"二玉问说："您的太太那天也去吗？"吴惠彝好像发怔似的，说："什么？"接着就摇头说："我没有太太，我还没结婚呢！"

二玉不由得脸就一红，觉着这可有点不大合适，我跟他一块儿去给人家拜寿，我又不认识人家，不得叫别人疑惑我是他的……可又想：自己有辫子，有辫子就是"姑娘的表现"，他假定有太太，也不会留着大辫子的，可是别的人又准得把我当成了他的丫鬟……还是不去好，干什么去丢那个人？所以她就又皱了皱眉。

这时候吴惠彝却又说："焦督办家里是很守旧的，他的朋友也没有什么太新的人物，可都是很有钱。你去了，不用我给你向他们介绍，他们一定都得欢迎你，你再跟他们一联络，他们就都得变成了咱们的主顾。在那天，我想叫陈黛娥也去，因为她也是咱们百货店的交际员……"

正在说着，忽听电铃又响，二玉扭了扭头，隔着那挂在玻璃窗上的透花窗帘，向外望了望，见是那个仆妇又出去了。待了一会儿，就带进一个人来，原来是裁缝来了。好像是跟他们家里很熟，他也不用看材料，只是拿着个皮尺，上下前后的量着二玉的身子，同时拿一支铅笔在一张单子上写。吴惠彝并且直给出主意，说什么："袖子可要裁瘦着点！缉三道窄边儿，你明白吧？虽说是有辫子的人穿的，可是也不能不摩登，材料明天就给你送去，五天之内可一定得给做好！"裁缝连连地答应着。

正在这儿量着，外面的电铃又响了。待了一会儿，仆妇又给领进一个人来，原是吴惠彝刚才正说着的那个陈黛娥。其实昨天晚上，二玉还跟她在五龙亭见了面，今天，她一见了二玉，倒似乎很为惊异，尤其是看见二玉正在量衣裳。她就问说："衣裳材料呢？叫我看看！"

吴惠彝笑着说："还没买呢。"陈黛娥瞪了他一眼，说："还没买材料你可先叫人量衣裳？我也知道，你不定又是捣的什么鬼！"吴惠彝只是笑着，却避免跟她说话。待了一会儿，裁缝就走了。

这陈黛娥长得实在不难看，二十上下的年纪，圆圆的脸儿，跟吴惠彝站在一块儿，好像是兄妹，不过，她可一点也不尊敬吴惠彝，不是瞪眼，就是冷笑。

她没有二玉的身材长，但因为穿着高跟鞋，仿佛倒比二玉长一点。她的打扮是极端的时髦，烫着头发，擦着粉，画着眉毛，涂着口红，染着红指甲；穿着一样颜色的外套、旗袍、丝袜子和鞋，拿的大皮包也是一样的颜色。腕子上戴着金镯子、手表，手上戴着金戒指、翠戒指、珠子戒指，还有珠花别针、珠子耳坠等等，无不俱全，无不摩登而又富丽。她不像是个女店员，也不能说是什么交际员，倒的的确确是一朵"交际花"。

她对于二玉，只点了点头，并不说什么话，又向吴惠彝点点手，说："来！我告诉你那件事。"吴惠彝就跟着她出去了。

屋里又只剩下了二玉一个人，看了看桌上的一个长方形的小座表，已经四点多了，她就想：我应该回去做晚饭了，虽然家里可也没有什么好饭值得一做，可是，在这儿有什么意思呢？蓦然，她一扭头，隔着那透花的窗帘，看见院中站着一个男子，正是吴文琦。二玉当时就觉得很羞愧，因为见了别人不要紧，见了他，他一定会十分看不起我来做这个事。那天在北海里，我把话说得那么决断，可是现在我到底还是来啦，还是得在他哥哥的手下来求饭……

二玉这样想着，自己真觉得难为情，很怕吴文琦进屋来。吴文琦也确实向这屋子看了一眼，隔着窗帘，由屋里向外看容易，但在院中要是看屋里,恐怕是什么也看不清的。二玉可总是提着心,害怕他进来,就见吴文琦现在穿着一身黑布的学生制服,很旧;梳着分头,头发也很长,像是许多日子没理发了,脸也仿佛瘦了,却更显着眼睛更大了。他就在院里来回地走了走,仿佛是很无聊的样子,待了一会儿,就走向前院去了。二玉又很关心他,不知他是否住在这儿?他现在的环境,是不是比以前好一点了?

二玉又呆坐了半天,心里真急得慌。这时,忽见吴惠彝由北屋出来,叫着:"罗妈!罗妈!"叫了两声,那仆妇由东屋里出来,问说:"少爷!有什么事?"吴惠彝说:"文琦啦?"仆妇说:"刚才还在这个院子里啦,现在大概上前院去啦?不能走。"吴惠彝说:"叫他来!"仆妇答应着,吴惠彝就又回屋里去了,仿佛很是生气。

二玉心里纳闷,她就站着,隔着镂空的绣花窗帘去看,很注意地去看,就见那仆妇罗妈,由前院把吴文琦叫进来了。吴文琦倒是昂然地,也往北屋去了。二玉就猜着,一定是那个陈黛娥,不定是跟吴惠彝说了什么,所以吴惠彝才把他的兄弟叫了去,当面问一问,就许能因此打起来吧。二玉真恨不得到那屋里去看看,果然当时就听见那屋里的说话声很大,并有女人的声音,不过在这屋里想听清楚,也很难的。半天之后,可也没听见吴文琦说一句话,二玉更认为他是在那儿受人欺负了,心里不禁觉着不平,觉着很生气。

又待了一会儿,才见吴文琦由北屋出来。二玉赶紧隔着镂空的窗帘,细细地观察着吴文琦的神色,见他倒并不是怎样气恼的样子,只是更忧郁了,他就那么挺着胸,紧皱着眉,迈着大步往前院去了。二玉虽不知道刚才把他叫到北屋是有什么事,可是更看出来,他在这里的地位了。

这时候,才见梅蕴芬出来,原来这个院子的后面还有个院子,她是从那里出来的。她进了屋就问说:"你还没走呀?好,我在里院里都打完了八圈牌啦!"

二玉就问说:"里院还有人住吗?"

梅蕴芬说:"惠彝的母亲带着几个佣人在里院住。那位老太太得了半身不遂的病,已经两年多了,好在有的是钱,吃房租,吃银行的利息,也足够过日子的,也花不了,何况又开着好几个买卖。惠彝弄的这个女子百货店,不过是他一阵高兴,玩一玩,其实就是赔个百八十万的,他也不在乎,因为他的祖上给他留下的财产太厚了!他是由小时就享福。现在咱们是背着说他,他这么大的脾气,决不听人的话,连他的母亲的话他都一句也不听,他直到现在还没结婚呢……"

二玉一听,心里又有点生疑,不知道梅蕴芬还要往下说什么。梅蕴芬又说:"以他们这样大的家私、他那人才,要说什么样儿的人没有啊?门当户对的也有的是,可是惠彝偏偏挑得太厉害。别人给介绍的可太多了,他连半个也看不上眼,你说可怎么办?刚才他老太太还跟我愁了半天啦!那老太太整天的打牌解闷儿,有两位亲戚家的太太天天陪着她,有时候我来了也凑一把手。"

二玉又问说:"那个……吴文琦是……"说到这儿,她仿佛是特别的难为情。梅蕴芬没等她说完,就说:"那是吴惠彝的本家兄弟,听说还是出五服的。他也不在这儿住,不过因为他的环境很不好,惠彝得帮他的忙,所以他常来。那个人不行,穷得那样儿还爱唱歌,又爱跟女学生在一块儿,所以惠彝也不用他,不过每月零零星星的贴补他点钱,叫他上学,大概功课也好不了。"

二玉听梅蕴芬无端地就把吴文琦批评了一顿,说的还一文不值,那她可不能够相信。因为她跟吴文琦在北海里谈过话,虽然只谈了几句,她可确信吴文琦不是个没出息的人。吴文琦在这里当然是地位很低,梅蕴芬一定是个势利眼,所以看不起他,这也难怪,不过太叫人觉着不平了。同时,二玉不知为了什么,仿佛有点心乱,当时就坐不住了。她与梅蕴芬是对面坐着,她就说:"刚才那个陈黛娥也来了,现在北屋里还没走,您没有看见她吗?"

梅蕴芬说:"我没看见她,我跟她也是因为惠彝这百货店才认识的,那是个新派的人物,跳舞、游泳全都会,无论到哪儿都受欢迎。她天天来,惠彝最最把她看得重,以后你千万可别得罪她,她的心眼儿很小,动不动就要生气。"

二玉点头说:"我知道。"

梅蕴芬又问说:"你还有什么话等着跟惠彝说吗?"二玉说:"没什么话了,我只是想回去。"梅蕴芬点头说:"那好吧,我替你去问一问惠彝!他要是没有什么事,你就回去得啦。"说着,就站起来出屋去了。

二玉在这里又坐了一会儿,梅蕴芬才回来,她说:"我跟惠彝说了,他也说先叫你回去,明天、后天要没有什么事也不必来。下星期二,不是焦督办的生日吗?惠彝要带着你去,到那儿给你介绍几个朋友,说是以后对咱们店里的营业有种种的方便。那天你可千万来!上午十点钟你就得来,因为还得叫你试一试衣裳呢!"二玉点点头,但是仍然觉着很难为情的。

二玉好容易才得到了允许,叫她走了。别看那个穷家,她还很惦记着的,在这儿是既觉着拘束,又觉寂寞。她就与梅蕴芬一同出了屋,笑着说了声儿:"再见吧!"梅蕴芬也说:"再见!我还得到里院看看牌去,叫罗妈跟着你去关门吧。"

当下,那罗妈向外去送她,但是才走到外院,就正正遇见了吴文琦。吴文琦在这寂静的外院站着,又不知是在发着呆想什么了,一看见二玉,他就显得很诧异。二玉自然不能不跟他点一点头,吴文琦却近前几步,问说:"田小姐,你干什么来了?"

这句话问得非常突兀,二玉不由得止住了脚步,就回答说:"是梅蕴芬把我找来的。"

吴文琦又近前一步,悄声问说:"她找你来有什么事?"

二玉本来不愿意告诉他,可是又想:这也不是什么不光明正大的事,于是就直爽地说:"因为,还是叫我当女店员的事,所以我就来了,刚才已经说好了,吴先生叫我当交际员。"

吴文琦点了点头,什么话可也没说,只是向二玉不住地看。真看得二玉有点不高兴了,心说:你看什么,难道觉着奇怪吗?我本来就是个做小买卖的,你也知道,现在给你哥哥做事,这也不足为奇,你来打听,根本就是多余!这个人怪不得别人都说他坏话,原来真有点不懂眼色。吴文琦走开了,二玉向他点点头,说了声:"再见!"他可是连头也没有回，把二玉弄得很僵。

这时罗妈把门开开了，二玉也不再看吴文琦，就带着气走出。她向巷外走去，心里与其说是气，不如说是不痛快，因为她根本跟吴文琦生不着气，她只是在想：我为做女店员的事，到吴惠蓁的家里来，与吴文琦其实是没有一点关系。只是，我找着事了，可又不用立刻就上班，过几天还得跟着吴惠蓁去给人家祝寿，这究竟不像是个普通的职业吧？跟爸爸去说，跟同院的邻居去说，总有点费解释吧？她又不大相信吴惠蓁的话：他真的只是叫我当一个女交际员吗？没有什么别的用意吗？不大像！因此她的心里更觉着烦乱得很。

回到家里，田迁子立时就向她问说："怎么样了？成了没有？佟慧敏托来的那位堂客，没带着你去见经理吗？"

二玉不能不说出点儿实话来，好叫爸爸想一想，那个事究竟有没有什么内幕，那个经理是不是别有用心。她遂就点头说："我见着了，那经理姓吴，跟我还很客气，叫我做交际员，不过不必每天都到店里去。"

田迁子说："那更好啊！只要是给咱们薪水就行。"

二玉说："薪水每月有五六十块钱……"

田迁子说："我可跟街坊都说的是一百块，为什么不吹着一点？过两月看看，咱们得算这个院里，日子过得顶好的啦！咱们还许搬家呢，离开这个地方，叫你妈妈也不必跟那公馆的主儿啦，叫她回来主持家务吧！"二玉说："可是薪水还没给我。"田迁子笑着说："那当然啦！这不是做买卖，一手钱一手货，凡是做事，都是到了月头儿才能发薪，还得打个戳儿哪，那错不了。"

二玉又皱着眉说："衣裳也是他们给做，今儿都叫来裁缝给我量啦，说是好在外边交际应酬，好给商店里拉买卖。"田迁问说："上哪儿交际应酬去喽？"二玉说："是经理带着我去，下礼拜二是什么焦督办的生日。"

田迁子一听，就又惊又喜地说："那为什么不去呀？好，'焦督办'这三个字现在报上是不大常登了，前三四年说出来，真是比雷还响！可见你们这位经理，一定也是一位了不起的人物啦。"

二玉又说："他说是带着我去，给我介绍几位阔太太。"

田迁子说："这我一听就明白啦！是叫你给他去交际。行，这位经理总算有眼光，刨出你，刨出咱们家里的姑娘，他恐怕再也找不来！他是叫你穿上衣裳到外面去交际应酬，去给公司创牌子呀！"

二玉点头说："他就是这个意思。以后就叫我在外面跟一些太太小姐们联络着，他可绝对也不许我剪发。"

田迁子一听，更喜欢了，啧啧地称赞，说："你们这位经理，我虽然没见过，可是听你这么一说，就一定是一位老成人，非发财不可！他的眼光跟我的眼光一样，本来，姑娘要是没有辫子，那还叫什么姑娘呀？我在街上看见没有辫子的姑娘，我都分不出男女来。"

二玉又问："爸爸你说，下星期二，我是不是应当去呀？"

田迁子说："为什么不去呀？给人家干事么。慢说是叫你跟着他去给人祝寿，去交际，就是叫你摇着个铃儿上街去吆喝，你不去除非你就不想干了。这是个求之不得的事呀！你跟焦督办认得了以后，慢慢跟他说说，还许能够给我也找个事呢，那时咱们家里，可就发起来啦！"

二玉因为她爸爸对这些事全都赞成，而且这么高兴，她心里的疑虑，也就渐渐地散开了。她依然想换上平常穿的旧衣裳，可是她爸爸立时就拦阻她，说："你就穿这件吧！有了事啦，以后挣的钱花不了的，爱做什么衣裳就做什么衣裳，连我也得整齐点啦。把家里的这些破烂东西全都扔出去，咱们重新置，因为以后说不定你那些同事，连经理都许到咱们家里来，这么破烂还行？我也得像你的爸爸才行呀！这个样儿，成了你的听差的啦！"二玉也就不换衣裳了，心里也很高兴，不过见了同院的邻居，仍然有点不好意思似的。谭素素现在见了她的面，又不理她了。

当日她没有出门，次日，又次日，她都没去上班。所以谭素素又仿佛有点称愿，跟刘大婶说："我明儿也去跟人吹一吹，我找了个一个月挣八万块钱的事，其实，我是在家里做梦啦！我是穷疯啦！"二玉在屋里听见了，也不生气，依着她爸爸还要立时出去争辩争辩，但也被她给拦住了。家里暂时还有几块钱花，何况又有了指望，所以不再吃窝头了。

田迂子天天要吃肉,把他那点货也都折出去了,整天穿着大褂,像老太爷似的。

二玉的心里很不安,本想要再到吴惠彝的家里去,可是又觉着那究竟是个私宅,吴惠彝又没有太太,没事儿就去,不但不方便,还能够叫他瞧不起。并且自己不愿意又碰见吴文琦,心里不是恨他,也不是厌烦他,而是有点怕他似的,这种心理说不出来。又想要到百货店去看看,可是没得到吴惠彝的吩咐,她又不敢去。但是,在家真闷得慌,心永远是不安,她就盼着到礼拜二,可又怕到礼拜二。

礼拜二终于到了,二玉很早就起来了。因为跟谭素素的家里弄得不大合适了,刘大叔的屋里又没有钟表,所以田迂子特意跑出去,到小酒店去看了看那里的一只破钟, 他回来就催着说:"现在可就七点半了!你快收拾收拾吧!也不要吃什么啦,因为待会儿,不就去吃酒席吗?焦督办家里办生日预备的席,还不海参、燕窝、鱼翅、烤猪、板鸭、红烧鱼,全都得有吗? 快着点吧!"

二玉皱着眉说:"人家说是叫我十点钟去,这么早,人家还没有起来呢。"

田迂子说:"没起来,你不会在那儿等着吗?人家还能没个客厅?"他猜得倒真对,仿佛他也曾去过似的。

田迂子在旁边只是催,催得二玉不禁有些手忙脚乱,可是对于今天的修饰打扮,她一点也不敢马虎。因为,回头不定得在那焦督办的寿堂里遇见多少人啦!人家都得注意地看我,我真不可以像那天在北海漪澜堂,闹出那么多的笑话了。那天我不过是偶然碰上的那些人,今天却是特意专为去交际,得显出一些会"交际"的样子来才行……这可又不由得叫人发怯。

同时,她又惦记着,不知道那天量好尺寸做的衣裳,都做好了没有;也不知道是什么颜色、料子和式样的,穿上了还不定合适不合适呢?并且,鞋还没有呢,难道还临时到别处去买吗?这么说,可真得早点去啦!别耽误了事。

她打扮完毕,田迂子又说:"带上点钱!跟着人出去,自己不带上两块钱也不行,因为到了焦督办的家里,那儿的老妈子要是伺候得太周到了,你不给两块赏钱还行?咱们家里虽说穷,出去可还得摆点阔,这年头儿,就是这个样子。"他把他知道的"世故",直向他的女儿指导着,二玉听了,可真觉着头疼。

二玉离开家的时候,不过八点多钟,她慢慢地走着,心里想着今天应当保持的态度。走了多时,才又来到碾儿胡同的门前,然而她突然觉着有一点发怯,并不是怯见吴惠彝,而是恐怕吴文琦又在这里。吴文琦的那种鲁莽和那种正气,仿佛叫她感觉着畏怯;而那种飘泊潦倒,被人歧视的样子,又叫她觉着可怜!她真觉着心是被那个人占住了。

按了按电铃,依然是那罗妈把门开了,仿佛是已经知道了她要来似的,当时就很殷勤地把她又让到了那个客厅,说:"您等一等!我们少爷才起来,正在洗脸,陈小姐也还没来。"

二玉想:陈小姐一定就是陈黛娥,原来她今天也跟着一块儿去,其实有个伴儿也好,省得叫我一个人去跟那里很多人交际,我又不会。她是一个叫毫的人,必定什么都懂得,我不妨就全都叫她去做,可是……这样虽好,究竟心里仿佛有些不痛快似的。罗妈又到别的屋里去忙了,这里只抛下二玉一个人,很觉着寂寞,但十分清静,只有小鸟儿叽叽喳喳的鸣叫声。

第七回　艳妆拟仙华堂随祝寿
　　　　清姿入画阔少忒多情

很多时候以后，陈黛娥倒是没有来，梅蕴芬可又来了，她拿着很大的一个包袱，说："我一猜你就一定比我来得早！这两天我也没有工夫去看你，我真是忙极啦！为你的鞋，我就可费了大事！"说着她就打开了包袱。二玉一看，里面有不少只纸匣子，什么鞋匣子，袜子匣子都有。

梅蕴芬又说："你想，我也不知道你是穿几号的鞋，几号的袜子，吴先生他就派我去给你办。鞋还得挑那有"鲜花"的，你想，得有多么难？昨天他才告诉我的，我想找你去，也来不及了，只好……你看，我可给你拿来的不少，你就试着穿吧！哪双合适就留下哪双，好在有的是咱们柜上的，有的虽不是，可也能够退回去。你就在这儿试吧！这屋子也没有人来，我还得把那衣裳给你拿来，听说昨天就都做好了，送来了，我可还没有看见。"说着又忙忙地走出去了，大概是往北屋去了。

二玉过来看那几双鞋，一看，原来都是缎子的绣花鞋，连一双心里所希望的皮鞋都没有，并且都是大红的，只有一双桃红的。袜子倒都是长筒儿，丝的，可也全是肉红色。二玉心说：我又不是去做新娘子，我穿这个干吗？我不穿！又看，包袱里原来连丝绒的衬衣和薄毛线的外套，也全都有，式样虽也很新，可是那颜色都太刺眼，简直，没有一件的颜色是素净的，都是大红大绿，要不然就是桃红。梅蕴芬也不是怎么啦，看她自己打扮得还不错，可是为什么就给我专挑来这些穿不出去的东西？她有点生气。

这时梅蕴芬又忙忙慌慌地进屋来了，两只胳臂抱着一大堆新做的衣裳，倒是绸子的、缎子的、丝绒的，质料全都极贵重，也算得都"时兴"，就是还都是些个大红、桃红、深绿、浅紫。二玉皱着眉，勉强地笑说："这些都是给谁穿的呀？哎呀，我可不能够穿！"

梅蕴芬把这一堆衣裳放在沙发上，发怔地说："怎么？这可都是特意为你做的呀！你算算，花了多少钱呀？为的就是给你打扮打扮，今儿还带着你出去交际交际，因为你是交际员么，你要是不穿，我怎么跟吴先生说呀？"

二玉真要哭了，勉强地笑着说："您想，现在外边谁还穿这些大红大绿的？多难看呀？"

梅蕴芬反问说："有什么难看的呀？我看着这些衣裳心里就喜欢，我可还不配穿呢！因为我不是那个年岁了。你年轻轻的，为什么不穿得鲜鲜艳艳的？人越好看，穿上鲜艳的衣裳就更好看；人越年轻，穿上点红绿的衣裳就更显着年轻。真的，年轻的人，干吗要打扮得跟寡妇似的呀？"

二玉脸红了，又勉强笑着，皱皱眉说："穿上这些个，不成了妖精了吗？"

梅蕴芬说："没有这么阔的妖精！我告诉你吧，这都是吴先生费了两天的事，亲自给你挑选的料子。他还跟我说过，旧式的姑娘，就得旧式的打扮，才能够显着更为美丽！旧式的打扮，可就得大红大绿，这样穿出去才能够叫人注意，人家才愿意和你交际。"

二玉说："可是，咳……"

梅蕴芬说："得啦！我的妹妹，您还挑剔什么颜色？我说话你可别恼，凭咱们自己的力量，咱们连一件也做不起！这不都算是白捡来的吗？你穿上这一回，永远不再穿，谁也不能够说你，你可千万别在吴先生的跟前表示不高兴；因为咱们做的是事，掌柜的叫你穿什么，你就得穿什么！找个事不容易，吴先生这么高兴，费了这么大的心思，给你做的这全份的交际行头，你千万就将就着一点，别叫他又不高兴。来，我帮着你换！其实我今儿也不去赴宴会，不过昨天他就派了我，叫我来给你打扮打扮……"

二玉真无可奈何，就感到像是受人作弄似的，她委屈得心里真发酸，然而，不敢再说什么不愿意的话了。当下就由着梅蕴芬，几乎把她全身上下里外的衣服、鞋袜全都更换了；她就像是一个受人摆弄的"布娃娃"，不能够有一点违拗。

在这客厅换毕了衣服，梅蕴芬又带着她到东屋之里间，这里有梳妆镜，有各种高贵的化妆品。罗妈帮助打洗脸水，拿手巾，梅蕴芬又给二玉重新梳辫子、擦胭脂粉、画眉梳鬓。梅蕴芬原来还是个手艺精巧的"化妆师"，并且因为她本身已不是个年轻的人，她在当年大概就是这种打扮，所以颇称熟练。她又叫罗妈给取来了珠子的耳坠，给二玉挂在耳边，压鬓的珠花别在头上，辫子上也佩上了珠翠的装饰品，又在臂上套了金镯、手表，指上戴上四五个珠翠戒，脖领上也给挂上了珠链。

梅蕴芬还给她选了一件毛线外套穿上，又交给她一只新的红漆皮的皮包，就拍着她的肩膀，笑着说："来吧！新娘子，我的皇后，你来自己照一照！我可不是说假话，连我也不认识你啦！这才是真真正正的大美人！你说像妖精？恐怕无论多么能变的女妖精，叫她变，她也绝变不出来！"

二玉对着镜子看看自己，的确也是很美丽，这个打扮虽是旧式，但其实衣服的样式，以及各种装饰品，也都是新式的，可以说是新旧掺和，反正不难看。而且对于她，这样的打扮还习惯一点，真要是立时就剪短了头发，穿上露胳臂露腿，露脚指头的衣服跟鞋，那她才不能出门儿呢！她不禁也笑了笑，说："我这算是干什么的？我要是这样儿回家去，一定都不认识我啦！"

梅蕴芬笑着说："对啦！人家真许说是新姑奶奶回娘家来了！"

二玉一听这话，这虽是一句随便"凑趣"的话，可是不禁又使她深深地起了些疑心：莫非吴惠彝真的对我有什么别的用心吗？

这时候吴惠彝也走进屋来，他新理的发，那圆脸大概擦了不少的雪花膏，看上去更白了。他穿着白纺绸的新衬衫，系着咖啡色的领带，领扣、别针都是金的，皮吊带，笔直的咖啡色哔叽裤子，跟皮鞋，也是一身新。二玉看见了他，就不禁脸红得跟身上穿的衣裳一样。吴惠彝却郑重其事地手里捏着烟卷，皮鞋咯咯的向近走来。他上下不住地打量着二玉，并给出着主意，说："应当把手绢挂在衣纽上！"吴惠彝又教二玉应当怎样拿皮包，他就跟老师似的，又像跟导演似的，这样把二玉摆布了半天。

忽然院中有女人的声音叫着："惠彝！惠彝！"二玉听出来是陈黛娥来了。

梅蕴芬开了屋门，笑着说："陈小姐请进来吧！屋里没有别的人！"当时，几步咯咯的高跟皮鞋的声音，陈黛娥就进了屋。二玉一看，她打扮得也很是漂亮，是纯粹的"摩登"式的，不像二玉这一身大红大绿的，二玉和她点了点头，自己觉着更难为情。她也把二玉不住地看，可是一句也没有加以批评，就向吴惠彝点点手，说："你来！我跟你有两句话。"吴惠彝就跟她出屋去了。

二玉同着梅蕴芬又回到那客厅里，也没什么话可谈，就等着。直等到十二点钟，才开饭，连吴惠彝、陈黛娥，都在这客厅吃的；菜做得很好，是家里厨子做的，可见吴惠彝平常的生活是很考究的。他的那兄弟吴文琦也露了面，在这客厅里转了转，也没有人理他，他也没有理任何人，只是二玉惭愧得无地自容。好在吴文琦并没有多看她，待了会儿，就很无聊地独自出了屋。陈黛娥简直不跟二玉说话，二玉也不知道哪一点把她得罪了，因为她跟吴惠彝是又说又笑，可有的时候又摔筷子又瞪眼。她跟梅蕴芬也说了不少的话，就是不理二玉，二玉心想：你不理我，我也犯不上理你。

少时吃完了饭，本来汽车都叫来了，应当这就走了，可是陈黛娥听罗妈说里院的老太太起来啦，她当时就跑到里院去看吴惠彝的母亲；可见她已经在这儿很熟了，能巴结，会交际，二玉心里很看不起她。

吴惠彝倒是跟陈黛娥虽然好，对二玉却也不冷淡。他所做的事虽令人有些可疑，但是他的态度却很庄重，时时保持着大经理的身份，所以，这还叫二玉心安。不过有时望着吴惠彝，想起来那个皮夹子和那些钱的事，还有那个宝石戒指、相片……自己又有些赧然；吴惠蓁虽不提，可是她心里忘不了。

为等陈黛娥，就又是半天，同时吴惠蓁也仿佛是不慌不忙的，他在这客厅里不住地来回走，似是在思索什么。总而言之，今天他的情绪不像平常，好像是待会儿带着交际员去应酬人，去给人拜寿，这么个简单的事情，很让他费心思，而且关系着利害得失甚大。

约莫一点钟，他令罗妈从里院把陈黛娥叫出来，这才预备着走。陈黛娥皱着眉，仿佛不愿意跟二玉一块去似的。吴惠蓁悄声地跟她说了几句话，她才肯暂时忍受些委屈，无可奈何地跟着这么怪打扮儿的二玉，一块儿出门去坐上汽车。这时，连附近的邻居都围着往车里看二玉，大概真把她当作了新媳妇，而陈黛娥真像是一个伴娘。

吴惠蓁也出来了，一身咖啡色西装，脸上真连半根胡子碴儿也没有，很有新郎的派头，一屁股就坐在了二玉的身旁。二玉的脸不禁通红，心里催着开车的快点走。车外梅蕴芬又招着手，笑说："再见！再见！你们可别把人家的寿酒喝得太多啦！"吴文琦也往门外一探头。二玉真不知道为什么专怕他，并且现在有点恨他，心说：你不去上学，可在这儿看我们干吗？我偏不让你看……于是她低下头去，汽车就开了。

汽车飞似的走了许多的路，载着她这鲜红大绿、珠翠辉煌的明亮影子，穿过那许多条繁华大街，总算是到了一条宽大的胡同里。这里有一座壮丽的宅第，门前的汽车已经摆满了，数不出来一共有多少辆。门口儿有不少的人，可没有闲人，因为闲人是不能够近前来的，这大概都是宅里的佣仆，可是都穿得很阔。吴惠蓁下了车，只有一两个人招呼他，说："先回少爷去吧。"大概吴惠蓁只是跟这里的少爷是朋友，所以他来到这儿，算不得是什么贵宾。

但是，二玉跟陈黛娥两人可太惹人注意了，许多双眼睛全都惊奇地盯着她们，简直可以说是全盯着二玉，弄得陈黛娥都离开了她。可是吴惠蓁却悄声地嘱咐陈黛娥，非得跟二玉并排着走不可，仿佛故意是要展现出来一新一旧，一个像最新式的玻璃花瓶，一个却是"康熙五彩"，或者说，一个是西洋种的什么花，一个是真正的富贵牡丹。今天吴惠彝不像是来祝寿,只像是故意来"展览"这两枝"属于他的"名花。

焦督办的这座宅子,正如他的"势力"那样大,真是有如皇宫,朱栏画栋,院落层层,门也是各式各样,有月亮式、瓶儿式、接山洞式等等。每进了一层门,必展开一座很大的院落,院中都是方砖铺的平地,中间有花池,还摆着许多金鱼缸,但是不用去走院子,围着四面全是画廊。廊上挂着什么八哥、鹦鹉、白玉鸟等等的笼子,鸟语交鸣,这时却为人声所淹没,因为出来进去的有很多的人,男的、女的,还有小孩,大概都是来宾,都穿着得十分富丽、时髦,都又把眼睛齐盯在二玉身上。

二玉现在索性也想开了,既然来了,谁想看就叫他看吧!反正我又不缺鼻子少眼睛的。我穿得鲜艳,打扮得旧,是我爱这样,你们要想这样打扮,还许不称呢!她就迈动了穿着大红绣花鞋的两只脚,袅袅娜娜、仪态万万地跟着吴惠彝再往里院走去。也是她这打扮儿,跟这古旧式的庭院布置,正相得而益彰,所以实在是如同广寒宫里来了一位美人,她就像是嫦娥,姗姗地来了,红袖翩翩地来了,珠围翠绕地来了。她走进了正院,这里无数的男宾女宾,尤其是女宾,有很多都惊讶地站起来了,笑着说:"哟……"

这时候寿堂前面的戏台上,演的正是《打花鼓》。那个打鼓娘穿的是浅桃红色的小裤褂,鬓边戴着一朵花,已就够漂亮的了,但还是没有二玉漂亮呢,大家就都不看戏啦,都来看她。这寿堂前的庭院里摆列着百多个座位,男女宾客也已不下百个人,这二百多只眼睛可以说就全都注视在二玉的身上了,只有几个与吴惠彝认识的,过来跟他们打招呼,可是眼睛还瞧着二玉。吴惠彝也不怎么给介绍,就带着二玉往寿堂里去了。

寿堂就是平时的客厅,这可比吴惠彝家的那个客厅,大得不止十倍。这是旧式的建筑,里边全是花梨、紫檀的木器,黑亮发光,古色古香,并摆着不少的钟鼎尊彝等等的古玩,还有很多的银杯、银塔、银制的"麻姑献寿"、福禄寿三星等等的祝寿礼物,更挂着无数的寿联、寿幛和祝寿的大匾。

焦督办就坐在这里的一把太师椅上,原来他已经有七八十岁了,胡子和头发都是白的，穿着古铜色的缎子大夹袍，酱紫色团龙缎子的肥马褂。吴惠彝要给叩头，旁边有人赶紧很客气地给拦住，吴惠彝就恭恭敬敬地鞠了一个躬。二玉因为见陈黛娥鞠躬，她就也跟着鞠躬。焦督办也直拱手，可是他虽然戴着老花镜，大概是对于吴惠彝不大认识，尤其是看着二玉的衣服颜色跟打扮，也是太觉着"扎眼"了，就直问说："这是谁呀？"

旁边有一个中年妇人说："这是大少爷的同学吴先生，那两位小姐是……"

吴惠彝说："这是我亲戚家里的田小姐，今天是随着我来给老伯拜寿。"

焦督办就扬着胡子大笑说："这都是看得起我的，我可谢谢啦！快请到院子里看戏去吧，我可不能招待啦！"

他们这就算是行过了礼，那中年的妇人领着他们到座前去看戏。中年的妇人长得胖胖儿的，很有福气的样子，穿得很是阔绰，打扮得也是时髦，吴惠彝给介绍说："这位是焦老伯母。"二玉就明白了，这一定是焦督办的姨太太。而这位姨太太对人是非常地亲热，尤其她一见了二玉的面貌就像有好感似的，拉着手儿笑着问说："你多漂亮呀！今儿真给我们这儿增光！"

这里的院子特别宽敞，两旁可没有房子，都是画廊，廊子外边是假山石、茅亭，一道月牙河，小桥水榭，原来这里是花园，怪不得呢！戏台并不是临时搭的，而是这里原来就有的，所以比其戏园的台更为考究。《打花鼓》已经下场了，换的是武戏《海屋添筹》，也即是《蟠桃会》，捉拿女妖精，台上的锣鼓铛铛铛、咚咚咚敲打得非常热闹。

而这时候就忽然来了一个人，紧过来跟吴惠彝握手，又直着眼睛向二玉看。这个人年约三十岁，很瘦，身材也不高大，穿的是中装，绸夹袍缎马褂，可是他穿这种"礼服"好像是不大习惯，连脖纽儿全都没扣。他说话文绉绉的，声音很小，可是吴惠彝倒是听明白了。他是因为这里的锣鼓声音太吵耳朵，连台下边说话都不大能够听清楚，所以要吴惠彝跟二玉到他的屋里去，于是吴惠彝便带着二玉和陈黛娥跟这人走出花园。

顺着廊子往前走了不远，耳边的锣鼓声音就不再那么吵闹了，吴惠彝这才站住，给介绍说："这就是焦大少爷。"二玉心里才明白，原来这个人就是焦督办的大儿子，可真一点也不像，于是就惊讶地向着这人鞠躬，这位焦大少爷的两只眼睛还直看着她。

吴惠彝又指着二玉，说："这是田二玉小姐。"焦大少爷很高兴地说："是哪两个字？"吴惠彝说："是一二的二，金玉的玉。"二玉在旁脸又红了，可也不好说："这原是我的乳名。"

不料焦大少爷一听，当时喜欢得直跳，立时就跟她握手，并且还用力地摇晃着，说："这个名字才真好极了！我还没听说过。本来，女子的名字何必叫什么淑婉、贞丽？又何必叫什么兰蕙芬芳？只叫二玉呀，大姑呀，三姐呀，那就极好极好啦！二玉小姐是……"

他眼望着吴惠彝，急着要知道他们是什么关系，吴惠彝就笑着说："这位田小姐家里跟我是世交，可以说，是我的义妹吧！"

二玉有点发怔，心想：谁是你的义妹呀？

吴惠彝又说："她今天特地跟我来，第一是给老伯拜寿，第二却不是为来听戏……"

焦大少爷说："听戏还得待一会儿！现在这头几出，没有什么好戏，角儿也没有来齐，等到晚上，好戏才能够上场呢！"

吴惠彝笑着说："我们这位田小姐今天来，一点也不是为看戏，却是要瞻仰瞻仰你的画。"

焦大少爷一听，简直更乐得受不住，连说："这哪里敢当？我的画要叫田小姐一看，可真要……见笑，见笑了！"

二玉却心想：谁笑你，我也不知道你会画画儿。

吴惠彝这时又说了一句顶可气的谎，他说："我们田二小姐，喜欢的就是文人才子！"焦大少爷又乐了一阵，跟二玉握手握得更紧了。

二玉很讨厌这个人，尤其是握手这个礼节，她真觉着不习惯，好容易焦大少爷才放开了手，她的脸可更红了，恨不得抽这个焦大少爷一个嘴巴。但她也有点怕，因为知道这是督办少爷，是一位极有钱，极有势的人。看他跟吴惠彝的交谊，好像是很“莫逆”，而吴惠彝带着她来见这个人，当然是叫她练习着当“女交际员”的第一步骤了，所以二玉也不得不做出点笑容儿来，心里不高兴也只好忍住。

这时陈黛娥倒好，人家跟着来了，还在那边听戏，并且跟几位阔太太都交际上啦，正在那边也不知说什么啦。二玉就想：我更得大方着点啦！于是就挺直了身子，规规矩矩地走着。她觉出身后和旁边还有许多人都在注意地看她，尤其是这位焦大少爷，虽是跟吴惠彝在一起走，可是走一步，总要扭着脖子看看她，简直就像是眼睛没法子离开了她似的。二玉可也不知道自己倒有什么可看的，就是打扮得漂亮吧，可是看一眼也就得啦，哪有这么看上没完没了的呢？她不由得又生气了，心想：索性叫你看够了！

这时，他们是一同顺着这洁净的画廊往前走着，真跟走在画里一样。出了一个瓶形的门，就算是出了这今天作为庆贺宴客唱戏用的花园了，这里可更是幽静，花木也更多。又转过了一道曲折的画廊，就到了一所小院落里。这里也是四合房，房檐前全都有廊子，廊子的栏杆摆设得更为细致，尤其是南房廊子下摆着的红粉纷披的花木，更是多极了。

这里简直又是一个小花园，可是不大清静，因为北屋里正哇哇地奏着西洋的“爵士音乐”，不是无线电，大概就是留声机。这乐声自然不像那边大戏台的锣鼓那样吵耳朵，可是钢琴声、提琴声、喇叭声全都“交响”在一块儿，也很吵人。二玉不禁觉着纳闷，心想：在这儿住的是谁呀？这个人可也怪，不在那边听大戏倒不要紧，因为也许是一个喜爱清静的人，可是又在这儿听洋音乐，莫非是个“洋派”的人吗？她这样想着，不由得注意地向北屋看了看，见那屋子的玻璃里全挂着浅绿色的纱罗的窗帷，看不见屋里的人，而这位焦大少爷却让他们进了那南屋。

这南屋是一明两暗，地下虽是地板，隔扇却是楠木的，雕刻安插得十分精细，每个隔扇的“心儿”都嵌着字画。这屋里的桌椅也完全古香古色，除了电灯之外，找不出一件时兴的东西。桌上摆的也可以说是没有别的，只是一碟一碟的什么花青、藤黄、赭石、朱砂、胭脂膏、铅粉等等画国画的颜料。还有一卷一卷、一轴一轴的字画,有的就堆在紫檀木的"琴桌"上,有的便放在檀木架上的五彩大瓷缸里。

焦大少爷向二玉特别客气地让座,说:"请坐!请坐!"他让二玉坐的不是一把椅子,而是一只瓷的,仿佛是个长形的鼓似的,上面还盖着一块绣帕,幸亏二玉还知道这叫作"绣墩",大概古时候的讲究人家才用这个当凳儿。她就坐下了,可是她穿着绸缎的衣裳,一坐在这瓷东西上,真是滑溜极啦。并且这绣墩是肚儿大,上下两头小,真坐不稳,若是一不小心,就能够倒下,结果还许连这"凳儿"都撞碎成为几瓣了。

焦大少爷赶紧取出他的画儿,一幅又一幅,他也不怕麻烦,都给二玉来看。他画的也没有别的,都是美人儿,并且他画的美人儿都是细鼻子细眼儿,那头发都是一根一根的,画得极为清楚,手都是纤纤玉指,都穿着长裙大袖,披着飘带,全都是古装,有的是"汉宫春晓",有的是"楼头思妇",有的是"贵妃醉酒",有的是"昭君出塞",全都差不多。二玉不禁笑了,说:"画真好!"

焦大少爷问她说:"田小姐也学画吗?"二玉又红了脸,摇着头说:"我可不会。"焦大少爷说:"太谦虚了!"又说:"田小姐你看哪一幅好,我就送给你哪一幅!"

二玉摇摇头,笑着说:"我可不要,我们家里没地方挂。"说出了这话,自己又后悔露出小家子气,她的脸本来就擦了不少胭脂,如今这么一难为情,简直红得更厉害了。

吴惠彝在旁边说:"你不用客气!焦大少爷的画向来是宝贵极了,无论花多少钱,也不能买到,托许多人情,也许求不来一张,现在这是特别的面子了。你可千万别托辞,你喜欢哪一张,你就自管说。"

二玉摘下手绢,捂着嘴笑说:"我全都喜欢,没有一张我不喜欢!"

她本来说的这是"交际"的话,其实她并没有想要,可是不料焦大少爷更高兴了,大笑着说:"行!好吧!那么我就把这四幅画全都送给你吧!只要你不见笑,我就感觉十分地荣幸了!"当时,他就脱去了他穿着似乎不大习惯的马褂,提笔沾墨向画上提款处添上"二玉女士雅鉴",并加盖上了几颗图章,每幅都是如此,弄了满手的墨和印泥。然而他可兴奋极子,瘦弱的身躯直喘气。

吴惠彝给了他一支烟卷,拿自来火给他点着了,这位大少爷就一口一口地吸着,喷出了一团团的烟,好像云雾似的。他就隔着烟雾看着二玉,把二玉看作是云中的仙子,又是雾里的娇花,他简直是被迷住了,两只眼都不能够转动了。也许是他正在发愁,凭他的妙笔无论怎样去画,大概也画不出这样的活美人;凭他拿颜色怎样的染,大概也染不出二玉这身艳丽而有光泽的衣服。二玉的美不仅是衣服,还有她秀丽的脸儿、长而多的头发和窈窕的身体,而且纯粹是东方的美、中国的美。这种美,绝非北屋里那"爵士音乐"所能够奏效得出,陪衬上这屋里的古式陈设才更为相称,所以这位画家,又是督办的大少爷,就不禁迷昏了,仿佛幻见画上的仙女忽然活了似的,又像做梦似的他简直呆了。

吴惠彝的圆脸上浮出了微笑,像是自庆他成功了,因为这是一种得意的笑。他说:"我今天来,主要的还是为介绍田姑娘和你做朋友,田姑娘出身旧家,没受过时下这些风气的熏染,她是很喜欢跟你这样的风流才子接近的。"

这几句话,二玉虽然没有完全听明白,可是也明白了大意,她立刻就不悦了,同时也惊慌起来。她已经觉出吴惠彝的用意来了:原来这许多日,他的用意,倒不是他自己存着什么"坏心",而是要把我介绍给这位督办的大少爷呀!虽然这个人倒是文质彬彬的,可是真不令人喜欢,而且,我当的本是女交际员呀!我是为挣薪水呀!我不为别的,我拒绝一切别的……

此时,焦大少爷笑得更厉害了,点头说:"我十分欢迎!不过我这个人……惠彝他知道我,我是很怪的。我的父亲是督办,我却自小被人唤作书呆子;我父亲的钱跟产业实在不少,我却看那些个东西还不如一张古画。因为我的父亲他最信服那些,所以我前年虽到了趟欧洲,但那不过是跟着一个会英文的翻译去游历,我实在看不惯西洋的那些物质文明。我还是喜欢咱中国,尤其是古代的东西,无论谁说我腐旧我全不管。对于女朋友,不瞒田小姐说,我就愿意交你这样儿的……"

二玉一听，更觉着忸怩不安，而更觉在绣墩上坐不住了，她站起身来，绣墩就直颤动。

　　焦大少爷赶忙给用手扶住，接着又说："可是我找不着，我从十五岁结的婚，娶的是一位名门小姐。她本来是旧式的，可是旧式的也得长得好看呀！她却太难看，并且既难看还要学摩登，这就与我的感情不能相投了，直到现在，我们两个如同路人。继而，我又由惠彝的介绍，认识了丽莎……"

　　二玉不知他说的这"丽莎"是谁，但这时吴惠彝忽然像是很受刺激似的，虽不住地笑，但是却像是苦笑。焦大少爷倒恍若无事似的，依旧往下说："丽莎，待一会儿你就能见着她了，她跟我的理想，跟我的脾气，也是完完全全的相反呀！连我自己都觉着怪，我居然还能够同她在一块这么久，也快半年了。我跟时髦的女子，原来是一刻也不能相处的，但想跟她那么顶时髦的一个女子，除了我专心作画的时候，简直一刻也不能跟她离开。你不要笑话我！我自己也不明白这种原因。我跟惠彝说，请他给我解释这种心理，他却跟我乱说一气……"说到这里，他就望着吴惠彝笑，吴惠彝也还在笑，可是这种笑，却更苦，更惨了。

　　二玉现在感觉十分地不安，心想：这是怎么回事儿呀？因为不但生平也没见过像焦大少爷这样的人，更没见过吴惠彝像现在这个样儿的！焦大少爷像是个精神病，而吴惠彝好像是急了，好像要打架。

第八回　古艳新娇无端遭烦忧
深宵静夜何事起波澜

　　这时候，正好就有人给送茶来了。送进茶来的是一个老妈子，这可真是一个"老"妈子，头发都快要完全的白了，腰也有点弯了。她拿着开水壶，进来，在那五彩细瓷的茶壶罐里取出来茶叶，沏上了茶。这茶壶、茶碗都不是瓷的，而是陶器，上面还有字，另外可还有一个旧式的当中有个窟窿的茶碗碟儿，大概是银的，这些东西全都这么怪。

　　二玉也接过来一碗茶，她本想多看看，细细研究研究，可是这时又听焦大少爷又跟她说："我和惠夑交往也有好几年了！他是一个好热闹的人，我却是好清静的人。譬如今天唱那台大戏，并不是我的主意，假如是我自己办寿，我就找几位性情相投的朋友，在一起饮饮酒，谈谈画，作作诗，也就很快乐了，我看比这满座宾朋、一台大戏还有趣得多。惠夑他虽然与我的性情相反，可是我们两个的交情却很深，这是为什么呢？我想这就是因为我这个人不孤僻。虽说我好文好画，喜清静，不修边幅，雅好古画，可是我也并不轻视新人物，并不干涉别人喜爱什么西洋音乐、跳舞等等的时髦嗜好，因为我认为那是个人的自由，所以我才能够跟丽莎结合，也能够维持感情到这么久。"

　　现在二玉才听明白，这"丽莎"，不但是焦大少爷的女朋友，大概已经是他的姨太太了，可不知现在哪儿，今天总可以见着的。

　　这时吴惠夑的神色才算渐渐恢复了原来的样子，他又燃了一支烟吸着,笑问说:"那么,你究竟觉着丽莎那样的女子好?还是田姑娘这样的女子好?"

二玉不禁脸又红了,连说:"说我干什么呀?我,我也不认识人家,把我跟人家扯到一块儿干吗呀?"她瞪了吴惠彝一眼,显出生气的样子。可是同时她的心里,却也希望焦大少爷能够说出来到底是谁好,所以她就向焦大少爷那瘦长的白脸上看去。

焦大少爷仿佛不需怎样加以思索,只是在说话的时候略费踌躇。起初他像是有些顾虑,怕被那丽莎听了去,或是谁把话传给她,继而他又把二玉从头上看到脚底。二玉本质的美丽及这身旧式的漂亮打扮,就增加了他说话的勇气,他就很决断地说:"当然是田姑娘好!恐怕天下的女子谁也比不上田姑娘了!古时的女子也许有好的,但是还能超过田小姐吗?田姑娘是一位小家碧玉,这块玉还真正是一块本质晶莹,琢磨得光滑,雕刻得玲珑剔透……不,我说的都不对,她应当譬作一块天然无瑕的美玉,找不到第二个。丽莎算什么?往好了说,她也不过是一颗机器磨制的钻石,往坏了说,她就是一颗假珍珠!"

吴惠彝拍着手大笑,说:"好!这可是你说的话!好吧,好吧,我可非得告诉她不可!"

焦大少爷正色说:"你即使告诉她,我也不怕,这本来是事实!"他又细细地看着二玉,真好像是在赏鉴一块稀世的美玉似的。

二玉虽明白焦大少爷夸她是什么像块玉,那"丽莎"不过是个钻石,钻石是个什么东西她却不知道,可是"假珍珠"她明白,那还不是一句顶厉害的骂人的话吗?谁要说我是假珍珠可是不行!不过,这样的当面品评人,虽是好话,可也真叫人听了"不大是味儿",本来,我是叫你们来品评的吗?我做的是事,是做"女交际员",难道是为给你们这"当大少爷的"做品评取笑资料的吗?这真是有点欺负人。她遂就忍着气,皱着眉,勉强地笑着说:"得啦!别说啦!哪有这样儿的?我想还是上那院里听听戏去吧!"

吴惠彝这时又高兴起来,他笑着,把多半支香烟都扔在了痰盂里。这屋里的痰盂也特别,是一只景泰蓝的。他又喝了一碗茶,这茶,二玉也喝了一口，简直苦得咽不下去，她看见吴慧彝走到焦大少爷的身旁，悄声问说："怎么样，今天丽莎的态度怎么样？"

焦大少爷跟个木头人似的，毫无表情地说："她的态度还能够改吗？反正，她永远是那句话，她虽然住在我家里，可是跟我家并没有关系。"

吴惠彝听了他这话，立时显出来更高兴的样子。此时二玉也惊奇地，注意地去听，焦大少爷又说："这次她还算好，今天早晨她倒起得很早，跟着全家的人，给我父亲拜了寿，在一起吃的寿面，这是她第二次跟我家里的人在一起。"吴惠彝一听这话，当时又有些"嗒然若失"了。

焦大少爷又说："可是她没坐多久，一会儿就又回这院里，就又睡觉，刚才我见她还没有起来呢。我请她去到那边应酬应酬，她说：'我又不认识人，我去应酬谁？'我说：'你虽然不认识人，可是人都知道你呀？你不去应酬不合适，你到那边还可以听一听戏。'她却说她不爱听戏，也犯不上去应酬，我只好就由她，现在大概又起床了，因为又把那音乐开了。"

他又说："我对她的脾气是一点办法也没有，她花的钱也太多了！好在我父亲已经预先把他的产业都给我们分好了，我只是兄弟二人，我得的是多一半。我预备都交给她，由着她去挥霍，反正我也不会花钱，她若是替我都花了更好。我到最后一步，也能够鬻画为生，而且我那时候的画，必定更为有名，更能进步，因为我从来没听说有生长在富家的诗人，有锦衣玉食的画家。我认为人生就是应当追求艺术，不应当追求金钱，何况金钱之在我，是一点不用追求，就已经有了很多，多得使我觉着它没有一点用了，简直是我的耻辱了！"

吴惠彝笑着，指着他向二玉说："你看他是不是一个书呆子？跟他真没法说话。他可以由他老太爷那里得到很多的钱，他顶多了买点古董，不会干别的，却由着一个跟他性情完全不相投的女人给他挥霍，你说他是不是有点精神病？"

二玉也不禁笑了，并且惊讶着想：看不出这么一个人，这个督办的大少爷，他不定有多少多少的钱了！焦大少爷自己也笑着，说："我就是这个样子！我觉着我自己不错！田姑娘，我请你品评品评我！"

二玉脸又微微红了,摇着头笑说:"我可不会品评人,我什么全都不懂。"

沉默了一会儿,这时北屋里有音乐声送到这屋里,是叮叮的钢琴之声。吴慧彝就说:"丽莎一定起来了,我去看看她吧?"焦大少爷点头说:"你去吧!"他却不领着去。大概吴惠彝和那"丽莎"是很熟的,所以他就一人进去,看他朋友的姨太太去了。

屋里没有别的人,二玉越发感觉坐立不安,更不敢再坐那只"绣墩"了。焦大少爷却又把那几张画给她看,并跟她细细地讲解什么"笔法"跟"章法",还说:"你是不是对国画也有兴趣?以你这样的聪明,应当学习艺术。以后你常常来,好不好?来到我这儿,我教给你画画,现在可有不少的女画家呀!"

二玉却摇着头,笑说:"我没工夫。"

焦大少爷仿佛有点诧异,说:"你有什么事呀?我看你也不像现在上学,现在做着事的样子!"

二玉本想告诉他说,我是那女子百货店的交际员呀!可又说不出口来。

焦大少爷又问说:"你住在哪儿?"二玉说:"住在鼓楼后头。"焦大少爷接着问说:"你家里都有什么人?"二玉说:"父母都有。"焦大少爷就不再问了,眼睛却更是直直地盯着二玉,手里拿着一幅还没有完全卷起来的画,却不住地抖颤,抖得纸都沙沙地响。

二玉看着,不禁有点害怕,以为他真是个精神病,所以就赶紧躲开他一点,想躲出屋去。而这时院子里就有了脚步声音,并且有人说话,是女人的声音,说:"我可得来看看!"

焦大少爷一听见这个声音,就赶紧把目光转移在画上,仿佛在专心研究着他自己的作品。而二玉也赶紧向里首去躲,躲到一个红木的椅子旁,坐下了。这时屋门就开了,先走进来的是吴惠彝,他依然含着微笑,跟着进来的是一个年轻的女人。这个女人不要介绍,二玉就猜着她必定是说了半天的那个"丽莎"了。

丽莎长得十分的美丽,二十上下的年龄,有一张微圆、特别美丽的脸儿。她的美丽并不像画儿上的那种美人,她美得精神,美得浓厚。她的美也不是轻描淡写所能烘托出来的,而是用强烈的笔或刀锋才能够刻划出来。自然,她的美是有不少的"人工",如嘴是用口红画的,皮肤是用什么东西洋的香品或是药剂涂擦过的,眉毛也不是天然的,而是描过的,甚至鼻子大概也经过了美容医师的修理,因此就仿佛不太自然。但,连二玉也不能够不承认,她确实是美,尤其是那两只大眼睛,明丽、光亮,而又妩媚,睫毛更长,更增加着她的美。她烫着卷曲的长发,身材细长而苗条,穿着白绸子的睡衣、长筒的跳舞袜和一双很特别的大概是美丽的"蛇皮"的高跟鞋。

二玉虽然平日很羡慕时髦、摩登,可是还从来没见过这样时髦而摩登的女人,她不由得有些慌了,并且更加惭愧,自己跟人家一比,更显得像个乡下姑娘了。

可是这丽莎,一见了二玉,先是有些发怔,接着却笑了,笑得非常地温婉。她赶过来跟二玉拉手,说:"我想不到,我们这儿今天来了这么一个大姑娘!他天天儿的画,可真给画出来了!"二玉不由得满脸绯红,真不知道说什么话才好。

丽莎又说:"我今天一天也不高兴,看见了你,我才真高了兴啦!"

吴惠彝的脸上此时可笑容全失,只是呆呆地看着她们两人。焦大少爷的两只眼,也从假装看着他自己画上的美人,而又移到了这两个活的美人的身上。这两个女人可以表现出来新旧两个时代,好像相差至少有二十年。二玉是纯粹的东方的古典似的美,像是古琴或筚篥奏吹出来的清细的妙曲。而丽莎呢?又完全是西方的美,像是钢琴或提琴演奏出来的……可也不是真正的西洋名曲,因为她毕竟还不是外国人。她在焦大少爷的眼里实在不如二玉,正如一盆紫罗兰或大丽花,跟一盆中国的兰草或菊花相比,焦大少爷还是喜欢后者,所以,焦大少爷的两只眼睛从两个人的身上又专集中在一个人的身上了,他还是失了魂似的看着二玉。

吴惠彝一见丽莎跟二玉这么好,当时就发了怔,他皱了皱眉,可又做出笑容来说:"我今天带着田姑娘来,并不是为请她来听戏,而是为给这间画室添一个活标本，将来这里的美人画儿，一定就画得更好了。"

丽莎向他说："你不要说了！你的这话简直是侮辱人，欺负人家老实姑娘，真的……"她把二玉又细细地一看，说："多么漂亮呀！我要是有这样一个漂亮的妹妹才好哪！"二玉被她夸赞得也不知心里是一种什么滋味，笑也不好，害羞也不好，更不知道这时应当说什么。她只见丽莎的尖尖十指，都染得娇红，而且发着光亮，又闻得丽莎带着一种香气，不是那种浓烈的麝香，或是像清细的晚香玉的花香，却是一种淡淡的温和的青草气味的幽香，不知道她洒的是哪一国制造的香水。

焦大少爷这时候更喜欢了，也胆大了，说："我们正在说着，我想请这位田小姐以后常到咱们这里来玩！"

丽莎笑着说："那是一定啦！田姑娘，你今天既是来了，以后要是不常来，可不行！"

二玉忸怩地带笑说："以后我只要是有工夫，就一定常常地来看您。"

丽莎说："你不用客气！咱们既是见了面，就跟姐妹是一样了。平日我也没有个伴儿，所以我天天到外面去找娱乐，其实也找不到一点儿真正的快乐，我更没有什么真正的朋友。我们今天虽是初见，可是以后彼此千万不要客气！"二玉就微笑着点了点头。

旁边的吴惠荪这时又勉强地笑着说："想不到！我带着田姑娘来，原是为给你们大少爷介绍的，我觉着他们的志趣一定相投，一个是公子少爷兼画家，一个是小家碧玉，并不是为给你介绍朋友，因为你是个新人物，人家也跟你说不来。"

丽莎摆手向他说："得啦！你趁早别在旁边放屁啦！根本你的脑筋简单。你不必恭维，说我是什么新人物，其实无论是谁，也都跟我说得来，不然，他……"她指着焦大少爷，说："他为什么也跟我好？你不必觉着奇怪，你也绝想不出，因为你的知识太简单。现在，我也不是要独占我们这位田妹妹，我是想，不单叫她以后要当我们大少爷的亲密的朋友，还得叫她当我的朋友，我们三个人一同好，永远好，当然也绝不能忘了,你把她介绍给我们的这番美意。"

吴惠彝只是笑,笑的时候,脸色越来越难看,连二玉都觉出来了,焦大少爷可还说:"你们是见了面就吵,其实有什么可吵的呢?我看你们都是缺乏修养,缺乏艺术的修养。"

丽莎笑着说:"对啦!以后我也想用艺术修养修养我的性格。你早就劝过我应当学画,一来我是懒,二来也因为没有个伴儿,现在幸喜惠彝给我们找了一个伴儿。"她又向吴惠彝笑着说:"你还不走?还不上那个院里听戏去?你在这儿干吗?我跟谁都说得来,就唯独跟你可真说不来,别看咱们两人都是你所说的新人物!"她简直是向吴惠彝下了逐客令。二玉觉着有点窘,吴惠彝的脸上更是紫一阵白一阵,他只是笑,他那么能说的人,现在竟连一句话也说不出来了。

二玉觉着他们这里边有事,可又猜不透是什么事。焦大少爷仿佛看惯了他们这样,只要他们不吵了,当时他也就不管了,照旧又去卷他的画,丽莎也赶紧过去帮助他去卷。二玉恨不得当时就离开这儿,并且想着:无论如何我是跟着吴惠彝来的,我好意思看着他在这儿受人的奚落吗?遂就说:"吴先生,咱们还不走吗?"

丽莎拦住说:"叫他走,你可别走,我今天要留你在这院里单独用晚饭!我叫厨房特做几样儿菜,管保比在里院跟那些个人在一块儿吃好得多。反正你既然是来了,就不能叫你说走就走,我们这儿也有的是住的地方。"二玉笑着说:"晚上我可不能够不回去,回家晚了也不行。"丽莎说:"反正不能叫你早回去,你来了,就是要由着我们了,惠彝他拉着你走,我也不能答应!"

吴惠彝在旁又笑着说:"你们还不知道,田姑娘人家有职务,他是我那百货店里的职员。"

丽莎又斜瞪着眼睛跟他说:"你在这儿可不能跟人家扳你那大经理的架子了,我一句话就能够叫她跟你辞职!我今天说了话,明天就能够开一个比你那大两倍的百货店,我能够聘她当女经理,你信不信?"

焦大少爷又从中给劝架,说:"得啦!你们吵什么?我看你们不单艺术修养不够,简直都已经非艺术之所能感化了!得啦!咱们一块到花园里听戏去吧！那儿一定又来了不少的人吧！"

丽莎又笑了，说："好啦！你们一块儿先到那院里去吧！我换上衣裳，就去。"说完，她像是没事人儿似的，向着二玉点了点头，就走出去了。

这里最难堪的就是吴惠彝，他现在成了一个很可怜的人，跟平时，他那样的能说、精神大、趾高气扬，绝对是两样了。

焦大少爷的心里倒没什么的，他跟吴惠彝有点交情，所以也不愿他的朋友太难堪了，他就说："咱们看戏去吧！"一边穿他的马褂，一边又说："依着我，今天多叫他们唱几出昆曲，可是一些人都爱听二黄。我争了半天，才争出来一出《奇双会》，那不过是出'吹腔儿'的戏，我还点了一出《春香闹学》，一出《游园惊梦》，那得等到晚晌才能上场。"他的这话，二玉是听不大懂，吴惠彝是没心思去听。

这时候吴惠彝已烦躁得不像样子了，就仿佛是计划经营一桩大实业，完全失败了似的，他是那么痛苦、失望、灰心，而且急躁。一同出了这屋子，他还是这样子，二玉直想劝慰劝慰他，可又不知用什么话才好。北屋里还挂着窗帷，一点儿也看不见丽莎在屋里换什么衣裳，也不知道那屋里陈设得怎么样。音乐已经停止了，这院子用的仆妇也不多，所以连个说话的声音也没有，显得十分清静。

焦大少爷也不往北屋去，就同着吴惠彝跟二玉又到了那花园里。这时台上唱得是《长坂坡》，更热闹了：白盔白甲的赵子龙正在跟穿盔甲、插旗子、拿着刀枪的许多人相打。大概当过督办的人就是好听武戏，听说这出戏唱完了，还有更热闹得《大八蜡庙》呢。焦大少爷也怕吵耳朵，所以根本就没有近前，就在远远的廊子旁边的三把椅子上，他们各自地坐下了。

这时陈黛娥也走过来，说："把我的耳朵都快震聋了！"

她跟焦大少爷倒是很熟了，有的似乎是才认识的，可是她也跟人都又说又笑的，她才真正不愧是个"交际员"。她也相当的秀丽，而打扮得又时髦、漂亮，连二玉都觉着她不在丽莎以下，可是大家还是不注意她，还是都用眼睛来瞧着二玉，瞧了半天，还都瞧不够，有人还走近来偷眼瞧她。吴惠蓁只是坐着,也不把她向任何人介绍,焦大少爷是只顾跟她说话,而不去理别的人。

这许多的男女来宾之中,二玉只认得一个人,就是百货店的董事金奉臣。他现在没拿着手杖,也穿着绸缎的长袍马褂,支着小胡子笑着,过来招呼焦大少爷,尤其特别地招呼二玉,说:"田小姐!很多日子没见面了!早来了吧?"二玉也欠起身来,微笑着点了点头。

金奉臣也坐在他们的旁边,跟焦大少爷闲谈。他可真能够恭维人,焦大少爷本来是不大爱跟他谈话,可是被他恭维得也不好意思不理他,因此,招得金奉臣谈起话来没完,越来越"瞎扯"起来。二玉倒觉着这样好,因为可以免去了焦大少爷尽自跟她谈话。

女宾之中,现在还有许多人都望着二玉而悄悄地谈论,陈黛娥也去跟她们悄悄地说,一定是把二玉的"来历"都告诉她们了。她们仿佛都表现出来一种轻视的样子,有的在暗暗笑着,有的更向二玉来看,二玉就更觉着坐立不安。

今天这里的来宾,有的是跟焦督办官职差不多的人,而大多数,恐怕还是焦督办旧日的属下。焦督办虽是已经下了台的人,可是声势依然这样的显赫。他的太太,除了那位惯会应酬人的——听说是他的三姨太太之外,还有几位,因为陈黛娥跟她们都认识。只是焦督办的子女太少,还有一位二少爷,不过十来岁,紧靠着戏台站着,看见武戏,乐得直拍手。另外有两位大概是小姐,也都不过十几岁,都不大时髦,好像还没有二玉开通呢。其余的族人和亲戚,倒是很多,不过也都像是仆人似的,在这宅里没有什么地位。所以看这光景,这宅里的主人当然是焦督办了,而第二位,就是这位画家焦大少爷了,真可笑,焦大少爷今天只是陪上了二玉,他也像是个来宾了,一点儿不去应酬别人。

待了一会儿,许多男女宾客都又转过头去,二玉也不知大家是看什么,便也跟着这些人的视线看去,就见是丽莎独自姗姗地顺着廊子走来了。她穿着银红色的花缎子旗袍,那式样,真是最新又最新式的,头发梳的样子和身上的一切装饰,无一不比这里的一些"摩登女宾"都超过一个时代。尤其是她那走路的姿势,飘逸而又健康,比跳舞还好看,还更难学,甚至她一笑,她的一举一动,都不像是别人能做得到的。这大概是阅历过好多的高尚交际场所,还得经过人的指导和自己的练习,才能够做到这样。这绝不是偶而的,也不是谁都能够这个样子的,她必定是一位很有名的"社交明星""交际花",不然就是个标准的大美人。所以这时的一些人都争着看她,但是却跟刚才以好奇的心理去看二玉有点不同,这不独是惊羡丽莎的丰姿美丽,打扮摩登,还有一点"慕名瞻仰"的样子。

这时二玉也去看,忘了她自己也很漂亮。陈黛娥却显然减色得多了,她就带着妒意急忙躲闪到一边。丽莎走近了,她有说又有笑,而言笑适中、举措适宜地招呼着许多的人。但这时候的焦大少爷却瞪着两眼,只是看那台上新出场的《奇双会》,这出戏的"吹腔儿",可使得这位文雅的大少爷不住地击节赞赏。他把二玉也忘了,正在出风头的丽莎,就好像不是他的"太太",他也一点儿不注意,只是模仿着,台上跪着的那个老生李奇的甩须、拂袖的种种表情。

最向丽莎注意去看的,就是吴惠彝。他的精神又兴奋起来,手脚跃跃的,仿佛是要跟丽莎去跳舞似的,可是丽莎的眼皮儿连向他掠都不掠,这就叫他又垂头丧气了。

丽莎过来坐在大少爷的旁边,又挨着二玉,并拉着手笑着谈话。吴惠彝是坐在她的后边,几次要巴结着跟她谈话,可总是谈不上,连一句话也谈不上。这时连陈黛娥都看不下去了,就走过来向他说:"吴先生,咱们百货店不是还有事吗? 咱们还不走吗?"说着就瞪了吴惠彝一眼。

吴惠彝的样子是实在不愿意离开这儿,虽然站起身来,可是还犹豫不决地向二玉说:"咱们走吧?"

二玉已经站起身来,丽莎却又强按她坐下,说:"他们要走,就叫他们走,我也不挽留,你得听我的,谁叫他把你带来了呢? 我可就不能再许你走了!"

吴惠彝勉强地笑着说:"我们先到店里去有点事,是关于营业上的,办完了,若是天不太晚,我们还来呢!"

丽莎回身沉着脸说:"你不要说了! 你费了这么多的巧妙心机,结果都没有用,还费这些话干吗呀？真是的！"吴惠彝当时就一句话也不能说了,他的脸色变得煞煞的白。

焦大少爷又直从中劝着说:"得啦！别吵别吵！"

二玉这时候最为难,自己也不会给他们劝,她不敢不跟着吴惠彝走,也不敢不听丽莎的话留在这儿。陈黛娥也直向她撇嘴,仿佛很恨,她的脸不禁又红了,真觉为难。幸亏金奉臣在中间哈哈地一劝,一阵乱扯,才把吴惠彝跟丽莎的僵局给解开。

台上的《奇双会》唱完了,又换了一出半文半武的戏《穆柯寨,枪挑穆天王,辕门斩子》。饰穆桂英的是个著名的刀马旦,扮相既好,打得也好,二玉也不禁出神地看了半天。

又待了一会儿,就有人来请坐席,原来坐席是到另一个客厅里去。男女宾客全都纷纷地离了座位,而往那边去了,丽莎就拍了拍二玉的肩膀,说:"咱们也该吃饭去啦！"

二玉笑着站起身来,回头一看,却不见了吴惠彝跟陈黛娥,她就不由有点发怔。丽莎似乎是明白她的意思了,就说:"他们早就走啦！你不用管他啦,更不必怕他,吴惠彝就是把你开除了也没关系。你在他那儿一月挣多少钱？"

二玉难为情地说:"钱倒是不多,我也是才去。"

丽莎说:"你索性就不必再去了！他是出了名的吝啬,他花一块钱也得有一块钱的代价,他开那个女子百货店根本就是另有用意,你明白吧？他不是好人,我把他骨头都看透了！"

焦大少爷也笑着说:"给吴惠彝做事,尤其是一个清白的女子,可是……不大相宜。"

他们这样地说着,弄得二玉心里更乱、更忧愁,就想:这不是连找的职业也完了吗？吴惠彝一定已经恼了我,同时听他们这样一说,那人确实也不可以再接近了。但是我的职业,我家里的生活怎么办呀？他们这里也不能够管我……她心里不断地想这些事,很是焦虑,虽然跟着焦大少爷和丽莎,又到了那小院里,她仍是想着这些事。

现在到的是北屋里,这里的布置完全是洋式,十分地华丽,电灯通明，照得处处灿烂辉煌。地下铺的是织着美丽图案的地毯，走在上面，觉着脚都发软，沙发是又宽又大又干净，坐在上面跟"驾云"似的。里屋是卧室，有白绒的拖地幔帐隔着，二玉没有进去看。这外屋，洁白的餐桌上，已经把杯碗碟筷全都摆好了，跟吃西餐一样，焦大少爷就拉着二玉就座。

这儿预备的只有三把椅子，也有三个酒杯，焦大少爷不住地劝二玉饮酒，丽莎还强跟她碰杯，所以向来没有饮过酒的二玉，此时也竟饮了半玻璃杯。这时候，菜也一道一道地送来了，虽做的都是中式的菜肴，可全用的是西式的吃法，二玉更时时谨慎着，唯恐叫人笑话。

在这屋里伺候的，有三个仆妇，都是年纪在四十多岁，穿得很干净，可是长得都不好看。丽莎吩咐她们的时候，总是沉着脸，把三个仆妇支使得手脚不停，而且都唯唯连声，百呼百应。丽莎一边吃饭，一边还吸着很长的带着金纸的嘴儿的烟卷，两只眼睛转来转去的，看了焦大少爷，又看二玉，弄得焦大少爷简直不敢说话了，二玉更觉着发窘。丽莎却又向她问："你家里还有什么人呀？"

二玉刚要回答，忽听幔帐里嘀喤喤的一阵响，大概电话是安在里屋的床的旁边。一个仆妇赶紧去接，待了一会儿，就又走出了幔帐，说："是找田小姐的电话。"

焦大少爷的意思是叫二玉去接，二玉正发愁自己不会接电话，丽莎却说："一定是吴惠彝打来的！把电话给他挂上吧，不用接。"于是，那仆妇就把电话挂上了，可是电话还直响，丽莎就生着气说："不用理他！不用管他！真讨厌！"

二玉的心里更不安了，菜饭也吃不下去了，可是丽莎还强逼着她饮酒。二玉不由得有些生气了，但她对于这个文绉绉的焦大少爷和跋扈专横的丽莎，不知是因为生疏的关系，还有点害怕，她就不能够说什么话。丽莎跟她说话的时候，倒还带着笑容，问她的家世，问她的年龄，问她有没有订婚，问她跟吴惠彝认识是由谁介绍的。她都不愿意实说，可又不会说谎，她只是略略地含糊回答，可是只回答了两三句，她就忍不住伤心，眼圈儿就有些红了。

焦大少爷赶紧摆手，说："不要再问了！"就叹息着说："我见犹怜！"再饮了一杯酒，又自言自语地说："谁能遣此？"

他说的也不知是什么话，幸亏丽莎没听明白，所以只撇嘴嗤了他一下，说："你看你这酸劲儿！"

丽莎又向二玉说："我也看得出来，你的家庭环境一定很不好，指着你养活。这没关系，不就是一个月五六十块钱吗？干脆你不用给吴惠彝干了！一个月我也能给你一些钱。"

焦大少爷说："每月一两千块钱，我能够送给你！"他的姨太太丽莎一听，却狠狠地瞪了他一眼。

这时又一个仆妇进屋来，急慌慌地说："有一位田小姐是在这儿吗？"二玉一听，就不禁吃了一惊，连忙问："什么事？"这个仆妇说："您的电话！是什么女子百货店打来的，打到大客厅里了，请您去接！"

二玉已经站起身来了，丽莎却一摔筷子，告诉那仆妇说："你去说，就说田小姐已经走啦！叫他们别再来电话！再来电话，你也别再来献这殷勤啦！快去快去！"把这仆妇说的脸都红了，转身就走了。

二玉更觉着难为情，心想：你跟吴惠彝你们闹别扭，与我有什么相干？我是百货店的女职员，给我打来电话，我当然应该去接，你凭什么这样地横拦我？她不禁也沉下了脸，丽莎再跟她说话，她也不理了。

待了一会儿，她吃完了，想要等着丽莎跟焦大少爷也吃完了之后，她跟他们说："我得回去了。"她真的恨不得当时就走，不想再在这儿了。本来，吴惠彝若在这儿还可以说，现在连他都走了，并且还直给我打电话，我还在这儿干吗呀？

待了一会儿，焦大少爷跟丽莎也都站起来漱口，二玉就说要回去。丽莎却把她拉住，笑着问说："怎么？你恼了我吗？"二玉摇头，微笑着说："没有！天都快黑了，我要回家去啦，过两天我再来看您。"丽莎摇头说："不行！无论怎样，你也得再看一出戏！"二玉说："我真看不懂戏，我真不能太晚了回家……"丽莎却还留着她。

这时院里又有男人的声儿大声地说话，屋里的一个仆妇出去了，不久就进来说："外面有车来接田小姐，请田小姐赶紧回去！"

丽莎当时又气了，说："哪儿来的车？出去告诉他，这儿没有田小姐，叫他走！"

里间的电话又紧响，丽莎就掀开幔帐进去亲自接电话，说："你挂上吧！什么吴先生叫你打来的，我们这儿不认识吴先生，也没有田小姐！"说着吧的一声，就先把电话摔上了。

她又出来，气愤愤地向二玉说："妹妹你可别恼！现在，无论是谁来说，无论他怎么说，我也不能叫你回去。你跟我们固然是初次见面，可是我看你跟吴惠蒸也不见得有什么亲密的关系，你不过是他一个月花五六十块钱雇的女店员。告诉你，你趁早儿别再给他干，因为他是一个最坏的人，他不娶太太，可他把所有的女人都当他的玩物……"

二玉几乎要哭了，说："我也不是愿意当他的玩物，我只是为挣钱，为家里过日子。"

丽莎说："你要为过日子容易，我们供得起你！"

二玉说："我也不愿不干事而白接人家的钱。"

焦大少爷赶紧摆着两只手，在当中像劝解似地说："好啦好啦！都不要再说了！我现在倒想出来一个解决的方法，我可以替田小姐婉转地给吴惠蒸写一封信，辞职，这样也可以不致得罪他，然后，今天你最好就不用走啦……"

二玉吃惊地说："我为什么不走呀？我一定要走！"

焦大少爷又连连点头说："好好好……今天走也行，由明天起你可要天天来，我教给你画画儿，每月赠送你两千元的车马费！"丽莎生着气把他推到一边，焦大少爷趁势就坐在沙发上了，眼睛还直直地盯着二玉。

二玉勉强地笑了笑，说："真是，什么事情都叫我遇见了！这是什么事呀？到底是为什么呀？你们跟吴先生的麻烦，何必把我夹在里边呀？"

丽莎也笑了，拍拍她的肩膀说："因为你傻么！你要受他的利用么！他今天用的这计策很毒，你看他把你给打扮得这个怪样子，你也居然就能够接受？他完全是为迎合我们这怪脾气大少爷的心理，想破坏我们二人的感情！"

晚
香
玉

二玉听了这话，身上都有点发颤，她就摇头说："我不明白到底是怎么回事！可是我敢说，我一点也没想破坏你们的什么感情……"说着她就要哭了。

丽莎却又安慰她说："我都知道！你不过是个才出门儿的姑娘，你哪儿知道这些事？我也用不着跟你细说，既然这样了，既然我们这书呆子已经看见你了，我也没有法子，可是我决不能够再叫你去听吴惠彝的支配！他的主意多极了，他真许把这书呆子拉出去，叫他跟你在外面租房子，永远不回家……"

二玉气得一摔手，说："这是什么话？我非得走不可！我永远不再来了，事情我也不做了。"

丽莎赶紧又把她拉住，笑着说："你看，我刚说了这么几句，你立刻就发急！我说的这不过是我猜测的吴惠彝的用意，还没有成事实呀？咱们虽是第一次见面，可是我也相信你不是那样的人。"

二玉就站在那里，沉着脸，咬着嘴唇，强忍着眼里的泪。焦大少爷却坐在沙发上抽着一支烟，隔着飘渺的云雾，呆呆地出神地看着二玉，他那个样子倒像是很开心。

一
一
六

第九回　半夜赋归来匆匆又去
百端萦愁绪脉脉添情

丽莎也很为难,她想了半天,就语气和缓地说:"这样吧! 现在我先叫人用车把你送回家去。你可不要再见吴惠彝的面,明天一早我再派车去接你,明天再细商量。"二玉现在只恨不得当时就离开这里,所以也不再争执什么,只是点了点头。

焦大少爷可又离开了沙发,他站起来,黯然惜别似的说:"那么,你不想再去看看戏了么? 压轴子的戏可是《玉堂春》呀。"

丽莎哼了一声,说:"今儿看了一天《玉堂春》啦,还没看够吗? 将来真得来一场《三堂会审》! "

二玉也不明白她的话,就说:"什么戏我也不想看了,我就要走,你们也不用叫什么车送我,我会走回去。"

丽莎又似乎跟她很亲近,说:"这儿有这么些辆汽车,哪好意思叫你走回去呢? 你稍稍等一等。"于是她就吩咐一个仆妇出去,问问宅里的车现在都有工夫没有。

仆妇出去了不多一会儿,就回来了,说:"车都在宅里了,因为今儿来的客人,自己没有车的很少。我已告诉小纪啦,他已把车开出去啦。"

丽莎就向二玉说:"那么你就走吧! 可千万记住了我的话,别再见吴惠彝的面,因为他的坏主意太多,你要是再跟他在一块儿,他早晚要把你害了。真的,你是个傻姑娘,我是很可怜你的。好吧! 咱们明儿见吧,我不送你了!"又向那个仆妇说:"萧妈,你把田小姐送到门口去吧!"

萧妈领着二玉往外走,焦大少爷可送出来了,丽莎就赶紧也出了屋。二玉回身说:"您不用送我了,再见吧!"她想何必得罪人;将来说不定还得见面呢,所以她也很客气的,但却很快地去走。

焦大少爷的脚很快,居然能够跟上,他并吩咐另一个仆妇去做什么事,二玉也顾不得细听。她连这院里挂着的许多"福"字灯、"寿"字灯,她都没心去看;耳边还能听见远远的有锣鼓和胡琴之声,她也一点不留恋,她努力分辨着应当走哪一个门,所以不等萧妈带着,她就很快地到了大门外。

这大门口还有不少的人出来进去的,还都止步扭头地来看她,也许是因为她的这身衣服和打扮,在大门灯强烈的光线照耀之下,是更显得艳丽了。

在门前停着的一辆流线型的汽车,那开车的已经把车门开开了。焦大少爷慌张张地,仿佛有什么要紧的事似的说:"先别走!先别走!还有东西啦!待一会儿就拿出来了!"丽莎站在台阶上,说:"萧妈!你把田小姐送了去吧!"

二玉已经进到车里,萧妈可还不敢上车。等了半天,里边另一个仆妇才把东西拿出来,原来是三四轴子画,那仆妇还问说:"大少爷,您看看是不是这几张?"

焦大少爷长叹着,说:"咳!谁管是哪一幅?反正都是我画的,都是美人儿,就先叫田姑娘带回去得啦!"二玉在车里说:"我不要。"焦大少爷说:"你不用客气了!这几幅虽不是我专为你画的,匆忙之间,也许还有的没提上款,可是……"

台阶上的丽莎急了,大声催着说:"萧妈快上车!快上车!得啦,把那几张破画给拿上车去就得啦!"破画?这可侮辱了大少爷,大少爷当时就生了气,回过头去厉声地说:"你不要管!可恶!"气得丽莎当时就转身,嗷嗷嗷,就回往门里去了。

这里焦大少爷还嘱咐萧妈要仔细地给拿着,并探头向车里说:"田姑娘!明天见吧!今天我既觉着荣幸,可又觉着对不起,不过想你绝不能够见怪我……"二玉也真觉着心里急得慌,也不知该回答什么,只得说:"不要紧。"焦大少爷还叹息着,说:"我有许多难言之隐……"

二玉见萧妈也上车来了,她就自己关车门,可是她关不上。焦大少爷又隔着车门的缝儿向里说:"希望你回去把那几张画挂起来,细看一看,我的人生就寄托在上边了……"二玉也听不大明白。这时开车的一回手,才把车门给关严,车就呼的一声走了。

二玉告诉了她住在鼓楼后,所以车就把她直送到了她住的那小胡同的前面。夜原来已经很深了,满天的阴云,她一下了车,就踩了两脚的泥水。她忽然心痛她脚下穿着的缎子的红鞋,同时忽然就像醒了似的,想到自己穿的这身衣服,怎么回家去见爸爸呀?若被同院的邻居看见了,应当又受什么评论呀?

萧妈一只胳臂夹着画,一只手搀着她,说:"田小姐住的这胡同真黑,您门口儿没有电灯吗?"

二玉赶紧把画接了过来,说:"你回去吧!"忽然又想起似乎应当给这老妈子几块钱,但是她一时也想不起来那只皮包在哪,今天的事情真乱,脑子里至今还轰轰的,她就什么都不顾了,只说:"好了,我到家了!你们回去吧!谢谢你们啦!"萧妈也说:"您可慢点走!再见!"这时胡同里的一只大狗又直冲着萧妈乱汪汪,萧妈便赶紧回到车上,车就走了。

这里更没有灯光,二玉已去敲打她家的院门,她一急,连胳膊下夹着的几轴画都几乎掉在了地下,脑袋里还急忙忙地编造着谎话。这时门里就是她爸爸田迁子的声音,很急促地说:"听见啦听见啦!是啦是啦!别拍门啦!"随着就听"咕咚""哗啦",门都几乎要掉了,顶门石大概也砸着了田迁子的脚。二玉把门推开了,见她爸爸还弯着腰,痛得直吸气,抱怨着说:"这是谁,又把门关上了,人家家里的人还在外头呢……"

二玉紧忙地跑进屋里,但是她刚把画都放在炕上,她的爸爸就瘸着脚跑着,追到屋里来了。田迁子一看,他就怔了,这黯淡的灯光照着他的女儿,他简直有点不认识了!又看见炕上扔着的画,他就问说:"这是什么?是焦督办送给你的字画吗?"他喜欢得笑着,看着坐在炕上直发怔的女儿,又问:"你喝水么? 我新沏的茶,因为那个什么梅太太她刚才来了,等了你半天啦!"

二玉突然又一惊,赶紧问说:"她来找我有什么事?"

田迂子说:"就是啊! 我怎么问她,她可是怎么也不说,不过她倒是知道你是在焦督办那儿啦,她仿佛是很着急。因为等了你半天,在这儿又没有地方坐,她就走啦,临走的时候还说,你要回来叫你千万等着她,她待会儿大概还来。"

二玉惊讶地说:"她还来?"

田迂子说:"说的是呀,这么黑天半夜的她还要来! 幸亏她是个娘儿们,她要是个小子,我早就把她踢出去啦! 我都明白,不过,我也放心你,你今儿就是一夜不回来,我也放心你,你是我养的么! 外边这年头儿呀……咳! 你刚回来,今天你一天不定多么作难了,我知道,我明白,我心痛你,谁叫我没能耐,叫女儿出去挣饭吃? 你今天才出去了一天,我在家里这脑筋可费了不少,我知道,一定是你们经理带着你去拜寿,焦督办就不放你回来了!"

二玉摇头说:"没有……"她的脸都红了,就说:"什么事情也没有,我就跟焦督办见了一面,焦督办是个老头儿啦!"

田迂子说:"是啊! 在报上我见过他的相片。人家现在把你送回来了,是拿汽车送回来的不是? 这字画也是人家给的吧? 那就算我猜错了。可是根本我就没往错处去猜,我想焦督办大概是要认你作干女儿……"

二玉皱着眉说:"我现在头痛。"田迂子说:"你没喝酒吧?"二玉瞪起眼来,说:"我喝酒干么?"

田迂子赶紧说:"别跟我急! 我不过是想,你既然坐了席……是中餐还是西餐呀? 哪能够没人劝你喝点酒儿的呀,喝酒也不是要紧的事,我还天天喝酒呢!"他笑了笑,又说:"得啦! 你快躺下歇一歇吧! 可是,你这衣服……"他上下地看着,又说:"不是我不开眼,这身衣服,有皇上的时候,妃嫔穿的也不过如此。"他又摸了摸,说:"这是真材料! 这首饰……喝,这才像是个上督办家里行人情的么! 依着我,你还是先换下来再躺下吧。"

二玉摇头说:"现在我也不想躺着。"

田迁子说:"那你可就别这样发怔啦!自然,头一回见那么大的场面……是在馆子里办事,还是在家里办事呀?有玩意儿没有?是大台的戏,还是什么杂耍呀?幸亏是你去,要是我去,准得昏了头!我可见不了那么些个大官儿!得啦,你喘喘气吧,最好把今天一天的事情都告诉我,要有什么问题,咱们好研究……"

等了半天,看他的女儿也不说话,他就又说:"现在的事儿我也看出来了,大概是百货店里要你,那焦督办也争你。你现在是:脚踏两只船,心里两为难,又要上河北,又要上江南。你有点拿不定准主意啦!"又笑着说:"这不要紧!爸爸可以告诉你,咱们就给他个来者不拒!公司待你不错,不然能够给你做这么好的行头,连首饰得值多少钱呀!咱们卖晚香玉的时候,把一火车晚香玉都卖了,也做不上这身衣服呀?这就是运气,运气来了城门也挡不住了……"

二玉更着急地说:"您说这些个不着边儿的话干什么呀?人家累了一大啦,刚回来。"

田迁子说:"我是喜欢的,不由得话就多了。因为待会儿那姓梅的还来呢,刚才她就神色很不好,仿佛你到了焦督办家整整一天,她很不赞成似的,要不怎么我看出来是两边争上你啦!要说焦督办,不但有势力,还无论怎么也比你们那个经理阔,可是……"

他忽然止住话,侧耳听了听,就悄声说:"得啦!那姓梅的娘儿们又来啦!我们到底是叫不叫她进来呀?"

这时二玉也略略有些迟疑,同时心里又紧张起来了,不知道梅蕴芬这时来找她,是有什么要紧的事,这一定跟刚才吴惠彝往焦宅打的那几个电话有关了!她的心不住突突地跳,就站起身来,说:"哪能够不让人家进来呀?"

田迁子就说:"你不用出去!我去给她去开门!"当时,田迁子又跑出去了。

外面待了会儿,梅蕴芬就进来了,她一到屋里,就急匆匆地向二玉说:"你回来啦? 好,你可真把我给害啦! 本来我是在柜上,吴先生拿电话把我叫了去,催着我来这儿等你。我等了半天,等的真急死啦,我就回去跟他说,你今天晚上大概不能回家啦,可是他直跟我跺脚,逼着我又来……"

二玉问说:"逼着您来找我,是有什么要紧的事情吗?"

梅蕴芬说:"我哪儿知道呀? 你们今天在焦督办家里捣的麻烦,我连一点影儿也不知道。得啦! 我的妹妹,只当我求你啦! 你就快着点跟我走吧!"

这时候田迁子可慌了,直眉瞪眼地说:"有什么事情不会明天再说么?"二玉却说:"您不用管! 我去一会儿就回来。"田迁子说:"你今儿晚上还能够回来吗? 现在都什么时候啦? 我的大爷!"

梅蕴芬摆着手说:"您不用不放心,我能够把她找了去,就准能够把她送回来。她不过是跟我去见见我们的经理,解释解释今天的一点小误会,绝不至于有什么事,您就放心吧。"

田迁子也没法子,尤其看见女儿是愿意跟着去的样子,他就更不能拦阻了,只得跟着出了屋。他又嘱咐二玉说:"你去一会儿,可就赶紧地回来,因为我不能够老给你看门,今儿吃完晚饭我也没得睡觉。"说这话的时候,他还不敢大声,怕叫邻居听见。然而梅蕴芬那皮鞋底儿的声音可也够响的了,她并且还说:"您不必送了! 一会儿我就把我妹妹送回来!"田迁子真怕被人听见,怎么黑天半夜的,姑娘还出去? 可见新找的这个事儿有点不高尚。所以他也没敢答应,就轻轻地去跟着关上了门,二玉就跟着梅蕴芬走了。

梅蕴芬是坐着洋车来的,车只有一辆。鼓楼后这地方,黑茫茫的像一片大海,那钟楼和鼓楼两座巨大的对峙的影子,黑魆魆的,跟山岳一样,想要叫来第二辆车可是很难。秋风飒飒地吹着,二玉身上虽然穿着夹旗袍和薄毛线衣,可还发冷,她的心更是一阵阵地发紧。但是她对于眼前的事看得很是明白,并且立定了主张,还是不能够得罪吴慧彝,不可放弃女子百货店这个职业,因为这还算比较好的,至少比去陪着焦大少爷和丽莎好些。

到了冷冷清清的后门大街，梅蕴芬给她也雇了一辆车，她疲倦得在车上几乎睡了。及至被洋车拉到吴家的家门，电铃响了，罗妈给开了门，她同着梅蕴芬进去，她的精神又陡然有一点兴奋，因为她猜不透吴慧彝现在还叫她来，究竟是为什么事情。

梅蕴芬一直带她进了北屋，屋中的灯光很亮，刺激得二玉两眼都发痛。吴慧彝穿着毛绒睡衣，坐在屋外的大躺椅上，眼前的地板上落了一大堆烟灰。他还在吸着烟，烟云弥漫，刺激得二玉的眼睛更痛了。她也不知道应当说什么话，连头都没点一点。吴慧彝却也未欠身，只说："你坐下。"他仿佛嗓子都有点哑了。二玉就坐在了电话机旁边的一把椅子上，梅蕴芬便出去了。

吴慧彝并没有发脾气，只问说："刚才我往焦家一连打了好几次电话，当然都是丽莎拦住你，不让你接了？我雇了车派人去接你，也一定是她不许你走了？"

二玉点了点头，说："我没有法子，在她家里，他们夫妇两个人……"吴慧彝哼了一声，说："什么夫妇两个人吧！"二玉说："反正是他们两个，都不让我回来，我有什么法子？我又不能够跟他们吵呀！"

吴慧彝说："今天是我的计划失败了，不能够怪你，不过，他们没有再跟你说什么话吗？"

二玉说："丽莎叫我明天还到她家里去。"

吴慧彝摆手说："那不是她的家，她还不配是焦家的少奶奶呢！你不要弄错了。"

二玉说："我也不管她是焦家的什么人，本来我跟他们，全都不认识，今天不是您带着我去的吗？"

吴惠彝点头说："所以我说我的计划是完全失败了。"

二玉说："吴先生！您的计划是什么？我也不知道，不过我不能够再当这个女交际员了，我当不下来，请您派我个别的事吧！"

吴惠彝说："你听我说！由今天的事看来，你实在是我的一个好职员，你很能称得起是一位有希望的职业妇女，因为你能够尊重你的职业。换个别的人，按今天的情形说，就不能够脱身回来，更不能够还到我这儿来！"

二玉说："本来我做的是事情么，我又不是给人家当玩物。"

吴惠彝把手向膝盖上一拍，说："好！那么这个月的薪水我就给你加倍！不过你还得替我做一件事，因为我的计划，现在又有了转机了。我爽快地问你吧！你可不可以用一种方法把那焦大少爷拉拢住，让他完全注意你，而不再理丽莎？或是你设法叫他们两人打架，他们越打得厉害，越是你的成绩，结果焦大少爷把丽莎赶走，或是丽莎气走，那就算是你替我把事情办了！"

二玉诧异着问说："干吗呀？您为什么这样恨那个丽莎呀？"

吴惠彝不言语，只是不断地喷着烟。

二玉说："这种事情我可不能够做，我是来当女店员的，像您那么一说，叫我去挑是非，拉舌头，我成了个干什么的啦？给我多少钱，我也不能够干。我来见您，还是那句话，请您派我个别的事吧，我愿意去站柜台！"

吴惠彝换了一支烟卷抽着，想了多半天，就点点头说："你愿意到店里边去做事也可以，不过若是焦大少爷天天去找你……这很有可能，你先想一想，你应当怎么应付？"

二玉说："我给个不理！"

吴惠彝微笑着，说："你不理他，他也绝不能够就死了心，尤其他去纠缠你，是没有关系的。我的计划，原是叫他跟你接近，可怕的是丽莎也跟着去纠缠，她夹在中间，结果焦大少爷是一箭双雕，丽莎还是独得其乐，你不过是个变相的小丫鬟！"

二玉的脸不禁红了，说："吴先生，我不知道您说的这叫什么话，我也不知道您跟他们弄的这都是什么事，我就盼着别拉上我，因为我是为做事。假如您不愿叫我做事，可以说一句话，我以后就不再来啦！"说到这里，她不禁觉得心酸。

吴惠彝突然问说："你愿意不愿意到天津去做事？因为我们这百货店打算在天津成立一个分店，你可以先去当个筹备员。"

二玉摇头说："我不能够去，因为我家里还有我父亲。"

吴惠彝说:"我也知道,现在你家里只有你们父女两个,可是你父亲也可以给我们帮忙呀!我一个月也可以给他二三十块钱的薪水,你们父女一同到天津去,好不好?"

二玉迟疑了一下,就说:"干吗呀?我们在北京住了好几辈啦,老亲旧友全都在这儿,不能说搬就把家搬走!"

吴惠彝说:"那么叫我的兄弟吴文琦送你到天津去!"

二玉更吃惊了,说:"干吗呀?干吗非得叫我离开这儿呀?"

吴惠彝突然把半支烟卷使力地向地下一摔,跳起来,就跺着脚说:"你不离开这儿就不行!我非得叫你离开!"

二玉吓了一大跳,同时也站起身来了,说:"这是为什么呀?吴先生,你也用不着这么急呀?你用就用我,用我得分派给我个正经的事,像这些乱七八糟的,我管不着!说叫我上天津,我就得上天津,还叫我们一家子都得上天津,我不能干啦!吴先生……"她气得眼泪都流下来了。

吴惠彝赶紧说:"对不起!对不起!我太暴躁了!是因为今天我的神经受了刺激,刚才是不由我自己,请你得特别原凉……"他连连地赔不是,并且捏着脑袋,又在藤椅上坐下了。他又拿烟卷另点了一支,猛力地抽着,地下的那半支可还没灭,依然在冒烟,屋里的烟更浓了。

二玉简直待不住了,她就问说:"吴先生,干吗这个样儿呀?有什么话明儿再说吧。我现在要回去啦,您叫罗妈把早晨我在这儿换下的衣裳,给我拿来吧。"吴惠彝却摆手说:"你先不用忙!"二玉着急地说:"怎么还不用忙?都半夜啦!"其实她真想说:干脆,我不干啦!

吴惠彝又摆手说:"你先等一等!你今天已经为我的事情奔波了一天啦,又何在乎这一点时间?你再稍坐一坐,容我想出个妥善的法子来才好。"

二玉说:"本来那些事都跟我不相干,我原来就不认识什么焦大少爷跟丽莎,以后我还不认识他们,不就完了吗?"

吴惠彝摇头说:"事情不是这样的简单,并且你不知道焦大少爷的脾气。"

二玉瞪眼说:"那么,他还能够把我怎么样了吗? 这真是没有影儿的事! 吴先生……"她愤慨地说:"我也明白了,可是,我告诉您放心,我出来是为做事,刨出我应当做的事,别的什么我也不管! 还有,以后我绝不干交际员,您要是不能够另派我别的事,我就辞职好了! "

吴惠彝说:"这多少日子来,我想用你,都没有用你! "

二玉更是生气,气得真又要哭了,说:"既然这样,那很好办! 我也才来了不过一天,您既不想用我,我现在就走! "说着,她气愤愤地就要去推门,要向外走。

不想这时屋门已从外面推开了,有一个人正在外面走进来,把她吓了一跳,因为几乎撞了个满怀。她赶紧止住了步,一看这个人,又禁不住脸红了,因为这正是那吴文琦,穿着一身黑色的学生服。吴惠彝就说:"文琦,你把她拦住! "吴文琦倒是还没伸胳臂拦她,二玉却生了气,说:"你敢拦我? 凭什么呀? 还有这样的? "

吴文琦就挡住了门,不动身,向他的"哥哥"说:"金奉臣来找你,我把他让到西屋去了。"

这时二玉又一怔,心想:金奉臣是今天白天那焦家见过的,他这时候还来,大概也是为跟我有关的那些事吧?

吴惠彝当时就扔了烟卷头儿,站起身来,从二玉的身旁走出屋去。临出屋的时候,倒是向二玉和蔼地说:"田小姐,无论如何请你再等一会儿,我去谈谈话就来。"又向他的"兄弟"说:"文琦,你也劝一劝田小姐,我决不能叫她为难。"说着就忙忙地走了。

这里二玉用眼瞪着吴文琦,气得她半天才说:"你要怎么样? 你莫非要帮助你哥哥欺负人吗? 你们可真霸道啊! "

吴文琦却沉着脸,说:"我不管他的事! 我要不是为有人来找他,我得告诉他,我就不进屋。刚才,他跟你急躁地嚷嚷,我在院里听见了,都不想管……"

二玉更把眼睛瞪大了,跟他说:"你是干什么的? 为什么不上学,可在这儿? "

吴文琦说:"现在天都黑了,我干吗还去上学? 我又不住校。我在这儿……其实我也不在这儿住,不过……"

二玉哼了一声,说:"反正你给吴惠彝帮忙,你是他的听差的!"

吴文琦摆手说:"这话你说错了!我要是不在这儿,他也指使不着我。因为他并不信任我,凡是有关系的,他从来也不叫我给他办,他跟我的意见不同。这些日子,尤其是最近几天,我常到这儿来,是因为别的用意……"

二玉恍然大悟似的冷笑着说:"噢,原来你们都是别有用意呀?你哥哥雇女职员是别有用意,你又有你的用意?"

吴文琦摇头说:"不是,你不明白。你还没有来的时候,我先是为陈黛娥……"

二玉一听这话,不知为什么,更不由得生气了,但是却说不出什么话来了。又听吴文琦说:"我为陈黛娥相当尽心,但后来她不明白我的意思,反倒在惠彝的跟前,说了我不少的坏话……"

二玉沉着脸说:"大概还是你不好。"

吴文琦接着说:"最近你又来了,我才专专地为着你……"

二玉的脸突然红了,真想抡巴掌打他,就说:"你说的这是什么话呀?"同时,她低下了眼皮,忽又愤愤地说:"我看你比你哥哥还坏!你早先是什么……是尽心地为陈黛娥,现在可又专什么为我?我不能够跟她比,你看错了人啦!"

吴文琦点头说:"我知道,你跟她并不一样。她不过是一个羡慕虚荣、自甘堕落的普通女子,而你刚强的性情、坚毅的意志和明白透彻的眼光,在现今这许多的女性之中是很难寻找的,很不容易。"

二玉紧紧地抿着嘴唇儿,胸脯一起一落地喘着,说:"你不用说这话,我不听!"吴文琦说:"你不听我也要说说。"二玉说:"你跟我说不着,你跟陈黛娥去说吧!"

吴文琦瞪起眼来,说:"她?她不配!我跟她也不过是泛泛地说过几句话。因为无论是什么样的女子,现在事情已摆在眼前了,吴惠彝就是只顾了满足他自己的私心,达到他的目的,而不惜引诱人家清白女子去堕落!陈黛娥那只好就由着她去好了,而你本是个很好的人,又是一个明白的人,却不应当就听他们的愚弄!"

二玉的眼睛比他瞪得更大,说:"谁听他们的愚弄啦?要不是因为我要做事,我认得你哥哥是谁?"吴文琦点头说:"我都明白。"二玉又"哼"了一声,说:"当然你明白!本来是你哥哥跟你,你们一块儿使的手段么,害人!害人家清白的女子!"

吴文琦说:"这话你可说错了!根本没有我的一点事。"

二玉几乎要跳起来,要大声地喊,但终究喊不出来,她只说:"怎么没有你一点事?哼哼!我看全都是你的事,你别以为我忘了!在夏天,咱们头一次见面的时候,就有你。后来在北海,还有你,现在你又想推干净?你们这种人真是阴一面,阳一面!"

吴文琦说:"我跟你解释也没有用,你也不会明白我,反正将来叫你看事实好了。吴惠彝他利用你去联络焦大少爷,跟我有什么相干?那焦大少爷,他是他家里的少爷,我根本不理他,不认识他。要不是现在你被夹在中间了,我绝不管。"

二玉说:"我的事你也管不着!"

吴文琦点头说:"是,我本来管不着,可是不知是为什么,我总不忍得不管,实在是你,太可惜了!为生活所迫,跟我一样,但眼前就是一条堕落的途径,一个人能够有多大的把握?"

二玉又盯了他一眼,说:"用不着你来操心!"

吴文琦叹了一口气,说:"我知道我管也是无用,可是为你现在的这些事,顶好咱们能够在一块儿谈一谈。"二玉说:"我没有工夫!"吴文琦说:"你没有工夫也就算了。我想是后天,北海公园里'濠濮间',下午五点钟,你最好能去一趟。"

二玉说:"我不一定去不去。"吴文琦又看了她一眼,就说:"反正到后天我是一定要去的,我等你到八点。"二玉说:"到时候再说吧,我可没应你。"

吴文琦说:"随你,不过我想我们都是一样环境的人,应当见面谈一谈。"

二玉说:"谈什么呀?没有事儿可谈什么呀?有事儿你也只能帮助

你哥哥,不能帮助我。"说出了这话,突然觉着这话说的似乎太近了,根本不应该这样的说,立时她的脸就红了。

吴文琦却说:"我敢发誓,我绝不承认吴惠彝他是我的哥哥,我向来也没有帮他欺骗过任何的女人!我倒是常常把他将要做成的坏事给他踢了,他还不知道。尤其是你,我遇着你这么一个人很难,世间很少有你这样个性强而有决断的女子……"二玉咬着牙,斜着眼睛瞧着他,吴文琦又说:"同时我还得说,你在这些人里想找我这么个人也不容易。"二玉又忍不住笑了,向他轻视着。

吴文琦又悄声说:"你看现在来的那金奉臣,那不是好人,丽莎跟那个焦大少爷就是他给撮合的,现在吴慧彝又给他们破坏,你不过是其中的牺牲品。吴惠彝他倒并不是宠着你,而是要利用你夺回来他的爱人,可是又夺不回来……"

二玉跺着脚说:"你别再说啦!这些乱七八糟的事我全不管!"

吴文琦说:"你不管,现在你可就不能走啦!"二玉气愤愤地说:"我偏要走!你还能够把我揪住吗?"吴文琦说:"我不拦你,我也主张你应当趁着这时候快回去,索性过儿天再来吧!"

二玉说:"我还来吗?可是我今天早晨在这儿换下的衣裳呢?我要带回去。"

吴文琦说:"我也没看见你的什么衣裳,也不知道他们给搁在哪儿去。我想你这时候跟他们要,他们也不能够给你,因为金奉臣现在一来找他,他不定又想起来什么新主意,还得要愚弄你,不肯放开你,不如你就快走吧!"

二玉正色说:"我也犯不着跟贼似的就溜走了呀?"

吴文琦说:"其实他们也不能够把你怎样,不过麻烦你就是了,你找的这个事儿就是个麻烦事。"

二玉说:"哼!我倒不怕麻烦,可是我不能在这晃了,天都什么时候啦,我可得赶紧回去。"

吴文琦说:"你快些回去好了,待一会儿,吴慧彝要问谁把你放走了,我就说是我。"二玉:"这也不能说是放呀!"吴文琦说:"反正你快走就完了！衣裳我要找着了，后天给你带了去！"他好像是有些急躁了。

二玉真不愿意走了，怕把他连累了，同时，还有些心思，但也确实不能再晚了，所以她就出了屋。看看西屋那客厅里，灯火耀煌的，吴慧娈大概还在跟金奉臣说话，又不知道梅蕴芬走了没有，她倒有点害怕，悄没声儿的，就由吴文琦带着她出了门。门前连一盏电灯也没有，黑乎乎的。这时候，二玉真恨不得叫吴文琦送她一送，可是吴文琦只说了一声："再见！"别的什么话也没说，就把门关上了。

夜已深，连一辆车也没看见，秋风更冷飕飕地吹着。二玉没有一点法子，只好一步一步往家走去，她觉着做事太难了，挣钱太不容易了，这真使她有些伤心。

回到家中，田迁子还不住地问："到底是怎么一回事呀，今天你出去了这一天？那几张画儿我也看见了，都是美人儿，画得也不怎么好啊，是谁送给你的呀？"连问了几声，见他的女儿坐在炕边只是休息着，也不言语。

他可是又不住地细看，嘿！这身衣裳还不算什么，这份首饰可都是全套的！可真是阔！这绝没有假货。他就笑问说："人家既给你做了这身衣裳，那么这些圈子、坠子、别针头花的，当然也就算是都送给咱们啦？"二玉依然不言语。他就说："要是这样，那么你找的这个事儿，还算不大离儿！"

他又细问焦督办家里的情况，二玉就皱着眉说："那有什么可打听的呀？我去了这一回，也就永远不再去了！"田迁子还想说："别不去呀？"可是又想：其实，有百货店这么一个事儿也就够啦，就拿这身衣裳跟首饰来说，还不够阔的么？不上焦督办那儿去也好，粘上他们，一定得出麻烦，今天这头一天，就有点不对头！

田迁子这时的心里倒是很高兴，虽然猜着女儿的心里一定还有点事，可是那不要紧，因为女儿现在已经回来了。要是有什么事，根本她就回不来，回来，就是绝没有问题，就是没出事。对啦！现在可真应该放心睡觉了，于是他就说："你也该歇着啦，你把屋门关上吧，我可真熬不住了！"说着也就躺在那竹榻上，盖着破棉絮睡了。

第十回　又送画来蓬门成闹市
　　　暂栖身处老媪是居停

二玉先把屋门关上,在将要熬尽了的破煤油灯旁,她一件一件地卸去了圈子、坠子、头花别针等等的东西。她感觉着真没个地方放,只好放在炕里边,离她藏那皮夹子的地方不远。于是她又想到了吴慧彝,今天算是怎么回事呀?他莫非是个精神病吗?给他做事可也太难了……

她换下了衣服,这身妖精似的大红大紫的衣裳,今天不知惹得多少人注目。她并不喜欢,但不能不平平展展地叠好,放在一边。最碍事的是那几张画,可往哪儿放呀?她真想给放在地下,结果还是给搁在窗台上了。想起了焦大少爷,那可真是阔,但,为什么又是那样的一个人呀?他的太太,就说是他的太太吧,那个丽莎,却又是那样……真是的,今天我把什么人都遇着了!

她微微地叹了口气,就吹灭了灯。现在她穿的仍是平日的那身旧衣裳,躺在炕上,盖着破棉被,觉得非常地冷,头也晕。她想起来,今天是喝了一杯酒,莫非是酒意涌上来了,不然为什么这么头晕?她心里又乱,乱得真厉害。她又想起吴文琦来了,就更觉着心乱,而且有些难过。她实在受不了了,就坐起身来。这时候忽然她的爸爸又醒了,惊问着说:"你听见是有响声么?"二玉没言语。

田迁子说:"我怎么仿佛听见咯吱咯吱的直响?可别叫耗子咬了那

几张画儿,那几张画也许真值钱。还有……"他又悄声说:"那些戴的、挂的东西,可都搁好了地方!咱们这院里别看都是老街坊,可也靠不住,因为人穷眼皮子浅,忽然看见咱们发财了,他们就许……"二玉说:"得啦,您就睡觉吧。"

田迁子又叹着气,说:"这总算咱们暂时缓过这口气儿来了!但愿老天爷叫咱们平平安安的……"二玉发急地说:"您是怎么啦?还说什么呀,天都……"田迁子说:"对啦,这时候大概都快天亮,快睡吧!明天早晨不上班不是?没什么应酬了不是?"二玉都没言语,田迁子就又睡了。

二玉重又躺下,她心乱如麻,脑子里总是想着吴文琦。就这样,也不知是睡了有多大的一会儿,天就亮了。

田迁子居然起得很早,他怕惊醒了女儿,就蹑足潜踪地走出了屋。他想到街上找个挑儿,喝一碗豆腐浆,吃几条油炸果,然后还许来几个烧饼,解一解馋,更应当给女儿再带回一些什么早点来。他刚走到院中,可又想起来一件事,好么!屋里现在放着多少值钱的东西?二玉没醒,他再一出门,有个人进来把那些东西一抄走,真的,赔得起吗?慢说赔不起,就是经理不让赔,可也得心痛呀!所以他就又想回屋。

但是这时候,忽然外面有人吧吧地打门,他就问说:"找谁的呀?"门外却是个生人的声音,说:"找姓田的!有一位田二玉姑娘,她住在这儿么?"

田迁子不由得吓了一大跳,当时就一声也不敢再言语,也不敢去开门,心想:为什么这么早就有人来找她?还是个男人的声音。莫不是昨儿晚上她出去惹了什么祸啦,现在叫人找来啦?这可怎么好……

他正在胡疑惑,刘大叔披着衣裳由屋里走了出来,问说:"这么早就叫门,也不知道是找谁的?"

田迁子这时候更觉着窘了,就赶紧说:"大概是找我们的,不是……不是您的侄女,我们二玉,现在找了个公司的事么,这大概是找她上班去。您别管啦!我去开门吧!"刘大叔只好止住了脚步,脸上露出不怎么高兴的样子。

这时外面的人直使着劲推门，田迁子赶紧去开门，他更是一怔，原来外面是两个男子：一个是穿着青绸子的小夹袄、小夹裤，留着背头；一个却是长袍大褂，脸很瘦又很白，年纪不过三十上下，文绉绉的，看着倒是还不穷，手里拿着一轴子画。田迁子一看，就放心了，也明白了，他就点点头，问说："你们是焦督办宅里的吧？"

留背头的说："对啦，这儿是有个田二玉田小姐吗？"

田迁子点头说："有。"又心想：我可也得对他们拿着点架子，遂就说："是你们宅里的大少爷，又叫你们给田小姐送画儿来了吧？"留背头的就指着那文绉绉的人说："这就是我们大少爷！"田迁子一惊，赶紧把这个人打量了一番，心里仿佛不信，心想：怎么，这个人就是焦督办的大少爷？一点也不像啊！

他正在发着怔，这焦大少爷就走进来了，倒很和气，笑着问说："田二玉小姐起来了吧？在哪屋里住？我可来得太冒昧了！"说着就要往南屋去走。

田迁子赶紧给拦住，连说："不是！不是！这是邻居家里，您……"刘大叔这时还没有进屋，也在发怔看着，田迁子就指着给介绍说："这就是焦督办的大少爷！"他也没顾得看刘大叔是什么表示，就赶紧又跟焦大少爷说："您暂且等一等，我到屋里去看看我们姑娘起来了没有？"

焦大少爷一听，原来这人就是二玉的爸爸，他可倒没露出一点看不起的样子来，只是连声地答应着："是！是！"就站在院中很恭敬地等着。

这时候，屋里的二玉也是因为听见了外面叫门的声音，赶紧起来了。听明白了来找她的是焦大少爷，她就很生气，赶紧隔着窗户说："爸爸！可别让人家进来！"

田迁子这时慌里慌张的也没有听见，进到屋里就悄声地说："焦大少爷找你来啦，又拿着一卷画，你说是让不让人家进来呀？我看你赶快把新衣裳换了吧！屋子破烂倒不要紧，他既然来，就是不嫌咱们穷。"

二玉却紧皱着眉，说："把画儿留下也行，问他还有什么事。顶好别叫他进屋，就叫他走吧！"

田迁了点点头，又出屋去，向着焦大少爷鞠躬哈腰的，把女儿的话婉转地转达了。不想焦大少爷却直眉瞪眼地说："我也不是有什么事，我就是因为她喜好艺术，懂得我的画。我有一张最好的，昨天晚上忘了给她啦，所以我今天一清早，就叫我的开车的把我领了来……"田迁子刚要说："您就把画儿交给我吧。"不想焦大少爷一眼就望见了门缝里站着的二玉，他当时就一点也不客气了，三步两步地就要往屋里去。田迁子空张着两只手，他不敢拦，同时大概也是不愿意拦，就眼看着这位焦督办的大少爷走进那破烂的屋里去了。

田迁子可又不放心，赶紧跟了进去。就看女儿二玉沉着脸，焦大少爷却仿佛更发傻了，又在说他那一套："我现在来，没有别的事，就是因为知道你喜好艺术，懂得我的画。我有一张最好的，昨天忘了叫你带来了，所以我……"说着，他也真不嫌炕上脏，就把他的那张画打开，平铺在还没有折叠起的二玉那破被褥上了，就像拿画要求人买似的。

田迁子在旁边一看，虽然对于这个不大懂行，可是看着也不过是幅美人儿画，细倒是真细，可画得还没有女儿长得好看呢。

焦大少爷又郑重其事地对二玉说："这一幅'汉宫春晓'，可以说是我最得意的作品，我父亲的几位老朋友，屡次跟我要这张，我也没给。因为这是我与丽莎结合的时期，在蜜月里，我画得的，那时我的心里高兴，自然这作品与我其他的作品不同。可惜就是丽莎对这个竟是一窍不通，她欣赏的是那些粗俗恶劣，月份牌上的美人画。总而言之，她是一个有躯壳而没有灵魂的美人，这我就自然难以跟她说什么了。可怜！这幅画我收藏了几个月，到底幸而遇见你了。昨天我就看出你是特别欣赏我的这幅画，可惜昨天晚上叫老妈子拿错了，她偏偏忘掉了这一张。我察觉了出来，我就非常地抱歉，更怕你要恼的，所以，我才亲自给你送来……"

二玉真不明白这是怎么回事，反正觉着这焦大少爷的行事有点荒唐而可疑，因此，不禁生了气，并且脸也红了。

画上是"汉宫春晓"，画的那美人儿十分的富丽，然而这间屋子里，二玉的真实家庭景况，可是真穷。尤其二玉，现在是头也没梳，脸也没洗,穿着破旧的小蓝布褂,黑布带补丁的裤子,好像是那个昨天一身红紫衣裳、满身珠翠的田小姐家里的……不,是坟上的丫头。她真像是个乡下的贫女,但是,不想这更中了焦大少爷的意,他不住地看着她,既诧异,又仿佛很羡慕似的。

田迂子说话了,他笑着说:“大少爷!您的画可真好,我,不是跟您说,我也懂得,因为早先家里的古画是成堆的。我们二玉她还记得,早先有皇上的时候……”

二玉在旁边瞪眼说:“得啦!您就别说啦!画儿既是送来了,咱们不收也不好意思,可是以后别再送了,因为我们别说没地方挂,简直没地方搁!”

田迂子赶紧向女儿使眼色,心想:别得罪了督办的大少爷呀!

焦大少爷却连连点头,说:“是!是!以后,要不像是这样的精品,我也决不能够送来!因为……咳!从昨天起,尤其是今天,尤其是现在,我的感慨真是多极了!你想一想就可以知道,我是一个专门画美人的,但我所遇见的美人,可是只有丽莎一个,但她又……”他自己笑了笑,又说:她真跟画上的美人是一样了,只有模样而没有灵魂,实在说,是比我画的还不如。因为我画的时候,总要将自己的灵魂分一半给画中人,你把这画细看,自然可以看得出……”二玉的眉头就紧皱着。

焦大少爷又说:“但是自从昨天遇着了你,我的生命起了变化,简直,你就是我作品的成功,是我多年来理想的实现。我就知道你不是什么有钱的,有钱的家庭里哪能够生出你这样清秀俊逸的人物呢?今天我来这儿一看,果然!我想起几句诗来:蓬门未识绮罗香,拟托良媒益自伤。谁爱风流高格调,共怜时世俭梳妆。敢将十指夸针巧,不把双眉斗画长。苦恨年年压金线,为他人作嫁衣裳!”

田迂子在旁向他的女儿说:“大少爷的才学真不错!”

焦大少爷也没看出来二玉是更加生气了,他依然说着:“这几句诗,移赠于你,真是最恰当不过了!我真羡慕你的清贫,恨我自己的浊富。我对人羞说我是督办的儿子,我怕人瞧不起我,我的财产更是我的累赘,因为古来没有一个文人才子是有钱的,但他们却能名垂千古,而且得到闺中的知己。真的，一个人，最要紧的是名，钱算什么？人一生得一知己，尤其是闺中的知己，便可以无憾。有一个荆钗布裙的，不管是妻还是女友，只要她合乎理想，便已知足，要那些个姨太太、丫鬟老妈子一大群何用？"

田迁子说："大少爷说的话对极啦！有皇上的时候，我们家里也雇着老妈子，现在不怕您笑话……"

二玉可真急了，就大声说："爸爸您说这些个废话干什么呀？真把人腻烦死啦！焦……"又向焦大少爷说："焦先生您请吧！您既是好心送画儿来，我们不能不收，可是请您不要多说话了，我听不懂！我不爱听！"焦大少爷这才有点发怔。

二玉又沉着脸说："昨天我到你们家里去，是同着吴慧彝去的，其实我也不愿意去，不过因为我给他做事，就不能够不听他的话。我本来跟你们不认识，我要不是给他干事，就连他也不认识！"

焦大少爷说："难道咱们不可以交朋友吗？"

二玉说："朋友也不必交，我们家里穷，不愿意攀高枝儿！"

焦大少爷说："这话就说错了！穷，不但不是耻辱，还是光荣！像我，我虽是有钱，但那是我爸爸给我的，说实在的话，我还不如你呢！再说，我来到这里，看见你这景况，我不但不轻视，反倒更钦佩，因为像你这样的女子，才真正有纯洁的灵魂。"

二玉说："我听不懂您的话，什么灵魂不灵魂的？您别说啦！快走吧！顶好连您的这些画全都拿走，我不要！"

焦大少爷惊诧着说："难道你是嫌这几张画，不是专为你画的吗？"

二玉急得跺着脚说："干吗呀？你无缘无故地来这儿捣麻烦！"焦大少爷也着急地说："我要是有意来捣麻烦，我就不是人！我来到这儿实在是出于一片诚心之意……"

田迁子赶紧给劝架说："得啦！得啦！我都知道！我们姑娘，她，她是不会说话，您别生气！"

焦大少爷确实有点生气，而在这时候，忽然他身后边的那没有掩好的屋门又开了，走进来一位穿着讲究的中年妇人。焦大少爷不认识，但二玉却好像更着急了。进来的这个妇人，把各人都看了看，然后就向二玉说："你刚起来呀？快点换上衣裳，吴先生在那儿等着你呢！"来的这妇人正是梅蕴芬。

二玉更觉着烦气，知道吴慧彝这么早就派人来找她，一定还是因为昨儿晚上那说了半天没得结果的事，她就摇头说："我不去！我又不该谁的账，为什么这个来找我，那个也来找我？事情我不做啦，我都不做啦！"

梅蕴芬勉强笑着，说："为什么呀？"又转向旁边，看了看那呆子似的焦大少爷。

田迂子有点慌了，赶紧劝他女儿说："你别着急！你先别着急呀！因为你的人缘好，才这位来看你，那位也来找你。"

二玉更气了，跺脚说："我不要这个人缘！"

焦大少爷好像刚要说话，却被梅蕴芬抢到了头里，说："你要不去见吴先生也行，那么你可别过了九点钟，就得到百货店去！吴先生给你定了，派你到店里的柜上去做事，不必当交际员了。"

二玉这才松了口气，就点头说："好吧！"

梅蕴芬可还不走，焦大少爷也不像要走的样子，他怔了半天，又说："二玉女士！我看你是对我有误会，这个误会若是解不开，我简直不能再生活下去了……"梅蕴芬就扭头看他，焦大少爷叹了口气，又说："咳！我也知道你待会儿就要到吴惠彝开的那百货店上班去了，你是一个自立的女性，我也不能不叫你去，可是那实在是不必需。昨天我不是已经跟你说了吗？你可以由今天起，就到我家里去学画，每个月我送给你两千块钱！"

田迂子在旁赶紧说："其实要是兼差，倒也……"

二玉却说："我不去，那算是个什么事儿？我也不愿意挣那便宜钱！"焦大少爷可真发愁了。

这时候谭素素也扒着屋门往里来看，小三子、招弟跟刘大婶，也全都站在院里看热闹。刘大叔便向他们呵斥着说："进屋去！看什么？看人家眼馋吗？"

刘大婶不敢不听她丈夫的话，刚要转身回往屋里，可是这时更热闹了，咚咚咚的，又由外面进来了好几个人，还全都是女人。走在最前面的是一位极阔极摩登的年轻太太，穿着绿绒大衣，浅紫色的旗袍，鞋跟极高，走起路来是又急又响，后面跟着三个仆妇，都很干净整齐。刚才跟焦大少爷来的那开车的人，站在门口指着说："就是那间屋，就是那间屋。"当下这个太太和仆妇，就都很着急地往二玉的屋里去了。但是，那么小的屋子，她们哪能够全都进去呀？

二玉正在生气、着急、厌恶、难过，还有些羞窘，突然见丽莎带着好多个仆妇也来了，她知道这更不好解决了，不由得就有些害怕，田迁子也害怕起来。丽莎却对任何人也不理，只向焦大少爷说："你上这儿干什么来了？看！这屋子有多么脏，你也不讲卫生啦？真是！你大概是有这份瘾，还不赶快回去？"

焦大少爷却向她跺着脚，大声地说："你不用管！你们来是干吗？我的事，是我的自由！"

田迁子一看：糟了！少奶奶来了，叫大少爷回去，这是有点"醋海生波"呀！大少爷可也发了脾气，到底是督办的儿子，可佩服，他居然不怕这么漂亮的老婆，然而，可就要吵架啦！可又关系点名誉的问题啦！于是他就赶紧给劝解，并为自己解释。他摆着手，递着笑说："不是那么回事！少奶奶您也别生气，大少爷是给我们姑娘送画来了。我们是正经人家，早先有皇上的时候也不是这样，不过这几年来败落了，可是我们姑娘现在也有了事啦，这位太太……"他指着梅蕴芬说："这位就是我们姑娘的同事，现在她代表经理，请我们姑娘去上班……"

丽莎狠狠地瞪了二玉一眼，又瞪了梅蕴芬一眼，遂就拉焦大少爷，说："你还不走？人家这就要上班啦！人家并不愿意理你……"焦大少爷更加生气了，抢着两只胳膊说："你们都管不着！"丽莎本来已经气得脸都发紫，简直跟她今天特意穿来给大少爷看的这件紫衣裳一样了，然而她还忍耐着，不愿在这儿把事情弄得不可收拾，所以她就依然拉她的大少爷，叫他走。

可是焦大少爷却仿佛要永远住在这儿了，他抢着胳臂，哼哼地喘气。旁边的梅蕴芬无意地一笑，不想这可把他更招恼了，他就怒目问说："你笑什么？你是个干什么的？"梅蕴芬当然也忍不住火，就说："你问不着我！"焦大少爷却抡起胳膊来，说："我就要问你！"

二玉赶紧站在梅蕴芬的前面，说："我告诉你！你可别在我们这儿嚷嚷！"焦大少爷一见二玉瞪眼，他立刻就"弱"了气，又低头叹息。

梅蕴芬却不依不饶地站在二玉的身后说："你，你是大少爷？上你们家里充大爷去，在人家这儿你充不着！人家田小姐是我们的同事，我们是办公事来啦，你管得着吗？你跟这儿有什么关系呀？你倚疯儿撒邪，你来这儿耍混蛋，卖德行，还跟我发脾气？我不吃你的饭，我也不认识你，你跟我发不着！你是个什么东西？"

丽莎却护着她的大少爷，抢过来指着梅蕴芬说："喂！喂！你可别骂人！你不认识我们，我可认识你，你不过是吴惠彝的一个碎催！"

梅蕴芬说："我给吴惠彝当碎催不寒碜，你，早先要嫁吴惠彝没嫁成，又给姓焦的当了小老婆。"

丽莎跳起来说："什么？我撕你的嘴！"

二玉赶紧用胳膊挡住，说："你别在我们这儿打架！"

焦大少爷忽又点头说："对啦！你们要打架上外边打去，叫我在这儿跟田姑娘解释解释误会。"

这时外边的谭素素可慌张得了不得，她说："哎呀！这可真出了事儿啦！我快给叫巡警去吧！"幸亏刘大叔把她拦住了。

焦家的三个仆妇又都进屋，将丽莎给劝出去。丽莎跳得鞋跟都快要断了，尖声地嚷嚷："我都明白，这些事谁也不怨，就怨吴惠彝！这都是他一个人弄出来的，要破坏我们的家庭幸福！屋里的那个吴惠彝的碎催，我跟你也说不着话，我找他去！"

梅蕴芬追出屋去，指着她说："你找他去吧！你还有脸找他去啦？你们的事我都知道……"最后是骂了一句，直骂到丽莎愤愤地带着三个仆妇出门坐车走了，她才回屋。就见焦大少爷又坐在炕头上了，说："我不是个没理性的人，但现在的事情可真弄得我失掉了理性了！我只有自杀在这屋里！"

　　吓得抓了半天脑袋的田迂子脸都白了,他赶紧说:"别……喂!喂!大少爷您别想不开呀?这……这不是我们的房子,脏了房子房东可不答应我们,再说,您,您不是叫我的女儿为难吗?我们并没得罪您呀!"

　　梅蕴芬却趁着焦大少垂头懊丧的时候,把二玉拉出屋来,忙忙地向外就走。二玉还说:"上哪儿去呀?"梅蕴芬却扒着她的耳朵,悄声说:"你上我们家里去会儿!谁叫你遇见这腻头的事情啦,你不躲会儿不行。"

　　田迂子又追出来急问说:"上哪儿去呀?还回来不回来呀?"

　　梅蕴芬说:"一会儿我们就回来,趁着这时候您就快想个法子,把那疯子对付走了吧!"田迂子只得赶紧进屋,院里的谭素素却还追出去看。二玉就这么破衣褴褛、头发蓬乱地随着梅蕴芬出了门,她们躲开了停在门口外的一辆汽车,赶紧雇了两辆洋车,也不讲价钱,就走了。

　　梅蕴芬叫车拉着,顺着后门大街往南走。走了不远,她就叫两辆车全停住了,她先下来,进了一家南货铺,去借电话。二玉在马路边也下了车,等着她,猜着她一定是给吴惠棻的家里打电话,询问那边有什么事没有,因此二玉不禁提着心。

　　待了一会儿,梅蕴芬就从铺子里出来了,由她的脸上可以看出,事情大概不大妙。果然她来到了近前,就说:"那个丽莎已经到吴家去了,已经打起来了!"二玉不由得更是发愁。梅蕴芬又说:"咱们还是走吧!我送你到一个地方,你去暂待一会儿。反正他们的事情今天就是不完,也总得有个办法,等有了办法之后,你或是回家,或是到百货店,或是再去找吴先生。"

　　二玉一听,梅蕴芬又变了主意了,也不提上她家里去了,又要往别处去送。二玉真生了气,心想:我是招惹谁啦?怎么倒成了一个祸害啦?家里不能待,别处也不愿收留我,现在她要带我上哪儿呀?本想一生气不去,可是现在真没法子。就拿现在这个样儿来说,辫子没梳,脸也没洗,还带着昨天擦的胭脂,眼泪也还没大干,要是一照镜子,不定多么难看啦!所以她真怕街上的人注意自己,谁管现在上哪儿去?反正梅蕴芬不能把我带到老虎窝里,不如就由她带着走吧!

于是二人就又上了洋车，梅蕴芬的车在前，告诉了车夫往什么地方去，二玉的车在后面紧跟着。穿街过巷的走了许多的路，就到了一个胡同。这胡同比二玉家的那条胡同更窄，将将能够容洋车进来，住户不过两三家，门也都很破旧，梅蕴芬就说："到了，到了。"遂就叫洋车都停住了，她给了车钱。

二玉很感觉诧异，就问说："咱们到这儿来干什么呀？"

梅蕴芬说："我本想请你到我们家里，可是我的家里孩子太闹，一点也不清静。我又还有个婆婆，她常是要问长问短的，咱们非常不方便。现在这件事，已经闹成了这个样子，你的家里是去了那么些个人，尤其那焦大少爷，到现在大概还没走，他简直像一块年糕，黏上你啦，又不敢得罪他。吴惠彝那儿，这时还不知道出了什么事，我在电话里也没听明白，我还得赶紧去看看，你说这可有什么法子？我耽误些工夫，捣点麻烦倒不要紧，只是你，你真是命儿不好，刚找了事，就犯小人，又犯口舌。今天你只好躲一躲，可是你一个姑娘能够上哪儿去躲呀？又不能够上茶馆，上澡堂子，我这才把你带到这儿来。这儿住着我的一家远亲，也姓吴，就是一个老太太。你在这儿安心地待着，反正下午我一定来，到时候，咱们再想妥当的办法。可是咱们的事情，也都用不着跟这里住的吴太太细说。"

二玉皱了皱眉，但是到了现在可有什么法子？虽然说冒昧地来到一个生人家中，有点不合适，可是有梅蕴芬带着，也没有什么的。再说看这里住的人家，大概也跟我们差不多，坐一会儿，下午再走，还能算是有什么不合适吗？好在的这儿住的只是一位老太太。于是她点了点头，就跟着梅蕴芬进了第一家小门。

院子里有几棵丁香树，还有不少杂乱的花草，可是除了那种野菊花，还一丛一丛地开着金黄色的花朵，其余的都已为秋风所摧残。这院中像是无人打扫的样子，也只有三四户，屋里都很清静。北屋的犄角有两间小屋，只是一个门儿，门旁摆着小泥炉，正蒸着一锅，大概不是窝头就是馒头。梅蕴芬向屋里问了声："大姑妈在家了吗？"她可没有等到屋里应声，就拉开门伫进去了，并摆手叫二玉跟着进来。

　　二玉到屋里一看，见是一明一暗。外屋倒还干净，有一张双抽斗的小桌，上面铺着报纸，有墨盒、笔筒，还有写英文用的墨水瓶。靠墙钉着一块板儿，放着不少的书，还有那硬皮的洋装书。这里不像只是老太太一个人住的样子了，莫非老太太还有儿子或是女儿？这时也不能就向梅蕴芬问。

　　从里间确实是走出来了一位老太太，年纪有六十上下，头发全都白了，脸上满是皱纹，两眼发呆，见了梅蕴芬，并没有什么寒暄或是亲热的表示。梅蕴芬就指着二玉说："我给大姑妈带了一位客来，这是我的干妹妹，跟家里生了点气，我叫她出来，让她在这儿待一会儿……只待一会儿，就回去。大姑妈，我轻易也不来看您，今儿一来，就给您带来了一位生人，可真是有点对不起您。不过我这个干妹妹可是一个老实人，她现在给吴惠荪的那个公司做事，惠荪很看得重她。得啦！您的儿子又没在家，让她在这儿也没什么不方便的，我走啦！大姑妈下午见！"

　　梅蕴芬又指着一个凳儿，对二玉说："你坐下，不用客气，这跟自己家里一样。你可别着急，待会儿我准来，再见！再见！"说着，她就走了。

　　这半天，梅蕴芬的这位"大姑妈"吴老太太，却连一句话也没有说。二玉就笑着，招呼着说："我来了，给老太太您添麻烦！"又问说："老太太您高寿啦？您这个院子可真清静。"吴老太太只回答说："这院里住的都是规矩的人。"

　　二玉点了点头，然而见这位老太太的面上，并没有什么笑容，而且，说这院里住的都是"规矩的人"，大概就是觉着她不像是怎么规矩的人？年轻的姑娘而不规矩，在这位老太太的心里真不定要怎么想了！所以二玉觉着很不安，有点后悔来到这儿，又怕这老太太的儿子回来，一个姑娘家，穿的又这么破烂，辫子没梳，脸也没洗，就到人家的家里来，算是怎么一回事？

　　她想要对这位老太太解释解释，可是解释，就得先说闲话儿才成呀！于是她就又笑着说："老太太，您住的这个房子可真宽绰，是您自己的吧？"不想她这个话，连一点回响也没得到。老太太的耳朵并不聋，可没有理她，这可真叫她不禁脸红，而发窘了。

她自己又怨恨自己，为什么我要到这儿来，碰这位老太太的钉子？为什么我在家里，今儿一清早就叫焦大少爷跟丽莎，还带着那么些个仆人跟老妈子，搅了一个乱七八糟，我还不敢回去？为什么这样？还不是因为我找了个女店员的事吗？其实那个百货店，我还没去过一次，为什么我就这么倒霉？其实跟我同样当女店员的，就拿陈黛娥说吧，她也没有这些事，为什么麻烦就缠住我了？是我的命不好？还是我的人不好？反正得有一样儿不好，这真得找一个人去说说，真得找……

由此她又想起了吴文琦，忆起了昨天晚上在吴惠彝家里，他的态度和他所说的那些话："我敢发誓，我绝不承认吴惠彝他是我的哥哥，我向来也没有帮他欺骗过任何的女人！我倒是常常把他将要做成的坏事给他踢了，他还不知道。尤其是你，我遇着你这么一个人很难，世间很少有你这样个性强而有决断的女子……"他还说过："你刚强的性情，坚毅的意志和明白透彻的眼光，在现今的女性之中是很难寻找的，很不容易……"这些话，她现在还记得清清楚楚。这不是虚情假意的赞扬，是诚恳的勉慰，但这种勉慰，使她惭愧，使她伤心，想到这些，她的眼泪都几乎要流下来，又怕被这位吴老太太看见。

吴老太太出屋去了，大概是看她蒸的那东西去了。门口儿吆喝着："馒头嘞，豆沙包！"小贩的声音透过了院墙，传到屋里来，很是清晰，二玉不禁觉着有点饿了。这时候又听小贩吆喝了一声："馒头嘞，豆……"声音忽然中断，大概是有人在买了。

待了一会儿，吴老太太回到屋里来了，手里就拿着四五个白面蒸的"豆沙包"，这绝不是她自己蒸的，而一定是由门口外买来的。二玉很觉着难为情，心想：我来到这儿，怎好意思叫人家给我买吃食？她当时就要说："老太太！您干吗这么客气呀？"话虽还没有说出来，可是已经笑了。

但是，只见老太太依然没有理她，却拿着豆沙包一直就进里屋去了，就听见碟子响。二玉又想：这老太太客气的也过分啦！买来豆沙包让我，我都不好意思吃，何必还要用碟子盛啊？跟待客一样，我又不是个客……她隔着通往里间的那个门，偷眼一看，却见人家老太太把那几个豆沙包,都放在一只碗里了,又用个碟子扣起来,原来是留起来了,恐怕凉了,这可又不由得叫二玉的脸更红了。

院里有女人声,大概是邻居,大声说:"老太太!您蒸的是什么呀?锅都快干了吧?"

吴老太太在里间很灵敏地答应着说:"是啊!我这就出去看去。"

二玉很想去帮帮忙,把老太太蒸的东西给端进来,可又觉着这也不一定合适,因为这院里的邻居不认识我,见了我,一定要跟老太太打听,谁知道人家老太太愿意不愿意,被人家知道我在她家呀!所以没敢出屋。老太太很快地就跑出去了,待了会儿,就端进来了一屉热气腾腾的窝窝头。

这窝头可没有二玉蒸得好,有大有小,全都是扁的,一块一块的倒好像黄米糕;可是颜色并不太黄,发着点黑,大概不是纯粹的玉蜀黍面,而是夹着不少的麸糠。二玉赶紧过去帮忙,心里却更为感谢,暗想:人家老太太一定是自己吃窝头,而特别给我买的豆沙包。她就把凳儿搬过去,让人家放笼屉,同时笑着说:"老太太您蒸得可真好!我们家里也天天吃这个……"老太太却说:"吃这个不折福,我买豆沙包是给我儿子预备的。"二玉这才明白,但,这老太太连窝头也没向她让一让,她可真觉着难为情了。

第十一回　苦口婆心一番说女戒
　　　　西风落叶相约在秋湖

　　这老太太到里间去了，一个人吃着窝窝头，大概连一点咸菜也没有，然而吃得很香。二玉也不怪这老太太，因为看这样子她家里也很寒苦，窝窝头也不是容易得来的，哪能够随便就让人吃呢！这是可以原谅的，不过看这老太太好像有点怪脾气。

　　外屋本来就没什么家具，里屋更是四壁萧条，墙上挂着的相片可是不少。二玉因为不能怔往人家的屋里去，所以那小相片上的人物都看不清，而且都是装在镜框里的，镜框的玻璃上又满是尘土。倒是有一张大相片，是半身的中年人，看那样子，一定是前清时代的人。这不消说，一定是这位老太太的丈夫了，可不知现在还活着没有，若是活着，年纪大概也很老了。

　　老太太吃着窝窝头又往屋外走来，这时才问二玉说："你不吃吗？我们家里可没有好的。"

　　二玉赶紧站起身来，摇摇头，赔着笑说："我不吃！老太太您别客气，我在您这儿打搅，我就很不安了！"

　　大概是她的这话使老太太听着顺耳，老太太当时仿佛和蔼得多了，她一边嚼着窝窝头，一边含糊不清地说："你，我看你这个姑娘还好，还安稳，可……"

　　二玉有点惭愧，低着头，老太太又教训似的说："可居家过日子，就是得和气,父母都是疼儿女的,管教就是疼。女儿在家里得受父母的管教,小子在学堂受老师的管教,都是一个样,都得听管教,有错儿就得自己改。可是我看你,长的也还不拙笨,说话也懂得点理,可是为什么要跟家里打架呀?"

二玉摇头说:"我没有。"

老太太说:"没有?梅蕴芬带你来的时候不是说,因为你在家里打架啦,才叫你在我们这儿躲一躲?要不,你为什么要来呢?我又不认识你。还有,我听说你跟惠彝也很好,我可不能跟你说什么,我劝你还是远着他一点。姑娘人家,别东拉一头,西拉一头,乱七八糟地认识一些人,那可就学坏了。我说的都是好话,因为你不是那些街上的疯姑娘,你还像是本分人家的人,就得守本分。姑娘是得守本分,在家里学活计,将来好说个婆婆家;小子是得就进步,上洋学堂,用功念书,挣一张文凭,将来好找事。男女都是一样,都得孝顺父母。雷可是电,学堂说没有雷公爷,也没有闪电光娘娘,可是电也能够电死人,电死的都是不孝的……"

二玉想不到,无辜招了这老太太这么一大套,这老太太原来是不说话则已,说上了可就没完。老太太又接着说了起来:"我就常拿这话劝人,现在的年轻人都非得劝不可,不劝他不明白。这年头儿有多坏呀?多少小子在外边荒唐了,多少好姑娘都……你个姑娘家,我不能够跟你说,早先跟我们住的一家街坊,还有吴惠彝,他们都是骗人家姑娘的,他们常骗那些没有父母教养的姑娘,现在……"

她指了指窗户外,说:"我们这两家街坊倒都很好,都是有资格的。我挑了好几个地方,跟孟母三迁似的,才挑了这么个好院子,就为的是我儿子,可是我也不愿意有闲人来!"

二玉更是惭愧,又有点生气了,点了点头,说:"我这就走!我也不愿意在您这儿打搅,本来,我哪有怔往不认识的人家里待呀!您这儿又没什么人。"

老太太又说:"我的儿子,他现在是没在家,我更不能够留个不认识的姑娘在这儿啦!"

二玉的脸红了，又点头说："是！我这就走！我也不等梅蕴芬了，待会儿她再来，您就说我已经走啦！"说毕，这话，她就要走。

不料却又被老太太拦住，说："你别走呀！我可惹不起她，她要是回来跟我要人，可怎么办呀？"

二玉摇头说："她不能！她要是要人，就叫她上我家里去找我。"

老太太着急地说："你要是连家也不回……"二玉也急了，说："我为什么不回家呀？难道我还能……"老太太忧虑地说："说不定啊！你们年轻的人都容易犯糊涂，跟家里打了架，一赌气出来，到别处又不留你，你就许……"

二玉跺脚说："老太太您怎么说这话？本来就不是这么回事，您没弄明白！"老太太说："我怎会不明白？我也打年轻的时候过过，我也当过姑娘。我的父母老人家，早先也管教过我，那时候我也腻烦听，发脾气，跟父母打架呀！要寻死觅活的，不吃饭……"二玉又跺脚说："咳！不是这么一回事！"她急得不由得就哭了，可又怕在别人家哭，人家觉着不吉祥，她就赶紧又拭净了眼泪。

老太太还是不许她走，可又不住地唠叨着劝她，她也没法子走，一定要走，老太太真许追她去。看这样子，老太太像是有点怕梅蕴芬，怕没法交代，可是，她在这儿，老太太又是不欢迎，她又不能说真话，因为真话说出来更麻烦，而且不定要招这位老太太再说出些什么了。

二玉就只好再坐下了，她的心里真是难受，心想：这是为什么？我怎么到了这个地步？怎么就会遇见了这些解不开、说不清、躲不了的麻烦事情呢？她要哭，可又不敢哭，只得忍着心疼，默默地坐着。老太太又在旁边吃着窝头，幸而是不再对她说什么了。

她等着梅蕴芬很是着急，怕吴惠彝那里真闹出来什么事，因为他要跟那丽莎闹事，就得把一切都拉上。她更怕家里，爸爸跟焦大少爷也打起来，那更不好办。她这时真恨不得都去看看，但，又没那勇气。

她又饿又疲乏，本来，昨天不仅是精神受了刺激，睡得也太晚了，今天一早就被焦大少爷搅醒，还生了这许多的气，她现在真受不了啦。她恨不得到里屋，躺在老太太的炕上去睡一个觉，但这老太太待人又太冷淡,脾气还特别,又怕老太太的儿子回来,那一定是个年轻男子,我在他这屋里坐着还不要紧,要是到他炕上去躺着,却也实在不方便。

所以她先还是挣扎着,但禁不住头昏,两只眼睛往一块儿闭,身子也仿佛飘飘然地要倒。她就将坐着的凳儿挪了挪,去靠着墙,靠着书桌,她就不住地打盹儿。先还听那老太太叹息着,大不满意地说:"年轻的人,又是个姑娘,精神这么不好,坐着就要睡觉,真没有家教!梅蕴芬就是这么个不三不四的人,她还能够认识好的……"

二玉虽略略听出来了,心里有点生气,可是实在没有力气解释,又想:反正这老太太就是这么个脾气,我跟她分辩什么?我只休息一会儿,等梅蕴芬来了,我也就走啦。于是,她就这样,一阵迷糊又一阵惊醒,仿佛就过了半天。

及至睁开了眼,精神完全清楚了的时候,已经过了晌午了,不但梅蕴芬还没来,连那老太太也出去了。里外两间屋子,只有她一人。里间屋子盛着豆沙包的那个碗,上面还扣着碟子,可见老太太的儿子也还没回来。她更加着急,可又不能离开这屋子,也不好意思去问谁。她就只好这么坐着,渴了,也不敢喝这屋里的水;饿了,也不敢动这里剩下的窝窝头,她急得闷得真是难过。

窗纸都有点发黑了,才听见窗外有脚步声,有两个人在说话:"您不是白找他吗?他在那边啦!"

"我不知道,我找到他们老师那儿,跟他师娘又说了半天话……"

"幸亏您就是那一个儿子,要是十个,还不得累死?""我还给他买了豆沙包留着啦……"

先进来的是吴老太太,跟着进来了梅蕴芬,二玉赶紧站起来,抱怨着说:"您怎么这时候才回来呀?"

梅蕴芬笑着说:"真对不住!因为我又回家了一趟,看了半天我的小孩。我知道你一定等急啦,可是我想你绝不会走。"

二玉说:"现在我得走啦!"

梅蕴芬说:"咱们一块儿走,我把你由家里带出来的,我还得把你送回去。"说着她便拉着二玉往屋外走。

二玉又回首向吴老太太说："我在您这儿打扰了半天,真对不起!"老太太也没还言,可是已经露出来很不赞成的样子。

二玉很惭愧地跟着梅蕴芬走到外边,又抱怨着说："我今儿整整一天也没吃东西,也没喝水,那老太太脾气又仿佛很别扭,本也难怪人家,我一点也不认识人家,你就把我送到这儿整整待了一天。"

梅蕴芬跟着二玉走,只是不住地笑,就说:"今儿算是对不住你就完了!以后我也不能再带你见这别扭老太太了。这是没有法子,我算是把你送在这儿避了一天的难……"

说着,她们就走到了比较宽的胡同。这里有个烧饼铺,还带卖茶鸡子,梅蕴芬说:"你不是饿了一天吗?告诉你实话,今儿的午饭我也没吃好,晚饭还没吃。按理说,咱们两人应当下小馆,可是算了吧,你跟我挣这钱都不容易,还是俭省着点吧!买几个烧饼吃吃就得啦。"她遂就去买了四个烧饼,两枚茶鸡子,跟二玉平分着吃。走了几步,又在个摊子旁买了一手巾大花生,也给了二玉一把。两人一边吃一边走,幸亏这时候的天色已经蒙蒙黑了。

梅蕴芬一边剥着花生吃,一边说:"咱们先走着,说完了话儿再雇车。今天那丽莎带着她那几个老妈子到了惠蕴的家里,可是一场大闹!她原来还带着手枪啦,不愧是督办的少奶奶,真许出人命,你说那个女人厉害不厉害?"

二玉听了,不由也有点害怕,就问说:"她为什么这么厉害呀?"

梅蕴芬说:"她厉害也没用,惠蕴还是不怕她。后来在别处,我又见惠蕴了,他正在那儿高高兴兴地跟别人打牌;我跟他说了,他就找焦督办去,叫焦督办申斥她,看她还有什么脸在那儿住?"

二玉说:"这些事情顶好别再拉上我啦!"

梅蕴芬说:"你放心!丽莎她不会再找你去啦!因为你们那间破屋子,她去了,怕有碍卫生,她绝不能再去,她也不愿净捣麻烦。"

二玉咬了一口烧饼,嚼了嚼咽了下去,又皱眉说:"那个什么焦大少爷,也不知还在我们家里没有?"

梅蕴芬说:"他早走啦!"又笑着说:"告诉你吧,刚才我也到你家里去了！因为惠彝他在打牌桌上拿了五十块钱给了我，叫我给你送去，作为你半个月的薪水。我就送到你家里，交给你家老太爷啦，顺便打听了打听，知道焦大少爷早就走啦，临走的时候还很客气。你别发愁，那焦大少爷是个文明人，假定他要是再找了你去，希望你也对他敷衍着，因为吴先生的意见，就是愿意你对他多多地敷衍。"

二玉摇头生着气说："我不能够敷衍他！那我成了干什么的啦？"

梅蕴芬说："这没关系，做事还能一点儿不迁就吗？还能一点儿也不受委屈吗？不然，谁能够白送你五十块钱？这才半个月的薪水，一个月，白花花的洋钱两大摞！干别的事，凭你一个姑娘，能挣这么些钱？"

二玉低着头说："我倒不愿挣得钱多，我只愿意钱挣得正当。"

梅蕴芬说："这也不是不正当呀？"

二玉说："可是，这并不是我拿力气挣来的！我不是傻子，我也知道他们是怎么回事，吴先生别有用意，他虽然不是想对我有什么不好的心，他可把我往焦大少爷那边推，叫我跟丽莎争焦大少爷。"

梅蕴芬说："你明白就得啦！"

二玉愤愤地说："可是我凭什么要跟丽莎争焦大少爷？我跟他们有什么关系？焦大少爷那样儿，我真看不上眼！再说，还是那句话啦，我做的是事，这些个麻烦不是事，我不能因为要挣个薪水，就欺骗我自己。我都明白，我也愿意吴先生能明白我，别说焦大少爷，谁我都不理，我没有一点别的心。我就愿意安安分分地当个女店员，薪水也不要多，顶好叫我去站柜，旁的事我一概都不管！"

梅蕴芬说："你这倒别忙，今儿惠彝跟我说了，叫你去站柜台。可是你也没有衣裳呀？你原来的衣裳是太旧，新做的又都是大红大绿的……"

二玉说："那可不是我愿意做的！"梅蕴芬笑着说："你要真穿上那身衣裳去站柜台，可就成了活广告了！所以才先支给你半月的薪水，你快做一件蓝士林的大褂，做好了你就直接上店里去好了。"

二玉说："这倒容易，可是假如什么焦大少爷去找我，我可还是不能够敷衍他，我能把他骂出去！"

梅蕴芬说："你骂他也没关系，你瞧着办好了！理不理他都是你的自由,吴先生跟我都不过是希望你敷衍着点他,因为惹他不起,其实是随你的便,也不能因为你把焦大少爷得罪了,吴先生就把你开除了,那是不会的。你别净往窄处想,我敢说,你是因为才出来做事,缺乏经验,慢慢地就好了!得啦,咱们也没什么话说啦,雇上车,我快把你送回去吧!”她遂就一边带着二玉走,一边跟洋车夫讲价钱,结果雇上了两辆车。走到半路,她又变了主意,她自己坐着车不知又往哪儿,办什么事情去啦,便跟二玉分了手。

二玉一个人坐着车,回到了鼓楼后,进了她的家门。这时天已黑,满天的星光乱蹦,而他们的屋子里,点着向来也没有过这么亮的灯,她不由得脚步有点踟蹰,唯恐那焦大少爷又来了。她慢慢地拉开了屋门,看见屋里只是她爸爸一个人,在自斟自饮,桌上还有大概是他自己蒸的馒头、炒的肉丝,还有炸小鱼。一盏新买来的中号煤油灯,光辉满室,像过年一样。

田迁子一看见女儿回来了,就说:“你才回来?其实一点事也没有,焦大少爷早就走啦。那个人也很和气的,后来跟我说了半天话,他也很懂情懂理。他说他是因为身体不好,所以只能够在家里画画儿,不能干别的。他又不愿跟男的交朋友,因为男人都没那耐心跟他在一块研究,所以他就想交个女朋友……报上的广告上不是常登着‘征求女友’吗?这也是文明事儿。还有,嘿!你没再见着那梅太太吗?她给你送了半个月的薪水来。我可也没给她开个收条,因为咱们家里,纸墨笔砚,文房四宝,一宝也没有。这真不像样子,你既然做了事了,以后家里的东西都得添置。今儿我先买了一个煤油灯,叫来一袋洋面。我本想出去多办一点,可是,这后门大街,谁不认识咱们?又买这个,又买那个,叫人说咱们真发了财啦是怎样着?这年头的人眼皮浅,我又……我真不敢离开咱们这屋子呀!好,你看你换下来的这绸裤缎袄儿,又有什么镯子、戒指、别针、头花的一大堆,别看这屋子破,可有宝物,哪件东西拿出去不能换一大堆钱?真要是溜进来一位贼大爷,那可……急得我可真得投河去啦!得啦,慢慢地再说,慢慢地再添置,你要是没工夫,我写信叫你妈回来,叫她天天给咱们买家具置摆设,她跟了这些日子的大公馆,买东西还能不在行?咳!这就是《乌盆计》里张别古的话:‘莫道东风常向北,北风也有转南时’,咱们的运气就算转过来啦!对啦,我是得叫你妈回来,与其叫她在外头伺候人,还不如回家来伺候你啦……"

二玉说:"先别叫我妈回来。"

田迁子听了一怔,说:"怎么?她……她回来又有什么的?难道你一个月挣一百多,还叫你妈在外边受苦吗?那可就要叫人说闲话了,到底不是亲的。"

二玉紧皱着眉,微微地叹了口气,说:"我不是不愿意我妈回来,我是想着,我这个事情不定长得了长不了!"

田迁子说:"我看,这事情一定就干得下去啦!至少得五年。因为他要是不想长用你,能给你这么大的薪水?他不用你,叫他再找去,恐怕他绝找不来!"

二玉说:"他长用我,我还许不长干呢!明儿我就许不干!"

田迁子又怔了怔,说:"你不用着急!跟着他们捣一点麻烦,那不要紧,反正是他们的麻烦,不是咱们的麻烦,咱们为的就是挣钱。我对于今天这事,也细细研究过了,我想要是抱着一头儿,专去跟焦大少爷那儿……也不错,还许比当女店员挣得多呢!不过,两边兼着也好,挣双份钱……"

二玉赶紧摆手说:"得啦!得啦!爸爸您别说啦,我听着烦得慌!"

田迁子说:"这听着有什么烦的呢?我得教给你,因为你没有做事的阅历,做事就得心眼活、手段巧、嘴儿甜……"

二玉生着气说:"我不会!"田迁子说:"你看你,刚做事,就这么大的脾气!"

他望着女儿,笑了笑,又说:"我是要告诉你,总而言之,焦大少爷的那事也不可以回绝了,这边百货店更不能扔了,‘骑上一匹,再拉上一匹,这叫作富贵有余’。得啦,我也知道你都会,不用我嘱咐啦,我来告诉你个笑话吧!今儿,早晨不是那焦大少奶奶到咱们这儿来直吵吗?还带着几个老妈子和跟班的,把咱们这院里的邻居可都给吓住了,都说咱们家里要出事!后来,又看见没什么事,晚上我又买肉又买面,把他们给气的……"

二玉坐在炕头不住地发呆、犯愁,他爸爸又看见她带回来的茶鸡蛋,就问说:"你还没吃晚饭吗?我给你买点什么去吧,买碗馄饨?要不然,喂!泰丰馆这时候一定还没封灶,他那儿新添的牛肉锅贴,再来一个酸辣汤,我再叫它一个'烩三鲜',索性咱们爷儿俩犒劳犒劳!"

二玉摇头说:"不用,我就吃馒头得啦。"

田迁子说:"你看,馒头现在还热着呢,这是我买的,又拿锅熥了熥。咱们现在有了面啦,以后你看我蒸的,准保跟买的一样。以后我就管做饭,你妈回来,就叫她管在外边采办东西,带做活。我又说啦!人别看一时,以后,叫向来看不起咱们的来看看!请他们都来看看!"

田迁子是非常高兴,这也难怪他高兴,他们的艰难困苦,而且已临于绝路的日子,幸而于今是有了转机,不单是转机,而且是一个大转机,这么一转就发了财了,至少也离着发财不远了,所以他乐得很。他把酒又喝了几盅,馒头又吃了一个半,他就又躺在了那破竹榻上,他想:要是换家具,先得给我挣一个弹簧床,那就跟里边打着气似的,睡上有多么舒服呀?他觉着很困,要睡着了,临闭眼时还说:"你也睡吧!明天不是还上班吗?"

二玉又吃了一点东西,现在,她倒吃不下去了。眼前的事情,虽然好像是没有什么了,但是她明知道还是没有完,她想着:等到完了的时候,焦大少爷死了心之后,吴惠彝见我对他没什么用处了,那时一定就不要我了!虽然说是叫我做好了新的蓝布褂,就到百货店去站柜台,但那话未必靠得住,将来还不定变成什么样子。总而言之,梅蕴芬跟吴惠彝全都不是好人,他们的话就不能够信,也不能够听!

二玉明白,她现在所处的这环境,这各个的人并不是对她好。她更明白,找了这个事,除了挣了几个钱,可以说得了些个"便宜"之外,真还不如跟着爸爸摆小摊,那还清白。现在这个环境若是混下去,要想清白是很难的,因此,她就想找一个人,诉说诉说衷曲。二玉想到了吴文琦,因为吴文琦说:"你眼前的就是一条堕落的途径。"还说过:"顶好咱们能够有工夫在一块谈一谈。"他的态度是很诚恳的,他的心也是很好的,他说的就是明天,晚上五点钟在北海公园里,什么"濠濮间"去见面,他还会把衣裳带了去……

这样一想,二玉的眼前立时就浮现出来那个高鼻梁、大眼睛的英俊少年。这个身影给她的印象最深,她做梦都梦到过,但是向来她避免着注意他,极力地不去想他,因为仿佛有点怕,并不是因为那个人可怕,却像是有一种危险的预感似的。那种危险仿佛比一切都厉害,比吴惠荪与焦大少爷的纠缠更为难解,因为是一种解不开、撕不开的柔情,这种柔情在她的心坎的深处早已发现了,所以她很怕。

有吴文琦占据了她的脑子,她对于别的一切倒都不想了,然而更觉着心里难过,更觉着心里发急。她在灯旁又发怔了半天,她的爸爸已经睡熟了,新煤油灯里灌的那么满的煤油,都已熬去了很多。她又千思量万辗转,才懒懒地去闭紧了屋门,熄了灯。躺在炕上,她的思绪更多,直到深夜,方才睡去。

次日早晨,二玉提心吊胆地赶紧起来梳头。她的爸爸又出去买了许多好吃的,并沏了一壶最上等的小叶茶,高高兴兴的,倒仿佛预备接迎什么贵客似的。二玉却因精神不好,和衣躺下又睡了。直睡得过了正午,她想着很有可能再来的焦大少爷,还有梅蕴芬,倒都没有来,她的心才略略地平静下去。

她有点儿愧见同院住的邻居,更怕谭素素向她追问,所以她简直就不敢出屋子,即使上一趟厕所,也赶忙地就跑回屋里来。她的爸爸田迂子却不跟她的心理一样,反倒在院里跟刘大婶大吹说:"我们姑娘,先休息两天,过些时才正式上班呢!"

但是,二玉告诉她的爸爸说:"今天晚上四五点钟我要出去一趟,买一件做大褂的材料。"

田迂子说:"对,是得有一件罩袍,那绸绸缎缎的未免太阔了!咱们还没搬家,在这个破门屋子出来进去的,穿的可那么阔,是有点叫人注意。做一件蓝布的干干净净的旗袍儿穿上,是又朴素又文雅,也不显着穷,因为里边穿的还是绸缎,这就叫'包子有肉,不在褶儿上'。"

二玉也没有说什么,她觉着她爸爸说的话虽然"贫气"而可厌,但爸爸确实是受穷受怕了，这可以原谅。她绝不忍得看着爸爸饿死，所以她还不放弃女店员这个事情，明知是一条"堕落的途径"她也要走。她想着：反正我自己立定脚跟就是了！这些话，待会儿见着吴文琦，也应当跟他提一提，叫他好更深切地明白我，别以为我是只为自己享受虚荣。

田迁子只给了女儿五块钱，其余的他全都自己拿着，就又出去了。有四点多钟方才回来，他说："我刚才在茶馆里借了纸笔，给你妈写了一封信，已经发了。我也没说别的，并没催着叫她回来，我就说：咱们的女儿现在找着了个事，很好，你要是觉着在外面太累，愿意回家享福呢，那就随你自己的便。"二玉点了点头，因为她不能表示不愿意继母回来。

不料田迁子倒倍增感慨，连连地叹息，好像都要流眼泪了，他说："别看这两天我精神很好，实在是我勉强挣扎着，因为你才找着事，事情又出了点小麻烦，我不能不挣扎着帮助你料理。其实我是胳膊又疼，脚又痛，吃完了饭，身子就发烧，做梦还梦见了埋在坟里的你那个妈。我叫你这继母娘回来，不是为别的，为的是你以后天天出去做事，哪能够净伺候我？她回来不但能伺候我，还能给咱们料理家务。说什么买东西换摆设，那都是我随便说，有钱还得攒着呢，因为你挣的钱不容易，我知道。我也不能老叫你这么挣钱，将来你妈回来，我还得跟她商量着给你找个合适的人家，好叫你终身有靠。做女店员不能做一辈子，什么焦大少爷，那更是靠不住，咱们只是怕得罪他就是了，实在说，跟他交长了，还有损咱们的名誉呢！"

二玉听了这话，不由得又一阵辛酸。她也没有换衣裳，依旧穿着蓝布的短褂，花条布的长裤子，只把头发又梳了梳，就跟她爸爸说："我走啦，我还许上吴经理家，把我那天替下的衣裳取回来呢。"田迁子说："那么，等你回来再吃饭呵，你想着早一点回来。"二玉点头答应着。

她一出门就觉着心急，太阳还没有落，她也不知道是不是已经到了五点。走到了后门大街，看见那家绸缎百货店里，电灯都已亮了，她就想到里边看一看钟表。向里扒头一看，原来才四点一刻，她觉着天还早，于是就先走进去买布。她买了一件蓝士林布的长袖旗袍料子，是用一张印着商店字号的纸包着，还有绳儿系着，她就夹在胳膊下，出来又急急地走。

　　走到北海公园的后门，买了票，她就向那收票的人问说："濠濮间在哪儿？"问的时候她的脸都有点发热，问明白了，她就急急地走入。北海公园，今年她连这次，已经来了三次了。现在这园里已是秋风瑟瑟，许多的林木，枝叶半已枯萎，尤其被淡淡的斜阳映着，都更显得衰败、枯黄。有的叶子已落于地面，随着西风，它们还要往起来挣扎，仿佛还要飞到枝头原处，但是落在秋草里的，可爬不起来了，而落在湖水里的就漂得更远。这就如同人们的遭遇，只要是一堕落，就很难爬得起来。

　　这园里的景物，一切都是十分的惨淡。尤其那森森的湖波，虽然还映着霞光，但已了无生气，只像是个芳姿褪尽的老婆婆的面孔，湖面上也没有船，更没有水鸟。远处的白塔、长廊、石桥、五龙亭，只如破画上画的什么楼台亭阁，连个人影也没看见。二玉的心里倒很坦然，她穿着破旧的衣裤，夹着个小纸包儿，就好像是个拾烂草的穷女孩子似的，她也不必怕谁笑话，就找到了那个叫"濠濮间"的地方。

第十二回　溪涧黄昏幽情多慰勉
生途惨淡坚志避浮华

　　"濠濮间"这个名字不知是为什么起的,北海公园是旧时的禁苑,这里就像是禁苑中的一个小禁苑,因为它在这园里,自成一部,占在偏东的土山后。土山之外,还叠着许多青石,成了山壑,随着山壑的起伏筑成长廊,如一条曲折的锦带,但在中间山头上又筑有几间小厅,廊旁还有三幢精舍,这在夏天是茶社,现在大概也关门了。廊外是水池,池中可没有水,中间有平坦的石桥,桥头竖有石坊一座,上面刻着"濠濮间"三个大字,两旁石柱上还有对联,刻的是什么字,二玉也无心细看。

　　这座石桥连着一股甬路,路的两旁是用无数的各色小石卵组成的各种美丽的花样,若是随走随细看,能够看半天,真精细,真好玩。不过现在二玉是顾不得这些的,她这时有点心头发跳,因为她想:这是一个僻静的地方呀! 连个人影儿也没有,我怎么可以在这儿等着一个并没有什么关系的男学生?

　　她觉着太不好,可是,她还没有退身,就看见池边的一块大青石上,坐着一个身穿黑色学生制服的人,见了她,就先站起了身,原来吴文琦早就来啦。

　　二玉决不向前多走一步,看见吴文琦向她点头,还没走近的时候,她就问说:"你怎么没把我那衣裳带来呀?"因为她看见吴文琦的手里什么也没拿着。

吴文琦慢慢地走到了她的眼前,微微笑了笑,摇摇头说:"我没把你的衣裳带来,因为我要夹着个包袱进这公园,还没什么,可是出这公园的时候,门上的人就许要盘问我,那又何必?明天我把那衣裳送到你家里去好了。"

他又往前走了一步,二玉赶紧往后退了退,立时就沉下了脸,瞪了他一眼,质问着说:"你不拿来衣裳,干吗叫我来呀?真是……"

吴文琦说:"我就为在这儿跟你见一个面。"

二玉极力镇定着,不叫心里发紧,又极力地想着法子叫自己生气,就说:"又没事儿,我跟你见面干吗?真是……"

吴文琦也不笑,说:"怎会没有事?事情有很多,我都要告诉你,因为在惠彝的家里有许多不方便。"

二玉哼了一声,说:"难道这儿就方便了吗?"她回头看了看,又向旁边闪了闪。

吴文琦说:"我在惠彝的家里,时时想要跟你细谈。前天晚上,虽然谈了几句,咱们彼此的环境跟彼此的心,都大概知道了……"

二玉紧紧地摇头,说:"我可还是一点也不知道,不过……"她往前走了走,正色地说:"你的环境也不怎么好呀?你又正上着学,为什么学也不上,净在吴惠彝的家里,给他当听差的?还净注意陈黛娥跟我……我看你这个人不好!"

吴文琦点头说:"不怪你要这样想,你当面指责我,我很感激!我也恨我自己,更恨我经济不能自立,得依赖吴惠彝的帮助,我才能够读书。"

二玉说:"你不会不依赖他的帮助读书吗?书也可以买上几本自己读,何必一定要进学校?你找个事,一边做事一边读书,也不是不行呀?"

吴文琦的脸倒先红了,连连地点头说:"你所说的极对,我何尝没这样想过?我愿意半工半读,不过现在找不着那样的学校;我想不进学校,可又怕得不到文凭……"

二玉哼了一声,说:"文凭算什么?有真本事就行。"

吴文琦皱着眉说:"但是这个社会,没有文凭就很难找事。又因为我的母亲,很看重资格,她因为我父亲的遗嘱,所以认为非得使我在高中毕了业,才算对得起我故去的父亲。老人家的心里这样想,我也不能违拗,其实……"

二玉说:"其实,我想你家里那位老太太也是不明白,她只顾自己,不顾人家,叫你帮助本家的哥哥做坏事,才能上学。"

吴文琦说:"我没帮助他做坏事,他也不信任我。现在我要是不管他那里的事,立时就不再到他那儿去了,他也未必就断绝对我的经济供给。"

二玉歪着头问:"可是你为什么要那样贱骨头呢?"她愤愤地骂出来了,又说:"给他当小使,眼看着,并且帮助他,骗人家的姑娘……"

吴文琦刚要分辩,她又赶紧往下去说:"可是,连陈黛娥带我,我们受骗也都是自找!她为什么我不知道,我是为挣钱养家。我才去做了一天事,就弄了个乱七八糟,什么焦大少爷,都抬出来了。那都是吴惠彝用的诡计,我明白,可是我还不能够跟他翻脸,因为我还想挣钱养家,我没有别的法子。再说,女的做事都是这样,环境没有什么好的,只看自己拿得定主意拿不定主意啦!我又不是学堂毕业,找着这么个事,虽不是好事,可还一时舍不得扔。你是为什么也搀在里边呀?你人并不错,为什么整天在他家里,见陈黛娥来了你瞧瞧,见我去了你也瞧瞧,你怎么不去干自己的正事?"

吴文琦低着头,说:"你说的话真对,但是,我对陈黛娥,实在不愿看她。我对你……我看着真不放心,我怕他们欺骗你,我也仿佛有点离不开你……"

这话可真使得二玉惊讶,就像听了个雷似的,有点害怕,然而她又嫌这个雷没打开,打得还不太响亮。她希望吴文琦再往下说,却又怕吴文琦接着这话再往明白了去说,她心里矛盾,脸上又不由得热了。吴文琦的话噎住了,她更不知道应当说什么了。她身子依着石舫的石柱,低着头,吴文琦就钉在了她的对面,只是看着她。如此半天,二玉便说:"那么你现在给我想一个法子,说我应当怎么才好?"

吴文琦看了看她手上拿着的包儿，就问说："你这包儿里是什么？"

她说："是买的布，因为……"她慢慢地说："我向他们要求，我说我不愿再当那个女交际员，我宁愿去到百货店里站柜台，要不，我就不干了。梅蕴芬这才答应了我，说是得叫我做一件新蓝布褂，几时做得了，几时就去上班，我这才去买了布。"

吴文琦又皱了皱眉，说："恐怕他们这又是骗你！即使叫你去站柜台，也绝不能够长久，因为他们那百货店恐怕离着关门也不远了。"

二玉蓦地站起来，说："你净说！你应当替我想一个法子呀！谁不知道，我现在遇着的这些人全都是坏人，只有你，我觉着还靠得住，不然今儿我上这儿来见你干吗？你应当给我想个办法呀？你是知道我们家里的景况的，我不找个事挣点钱行吗？可是找事，谁要愿意做这些事，谁就……"她几乎要指天发誓，她心里急，急得眼泪都要流下来了。

二玉忍着汪洋的泪水，瞅着吴文琦，瞅了半天，吴文琦可也没发出一句话来。她就说："哼！原来你也是没有法子呀？"缓了缓气，又说："敢则你比我强！你跟吴惠彝是本家，给他当个小使……"

吴文琦说："咳！你怎么又说这话！"

二玉说："实在的，你就是一点事也不给他干，他也不能够饿着你。我别说跟他，跟别的人，跟哪个又有一点什么关系？别人能把钱白给我吗？我是初次做事，然而我明白。总而言之，我的苦处连你也不会知道，也不能够给我想出个法子来，这就完了。"

吴文琦说："现在你只好把新蓝布褂做好了，给他们去站柜台。"二玉擦着眼泪说："这还用你说？"吴文琦说："我还是说，你不用想干长，你只要暂时地忍耐，在这时间内，我一定有办法！"

二玉问说："你有什么办法？可跟我说一说。"吴文琦说："我现在也很困难，你要叫我预先告诉你有什么办法，我也实在说不出来，不过我一定去做，使咱们两人在这险诈的社会里找前途。"二玉就没再言语。

吴文琦又说："以后你若再遇见什么困难的事，还是咱们两人见个面……"

二玉说："我早就是这样想！因为，你看我现在，遇见了你那个诡计多端的哥哥吴惠彝，又遇见了个花言巧语的梅蕴芬，再加上什么焦大少爷，我也不知他是怎么回事，还有那个丽莎……"

吴文琦说："你不用信任他们任何人的话就行了。"

二玉说："可是我要是遇见没有准主意的时候，我就得和你商量。但是咱们难道老在这儿见面吗？来一回还得买一回门票……"

吴文琦说："这倒不必，以后可以由我订地点。不过，我们今天既是见了面，我希望咱们能够彼此明了。"

二玉觉得也没有什么话可说了，她只对于吴文琦有些依恋不舍，同时想着：本来一个人的问题就已经很难解决，现在又加上一个人，两人的困难加到一块儿，恐怕更没有办法。她不愿吴文琦为她的事加重了忧愁，但谁叫把话说到了这地步？

二玉又想：只好由着他吧，而自己也别抱着太大的希望。我还是得抱紧了百货店的那个事，我能够挣来钱帮助点他，解除他的困难，仿佛才更好。他母亲对他的盼望也许是对的，学校里领了文凭，找事容易些，那么我要能够等着他，再帮助点他，在学校毕业而找到了个好事，那岂不好吗？我也不必想他将来对我怎样，因为那也不对……

她低着头寻思着，半响，看了看天都快黑了，她就说："我要回去了。"

风瑟瑟地吹，草木都乱响着，山石的黑影，一个个蹲着，像是鬼怪，他们就如同在乱山里。四边的夜幕垂下来了，星星似乎望着他们，仿佛是在讥笑这两个年轻的男女，不应当在这里喁喁地私谈。其实，他们也没什么可谈的，他们相并着走着，但两人相离也有一尺远，他们谁也没跟谁说什么所谓"爱情"的话，又谈几句，还是没有离开"生活问题"。

走出了"濠濮间"，他们就都忆起了夏天的宴会，划船、唱歌等，种种逝去的画面，可是吴文琦现在一句也没唱，就好像是个"哑巴"了的蝉。二玉也连笑都没有笑，真如同落尽了红叶的一棵枯木一样。吴文琦把她送出北海的后门，那门前站着的收门票的，都直看他们。门前还有几辆不知是在等谁的洋车，其实这都是拉散座儿的，不是包车，但没有一个来招呼他们。他们就在稀稀的黯淡的街灯之下向东走去，二玉就说："你回去吧。"

吴文琦止住了脚步，问说："你还到惠彝的家里去吗？"

二玉说："他们要是来找我，我就不能够不去，不来找我，我就永远不去。做好了新蓝布大褂也是，我听他们的，反正我也不认得百货店在哪儿，我不能自己跑去站柜台，人家也未必让我站，我就是等着。他们不要我了，我也没法子，不过我不能自己说不干。还有我那衣裳，你千万叫梅蕴芬给我送去，你送到我家里可不方便。我那儿还有衣裳、首饰，那当然不是送给我的，那是给女交际员做的行头，也快点拿去，给别人穿吧。我还拿着你哥哥的一个皮夹子呢，他几时要，我几时就给他，真的，我觉着这都太不像话啦……"她竟越说越生气了。

吴文琦说："这倒都不是要紧的，早还给他，晚还给他，都没有关系……那么，我们再见吧！如果一个星期内我们能够见着面，就不必说了；若是不能够见面，我们最好在下星期一，还在'濠濮间'……"

二玉摇头说："不用，又见面干吗？有事见面，没事不用见面。"

吴文琦呆呆地点头说："也好。"

二玉又说："你要是见着陈黛娥，可别说咱们两人的事……其实，说也没有什么。"

吴文琦说："那怎么能够？我永远不会跟她交谈的……"

二玉没容他的话再往下说，就点点头，说："你回去吧！再见吧！"说着就用胳膊夹着纸包儿急急地走了。她觉着吴文琦没有跟上来，就想回头去看看，但她却故意地不看，她就走了。她的心上，自此又添了一件事，并且是一件沉重的事，她还不知将来要如何解决；虽也没有什么，可是她似乎有点依恋，又有点后悔。

一进到家门，又看见屋里点着那么亮的灯，院子里可很黑。忽然有一个人一把将她揪住，说："你上哪儿去啦？那个督办的大少爷又来了半天啦！"她不禁吓了一大跳，原来揪住她的这个人是谭素素。

窗纸上果然有人影儿，还能听见他的爸爸田迁子用不小的声音在说："您喝茶吧！再等一会儿，她一定会回来。她是出去买衣料去了，上绸缎庄，也许又到百货公司里去啦！您别客气，既然您没拿我们当外人么，客气倒不好了……您的那件事咱们可以商量商量，这年头儿么，我把女儿管得虽然严,可也不是老顽固……"

二玉听了这话,却更是吃惊。下面还有句话,因谭素素在旁直拉她,问她,搅得她没有听明白,但她再注意去听时,又断续地听:"……画画儿,我也喜欢,我们姑娘人还聪明,不像我。我是懂得,可不会画,以后我也愿意……不过……"二玉这才释去了一点疑心,但她不敢走进屋去,同时谭素素也使力地拉她,两个人就到了西屋里。

这屋是里外间,比二玉她那屋里干净,条案上摆着座钟、帽筒,还有玻璃的盆景和鼻烟壶,墙上挂着胡琴。谭素素的爸爸是又上妓院拉胡琴去了,她妈是自从三月间跟她爸爸为点什么事打了架,上结拜的干姊妹家里去了,到现在已有半年没回来。

谭素素现在可算是把二玉给拉住了,她就急急地一阵寻根问底,二玉只把自己的事情选那可以告诉人的话,回答了她,她还说:"你也快给我介绍介绍吧!咱们在一块儿多好?有我,别人也就不敢欺负你。要不然,现在你就带着我到你屋里,给我向焦大少爷介绍介绍?"

二玉却摆着手,说;"慢慢地,现在我的事还没有一定。"

谭素素瞪着眼问说:"怎么还没有定?不是现在两边都在争你吗?"二玉也不答言,只发怔着向她那屋里听着。她觉着焦大少爷跟他的爸爸说上话,好像是没完了,更仿佛不想走了似的,她的心里真着急。谭素素又打开那纸包儿,拿着那块深蓝的土林布来回地看着,说:"哎哟,这是你预备做旗袍的呀?一点也不漂亮,显着贫气!不好!不好!"

过了一个多钟头,才听见他的爸爸把焦大少爷送走,二玉便跑回屋里去了。她的爸爸由门口儿送客回来,进了屋倒吓了一跳,问说:"你上哪儿去啦?焦大少爷坐着汽车来了,等了你半天啦!这个人很好呀,一点也没有坏习气。可是他临走的时候,给了一大难题,他要叫我到他公馆里去,那意思就像是给他当听差的,叫你也搬了去,或者在别处找个地方,专为研究画。干脆,他愿意叫你常陪着他……你可也不能算使唤的,你是个清客,只陪着他画画儿……"

他的话还没有说完,二玉就先急了,说:"那是个什么事啦?你可千万别答应。"

田迁子说："我不比你傻！咱们现在不是很好吗？收入富足有余，我在家里当老太爷好不好，我干吗给他去当碎催？你陪着大少爷画画儿，那还不是个小丫鬟吗？说小丫鬟，还是好听的呢。由我这儿，也不能叫你去，咱们本来是有根有派的人家，干那个还行？不过我也没有完全拒绝，我说慢慢再说吧。那焦大少爷本来是像有点精神病，他今儿说了，明天就许忘了……不过明天大概他还得来这儿起腻。"

二玉立时就沉着脸说："反正我不能跟他见面！"

田迁子说："你不见他也不要紧，就让我敷衍着他好了。反正我整天没事儿，就陪着他也不要紧，他来了，顶多费咱们一点开水。"说着，他又用开水烫酒，把他藏起来的烙饼、咸肉、炸花生米，又都拿出来吃。

二玉也吃了一点，就先睡去了。她心里有一种说不出的情绪，飘荡着，拉长着，紊乱着，她期盼着吴文琦能够顺利地觅到一条出路。

次日她就躲在谭素素的屋里，整天地做活计，就做好了一件蓝士林的罩袍。傍晚时，梅蕴芬来了，给她送回来那天她换在吴家的衣服，而把那红缎衣裳、绿绸裤子和粉红的衬衣等等，连镯子、戒指、头花、别针、手表等所有那天为到焦督办家里拜寿而特制的行头，全都要拿走，说是吴惠蓁叫她来拿的。田迁子看见了，可大失所望，直着急，又不能说话。二玉却连那天穿的那双红鞋也找出来给了她，梅蕴芬就用带来的一块花布大包袱都给包上了。

二玉说："我可已把蓝布褂做好了，那么，明天我是到百货店里去不去呀？"

梅蕴芬皱着眉说："你是真的要去站柜台？"

二玉点点头，斩钉截铁地说："是真的！除了站柜台，我别的什么事情也不干！"

梅蕴芬又皱着眉想了半天，就点头说："也好，我回去再跟吴先生说说吧，明天一早你就可以去上班。到了西四牌楼你就看见了，九点钟开门营业，沈荷卿就住在那儿，你去了她就能够分派你工作。反正，今天晚上我还要到店里去，也就告诉她了。"二玉点点头，梅蕴芬也不像往日那样的话多，她就夹着包袱出门雇车走了。

田迁子神态颓然,向二玉说:"大概事情是完啦!东西都拿走了,还有什么大希望?"

二玉说:"难道人家都给咱们?叫咱们穿一回,当了一回交际员,还能就都属于咱们的啦?"

田迁子说:"不,那可是特意为你做的呀。"

二玉说:"特意为我做的,那我还不要呢!那天他要说是那么一回事,我还不上他的当,不穿呢!"

田迁子说:"咳,这怎么叫上当啊?人家给咱们薪水,给咱们做衣裳,怎么倒是叫咱们上当?"

二玉说:"叫他把那些东西拿走,爱给谁穿给谁穿去!别人当他那交际员,走那条堕落的途径,与我不相干!"

田迁子说:"我看你刚做了还不到三天事,就先学会了这么些新名词,来跟爸爸撒脾气!我是说,咳!咱们别净拉硬屎,这个不干,那个又挑剔,跟谁说话都起急,那可就……又得卖晚香玉去啦!这会儿都快穿上棉袄啦,街上的人越来越少,可卖什么?叫我去卖烤地瓜?叫你再抛头露面?我看……咳,我并不是逼你,我是心里不由得着急!"

二玉跺脚说:"那你说,应当怎样办?我明儿去站柜台就得啦!"

田迁子缩着脖子一吸气,说:"站柜台?我虽没上过你们那个分公司,我可也见过女的做买卖。只要年轻一点,穿得整齐一点,也就行啦,那街上有的是,登个报一招,能来一大群,单要咱们?单要你?这不是……也是一点特殊的关系吗?"

看见二玉气得要哭了似的,他就又说:"不要紧,他不要咱们,咱们还不伺候哩!我现在也觉出那位吴惠彝大经理,有点太小气,不如焦大少爷……奇怪,焦大少爷今天怎么也没来呀?"

晚上,二玉又到谭素素的屋里去,虽然谭素素说的都是无味的话,并且时常还揪她一把,拧她一下,她可也都忍着,直挨到半夜十一点钟,才回自己的屋。

屋里,田迁子早就把那张"汉宫春晓"的画儿挂在破报纸粘糊的墙壁上了。他沏得新茶等着,坐着都打了好几个盹儿了,也没把焦大少爷盼到。他就又烫酒又抽烟，并且连声地叹气，嘴里叨念着说："我看焦大少爷也叫咱们给得罪啦！后悔昨天我没答应他，要不，你不用去，我去到他公馆里给他打扫茅房，也比指着别人强啊！别人，亲生的女儿也不能顺着你的心，脾气拧、嘴不甜，财神爷来了也得气走。明儿，还去站柜？我看是趁早别去，那事儿早就吹啦！不然人家还不能够急着忙着拿走衣裳跟首饰呢！这点钱，还禁花？连一床整被还没做呢。又叫街坊邻舍们都得称愿了！到底不行，咳……"

二玉已经睡下了，她用破棉被盖着头，捂着耳朵，不听她的爸爸说话。她的心里是坚决的，她不后悔，唯一有点忧虑的，就是怕吴文琦依然找不着他的——也不是他一个人的——前途。

第十三回　谋职遭白眼受骗离家
含泪剪青丝换妆拒爱

第二天，一个秋风凄厉的早晨，天上堆积着许多愁云，院中落叶乱滚。刘大叔的花担子放在院里，满是一棵一棵的朱黄紫白，各色各种的鲜艳菊花。

田迁子没精神地早起了，二玉却依然很高兴。她生火做一顿早餐，吃过了就梳洗更衣，新上身的深蓝士林布的旗袍，她觉得这样的打扮才满意。她虽然也怀疑到，百货店对她恐怕已不甚需要了，但她并不担心，她要尽可能地去做；实在人家不要她，她也绝不后悔。因为她有了勇气，对于堕落的挣扎奋斗，她已有了同伴，她相信能够跟吴文琦找着一条端正的途径，虽然艰难，却是可以走的道路。

她只带了一块干净的手绢，说："爸爸！我走啦！"

田迁子刚从竹榻上坐起来，还打着哈欠，说："你走我也得走，就是人家百货店还要你，可是下一个月还能给你这么些薪水吗？你妈再一回来，咱们还是不够吃的。我想我今儿去回拜回拜焦大少爷，我还得跟他商量商量那件事，因为是他已经提出来了么。我没当时答应，因为我还觉着你公司这事情也不大离，可是看昨儿那情形……你不信你今儿去上公司，他们能叫你站柜台就是好的，薪水是一定得减，因为你没给他们办成事么！我非得找焦大少爷去，昨儿晚上我斟酌又斟酌，半夜也没睡好觉，不行！机会别扔了……"

二玉皱着眉说:"你还去找他干吗呀?反正我宁愿少挣钱,也不愿去陪着他,那叫欺负人!"

田迁子说:"就是去,也得有几个条件。"

二玉说:"一百个条件我也不去!我只觉着站柜台我还能做,别的……"

田迁子似乎要急了,说:"我也没逼着女儿去伺候人!我是说,我不能就在家里,等着你去挣那一个钱花!不是我的心高了,是……"他又自己抽自己的嘴巴,结果又急急地摆手说:"咳,别耽误工夫啦!你快去吧!我是随便一说,其实我也上不了那督办的大公馆,人家又不稀罕我去陪着画画儿,咳……"他又长叹了口气。

二玉没再说什么,赶紧出了门,离开了她爸爸。她现在口袋里有足够雇车的钱,可是她不雇车,她要依然保持着耐劳吃苦的习惯。秋风里,她快快地走,走到了西四牌楼,这时街上才有些女学生提着书包去上学。

不久,她找着了"大洋洲女子百货店",这里,大概是才卸掉那玻璃橱上的木板,她稍微有点踌躇,拉开了玻璃门。走进去一看,见冷冷清清的,有一个仿佛小徒弟似的男孩子在扫地;货物还不少,可是摆得很乱。嗒嗒响的挂钟已经走到九点多了。二玉也不敢再往里走了,小徒弟就停住了扫地,直起腰来向她问说:"买东西吗?"二玉摇头说:"我找人。"

忽然看见从楼梯上走下来一个穿西服的女人,二玉还认识她,是早先在漪澜堂饭店见过的,她的打扮跟态度像个外国人。她是这里的会计主任,昨天梅蕴芬说她就在这儿住,她的名字叫沈荷卿。沈荷卿现在打扮得干净极了,西服笔直,高跟鞋很亮,就像是电镀的,头发的卷儿也很多,虽然她也三十多岁了,脸上因为擦了粉,显着又白又年轻。她挺着胸昂着头,一边下楼梯一边巡视着,看见了二玉,她竟不认识了,可也不招待。小徒弟就向前跟她说:"这是找人的。"

她就说:"人还都没来啦!现在到了九点啦,一个上班的还没来啦!中国的女子真不够水准,做了事,还是为玩,这个来找,那个来找,把个服务的地方当了她们的会客室,一点也不尊重自己的职业……"她一边叨念着,一边走到那收款处,拿钥匙去开抽斗。

二玉往前走了走,隔着一个玻璃的货柜,点点头,带笑说:"我不是找人的,您不认识我了吧……"说到这里,她想起夏天在漪澜堂的情景,不由又有点羞愧,就说:"苏太太……梅蕴芬,她没有跟您说吗?她叫我今天来上班。"

沈荷卿向她凝视了一下,微微摇头,冷冷地说:"我一点儿也不知道。"

二玉的脸当时就红了,又说:"我在前几天就见过吴经理了。"

沈荷卿对她连看都不看,只说:"那你就还去找吴经理去。"说着开抽斗拿了钱,向小徒弟说:"你先别扫地,先去洗洗手,洗干净点!给我去买一磅面包,半磅奶油,叫他拿纸包好了!别沾手!快去!"大概她还没吃早点呢。

而这时候,来了两个女店员,这两个女店员二玉全都认识,恍惚记得,他们一个叫卢玉珣,一个叫徐芷。她们都大声地指手画脚地说着话,笑着,就上班来了,见了沈荷卿,都说:"早呀!"沈荷卿仿佛对她们都不赞成似的,并不怎么理,她锁上了抽斗,又嘱咐那小徒弟快洗干净了手,快去给买早点,就高跟鞋噔噔地,上楼去了。卢玉珣跟徐芷就相对着,向着她的身影撇了一下嘴。

徐芷不过是十四五岁的年纪,但现在也烫着头发,穿的是翠蓝士林布旗袍,里边还是花缎子的衬绒的夹衣裳。她先脱去了粉红毛衣,过来向二玉说:"喂!你不是姓田吗?"卢玉珣穿着件绿色的大衣,脸儿比以前更瘦,她也过来了,问说:"很多日子没见你,你现在干什么啦?"又很注意地看她的辫子。

二玉把来意又向她们两人说了,并说:"我已经是这儿的店员了,梅蕴芬已给我送去了半个月的薪水。"

卢玉珣却摇头说:"我们不知道,我们连听说也没有听说。人家陈黛娥只到这儿来了两趟,比我们支钱还多,你也许跟她一样,是特别店员。你坐着等着吧!梅蕴芬也许待会儿就来。"

二玉想:既然来了,只好就等着,于是就在一个碍不着人家做事的地方,找了一个小凳儿坐下,眼看着这两个女店员,嘴里一边唱着电影的歌曲,一边摆置货物,这里实在也没有什么高等的货物,比别家百货店差远了。

卢玉珣偷了罐子里的几块糖,徐芷向她抢了两块,两人都含着糖工作着。徐芷说:"那边的玩具什么的,咱们不用管,给金爱娜堆着,反正她得来。"

卢玉珣说:"她呀,她今天多半又得请假!吴文琦索性不理她啦,昨天在街上见了面,都没理她,她一定气病了。"

二玉当时十分注意地去听,因为"吴文琦"这三个字就像是在她的耳上扎了一下似的。徐芷又说:"我知道华声电讯社招记者,我哥哥看见吴文琦报上名字了,说他一定考不上,人家要大学毕业的。"二玉的心里一动,飘着点希望,可又带着点难过,她还愿意听这两个人再说些那金爱娜的事,可是她们却又说起什么"王人美跟金焰"了。

这时那小伙计已买来了早点,送上楼去了。接着又来了顾绍常,他是这里的交际主任,可他不认识这曾做过一天"女交际员"二玉,又加上他是个大近视,经卢玉珣告诉了他,他才走过来,点头说:"哦!田二玉小姐,少见少见!上次我听陈黛娥告诉我说,您已经是我们的同事了,还跟着经理上焦督办那儿祝了一回寿……"二玉听到这里,脸上又不禁一阵发烧。顾绍常又说:"可是经理并没有吩咐过我,说叫您来柜上工作,苏太太来不来还不一定,她来也得晚上。这样吧,我给经理打电话问问吧?"二玉点头说:"好吧!劳您驾吧!"顾绍常遂也上楼去了,原来电话是在楼上。

他上去了半天,才下来,走到二玉的临近,探着头说:"经理才起来,我在电话里问他啦,他说这柜上的事情不忙,用不着好多的人来站柜,还是请田小姐先回去,以后有用人之处自然去找……"

不知吴惠彝的话是不是真这样说的,但,现在就算是对她加以拒绝了,也可以说是把她解雇了。二玉听着,心里真发堵,她也不能再对这儿留恋了,就说:"那么,好吧!我就回去啦!"她向每个人都点了点头，就走出了这"女子百货店"。

现在她的心里除了辛酸，仿佛什么都没有了，原来是女子找职业，若是不听着人家的话，什么堕落呀，乱七八糟的道儿呀，你都得去走，那就要被"革除"！社会上就很难找到一个女子的"干净"职业！她要哭了。又想起吴文琦，至少有别人在抢夺他呢，他也不容易找到个事……她更要哭了。

她只好回家去，可又怕那焦大少爷到她家里。她下决心，对焦大少爷、吴惠彝和梅蕴芬这些人，从此永远也不理！谁到我家里，我就把谁骂出去！我愿意还受穷，缝袜子、摆小摊，谁再来请我做什么事，我也不去！

二玉就于秋风里，心情黯淡地走回到家中，但，屋里却没有人，她想爸爸一定是出去喝酒去了，或是买肉去了。她脱去了这件仿佛是被谁骗她做的蓝布褂，扔在炕里，就去添火做饭。家里虽有白面，她可偏找出前些日剩了的一些玉米面来做窝窝头，她认为还是吃这个，要不求人、不堕落，就还得吃这个。她想着：那天我到那个人家去，那位跟他儿子最好的老太太就是吃这个。人家那母子两人一定都很好，生活过得虽艰苦，但是清白，我这个爸爸为什么就不能安分……

她的爸爸田迁子索性不回来了，她发现她爸爸的那件新大褂、新鞋，也许都穿出去了，他上哪儿去啦？难道真的是上焦公馆求人家给找事去啦？这是很可能的，他很可能会这么去丢脸。她不由得有些生气，同时也担忧万一继母真的回来，以后的家庭生活一定是更没吃的了，更得像早先似的整天吵架了，她实在烦忧。她会偶然地想起吴文琦，但一想起，就不禁使她产生一些遐思和幻想，心里会更难受。窗外一点阳光也没有，冷风自窗吹入，打得她身上发颤。谭素素在那屋里又唱着："暖和的太阳，太阳，太阳……"

直到下午，天又快黑了，田迁子方才回来，兴兴头头的，眼睛也发亮，又似带着点羞惭。他进门来，也不问二玉站柜去了没有，就说："我找了一处房子，干净，还有家具，半租半借。是茶馆里久拉房客的小袁给介绍的，房主儿回南去了，干脆就是叫咱们去看房子、看家具呀！可不是临时的，至少得二年，咱们现在说搬就能搬过去。搬到那儿有多好呀！你的同事、朋友什么的来了，也不愁没个地方坐了，离着你们公司也近，在西城……"

二玉说："干吗呀？我想咱们还是在这儿住着吧，根本没阔，穷折腾什么？百货店，人家大概不要我啦，我现在一点也不妄想了，干吗还搬家……"

她想着她爸爸一定大失所望，说不定得急得跳起来，却没想到，田迁子只把手向身上一拍，并不着急，反到称愿地说："怎么样？我一猜，你那百货店的事情就要吹么！前天姓梅的娘儿们把东西一拿走，那就算是完了，后来什么叫你站柜台啦，那都是敷衍的话，我要不叫你去碰一碰，你还不信！"

二玉很惭愧又生气地说："他们不要我，难道我就……不活着啦？我还是要去找事！"

田迁子摆手说："得啦！你也不用去找啦，再找还得跟这个差不多。本来，他们不要你，毫无关系，我还不愿叫你去干那个女店员啦！这些日子我就是没说，其实我的心里并不十分愿意，在有皇上的时候，我是老爷，你是小姐，站柜台，那多抛头露面呀？我根本就没指着你，我也没看上百货店，给你做了，又赶紧拿走，怕咱们给讹下那一身行头？我告诉你，我今天拉了一个好房屋，你看，支票……"

他从口袋里掏出一盒"老炮台"，还有一个新买的皮夹子，他打开皮夹子，抽出来一张盖着图章的纸条儿，给二玉看了看，赶紧又收起了。他顺手划了洋火，把烟点上一支，吸着，得意地说："这是我两天以来的……说句新名词，这叫'成绩'！"二玉真惊讶，不知她爸爸遇见了什么意外幸运的事，刚要问，田迁子却又催着她，说，"走，快跟我看看那房子去！"

二玉摇头说："我今儿不去，看房子有什么要紧？不会明天再去看吗？房子还能够跑了？"

田迁子特别的着急，又皱眉，又叹气，说话也有点结巴了，他就说："现在要不……不快去看房子，人家就借给别人啦！你……"他叹着气，连气地咳嗽，又说："你怎么越来越别扭呀？真不听话！"

二玉索性在炕上坐下了，说："我不愿意搬家，在这儿住了这么些年，又没发财，忽然怎么想起搬家来了？"

田迁子低声说："这地方还能住吗？你糊涂！这两天，什么焦大少爷、焦少奶奶，还有听差的老妈儿、姓梅的娘儿们，一天来八趟，街坊早就心里都挂了劲儿啦！你看，这两天刘大叔、刘大婶还理咱们不理了？谭家那丫头，更给咱们有枝添叶地足一宣扬，咱们在这条胡同，名声早就破了产啦！"

二玉沉着脸说："我又没干什么不名誉的事。"

田迁子说："是啊！可是谁管你是真是假的，已经弄得我见人都抬不起头来了！不如快搬家，躲开这穷窝子，是好是坏，咱们上别处受去。要不然，现在才吃了两天饱饭，又受起穷来了，那才叫人笑话呢！再说，你……你总算为做事给家里勾来了些麻烦，现在弄得有口难分，一个姑娘家，名誉完了，将来不但找不着好事，还……"

二玉心里真难受得要哭，可是爸爸既是催着去看那房子，也不能不跟着去，何况心里也愿意搬到另一个地方，叫焦大少爷都找不着，也就省得日后麻烦了。于是她就又套上了蓝布褂，田迁子又说："也得锁上门！虽说值钱的东西，全都叫人拿走了，可是还有那些张画呢！人家诚心敬意的，丢了可也对不起人。"

他们父女出了门，走到了鼓楼，田迁子就雇好了两辆洋车，他大爷似的坐了上去，并催着快点拉着走。二玉也不知道爸爸现在为什么这样的阔气，又觉着这件事情很可疑，莫非里边有什么"鬼"？可是，因为这是自己的爸爸，她也就不再多疑了。

洋车又走了好大半天，天色也黑了，仿佛是有点月光，秋风吹得更冷。他们到了一条胡同，这胡同并不大窄，然而二玉看着很陌生，从来也没有来过。到了一个小门前，这个房子很新，他们就下了车，田迁子给了车钱，就去叫门。里边问说："找谁呀？"是个小姑娘的声音。田迁子说："是我呀，我姓田，我刚才不是起这儿走的吗？二小姐快把门开开吧！"二玉诧异着想：爸爸怎么又认识了这么一家人？没听他早先说过呀？

里边把门开开了，在微月下，看出是一个仆妇和一个年岁不大的学生打扮的姑娘，田迁子就给介绍说："这是金府上的二妹妹，这是我女儿，我们是看房子来啦！"

看房子原来不是假话，田迁子也不用人带着，他领着二玉进门进了东屋。一摸电门，吧的一声，就把电灯开亮了，二玉一看，这房子真是没有人住，很干净，也支着一张铁床，床上还有半新的被褥。田迁子说："这房子怎么样？里外间，都很敞亮吧？你在里屋住，我在外屋住，你妈回来的时候，也不愁没地方啦！"他悄声又说："这不是一个便宜事儿吗？这儿什么东西都有，咱们家里的那些破的烂的都不用带来，都卖给收破烂的，谁还能知道咱们的底呀？以后，咱们不是又跟……你小时候的日子，一个样吗？"

二玉虽然不反对，可是也不禁地生疑，她细问说："早先这屋子里是谁住呀？"

田迁子说："对面西屋住的是姓金的，有点钱，老夫妻两个，就有两个女儿，二小姐是你刚才看见的那个，大小姐听说现在做事，还用着一个老妈子，都是规矩本分的人，平常日子连街门也不常开。我跟人家也是今天才认识的，可是人家都对我很好，借咱们房子住，是图咱们家里的人口少，安静，你又能够给他们那两位小姐做伴儿……"他对女儿说这话时，他的脸可红着。

二玉往里间去走，见这里间，有桌子也有椅子，还有床，像是才经人住过，而又刚收拾好了的似的。忽然一眼二玉看见床上放着一只花布包袱，系得倒很紧，田迁子就赶紧向外拉她，说："你再看看外屋！今儿晚上咱们就在这儿住下了，都不用回去了，明儿我一个人回去打扫咱们那些破烂，你就永远在这儿住下了……"

二玉却向他的爸爸瞪眼说："这是干什么？"田迁子说："因为，因为……"二玉突然哭了，说："爸爸！爸爸！您弄的这是什么事呀？"田迁子说："没有什么事，这以后咱们不就好了吗？"二玉却跺脚说："你不用骗我！我又不是傻子，眼前的事我还看不出来？再说这个包袱我认识！"

田迁子也惊讶着说："这包袱是哪儿来的呀？我刚才没有看见呀？

这也许是别人谁忘下的吧？"

二玉过去就把那包袱打开了，里边正是那些红衣裳、绿裤子等等，就是早先她上焦督办家拜寿的那套"行头"！田迁子发着怔说："这……这我就可明白了！这么说是百货店的经理又要你啦，还叫你当女交际员，所以，因为知道咱们搬了家，就给送到这儿来啦……"

二玉痛哭着说："爸爸，您不该骗我！跟人捏在一块骗我！您快死了心吧！什么女交际员？什么给那混蛋的焦大少爷做伴儿，杀了我，我也不干！"

田迁子赶紧摆手说："你别嚷嚷！小声点说。"二玉嚷着说："我偏要大声说，这儿住的一定不是好东西！爸爸您受别人骗了，又来骗我，我这就要回去！"田迁子赶紧把门关上，央求着，又用双手使力地掐他自己的脖子，说："你要再嚷嚷，我可就要寻死啦！"

见女儿抽搭着，拿胳膊擦着眼泪，气仿佛比刚才平息一点了，他就指天划地地，压着嗓音说："你是我的女儿！是亲女儿！我要是把你卖了，领着你往坏道上去走，我就对不起咱们家里的祖先三代！现在这不是坏事，是有条件的，告诉你也不要紧。这两天，自从把这包袱一拿走，焦大少爷也不去啦，我真是着急……"

二玉说："反正我不能认识他什么姓焦的！"

田迁子说："你听我说呀！前天焦大少爷就跟我说了，他说他实在喜欢你的聪明，你要不陪着他画画儿，他就得死……你听我说！这我决不能答应！可是要有条件也没有什么，因为咱们惹不起他，他的爸爸是督办呀！今儿，你上百货店的时候，我还没去找他，他就叫人把我找到这儿来了。这儿住的是金奉臣，他也认识你……"

二玉更生气了，说："他是个老坏蛋！"

田迁子摆手说："不坏，不坏，千万别叫人听见！你听我说，由明天起你陪着焦大少爷，不但你陪着，金家的两个姑娘也都陪着，你们都是学生，焦大少爷就像个老师，这还有什么呀？外人还能胡猜乱想吗？再说我又在这儿住，将来你妈也来，都保护着你，焦大少爷就是个拆白党，你爹你妈还能叫你吃亏？这都是我要求的条件，他们立时给我开了五千元支票,叫咱们添添家具,做做衣裳。以后的日子也不必发愁了,金奉臣还说,你要做事,还照旧做事。你看这还不是好事吗?咱们可有什么损失呀?可是我刚才不能跟你实说,也是金奉臣教给我的那套谎,因为大家都知道你的脾气坏,不那样说,你一定不肯来。你细想一想,这个机会能放过不能?这不是净是咱们的便宜,没有一点害处吗?我算是骗我的女儿吗?你呀,你原是个明白的孩子,这几年也受够了苦啦,难道将来愿意跟着我去当乞丐?你倒不要紧,我也瞧出来了,这年头儿,年轻的姑娘饿不死,可是我……我是你爸爸呀!可怜我年迈苍苍的……你真不可怜我吗?"

田迂子也哭了,他鼻涕眼泪的流了满脸,又说:"你要回去,你就回去吧!反正我死在这儿也不回去了……"

二玉说:"那么难道从今儿起,就叫我再穿上那身衣裳,妖里妖气地去伺候那一个缺德的大少爷?这还是好事?这还是没损失的事?哼!"

田迂子赶紧收住了鼻涕眼泪,摇着头说:"不是呀!这衣裳我也不知道是谁给拿来的,你不穿也行,只是,金奉臣嘱咐我你就是千万别剪辫子,这可是我早就不许剪的……"

二玉抽搭着说:"冲他这句话,明儿我非剪不可!"田迂子又说:"这件事的好处就是还有金家的两个姑娘陪着。"二玉说:"既是有人陪着他,又何必专要我?"田迂子说:"这我也不明白,大少爷的脾气,我哪儿猜得透?反正我想是没什么关系,这绝不是害咱们。"二玉说:"我可都看明白了,这还是吴惠彝弄的!"

田迂子说:"那就不管他啦,反正咱们是只应着陪他画画儿,没应别的,再说现在焦大少爷也没在这儿。他跟我一样,是个病身子,这两天因为你直躲着他,他急得了不得,东跑西走的。幸亏有人给他出了主意,又有金奉臣给他帮忙,腾出来这房子……"

二玉哭着恨着地说:"腾出房子来,当他的外家呀?"

田迂子又摆手说:"不是,绝不是,这可真不是!他就为的是布置一个画画儿的地方,因为他那少奶奶,无线电哩、留声机哩,搅得实在太乱。他叫你陪着他,也许要拿你当样子,它的美人儿才画得好。他没有别的心,我看得出来,很文明,不是那些花花大少爷,要不然给我多少张支票,我也不能够点头。"

二玉擦着眼泪说:"我劝您,把那张支票快还给他吧,要人家的钱不好!现在也许没有别的事,可是日久,他一定显出来他的坏心,再说,这不像话,不像是个职业!"

田迂子说:"现在的职业就都是这样,尤其是女的……这年头儿,好好歹歹地吃饭就得啦,何况这还能够享福!别的人争着,巴结着还不行呢,谁还管它像话不像话?你的心眼也该学着活泛点儿啦!"

二玉还是摇头,说:"无论怎么说,我今儿晚上也不能在这儿住!"

田迂子可真急了,狠狠地一跺脚,说:"你呀!你就是不听我一点话!哪有女儿不听爸爸话的呢?爸爸又没把你卖了?我为什么?我今儿一天,真把我要累死了,你又快把我给急死了,我还不是为的咱们家的生活?现在你看……"

他拍拍他的口袋,又说:"支票五千块钱,买两所小房子都够了!就陪一陪人画画儿,这有多么……我知道你是不叫我享福,你气恨我,愿意我永久跟个没毛狗似的,那你大概才算,才算清白!你是怎么了?是谁挑唆了你了吧?怎么脾气越来越拧了?哎哟,可真急死我了!气死我了!"他走了两步,向那铁床上一摔屁股,又是捶胸,又是叹气,二玉就站在门旁边擦眼泪。

过了半天,田迂子又悄声地说:"你一定要回去,我也不拦阻你,可是你等一会儿行不行?等焦大少爷来了,见一个面儿行不行?"

二玉真厌烦那个焦大少爷,但又不能不等着见他,因为也不忍得见爸爸太痛苦了。她只愿意那焦大少爷快点来,自己跟他当面说明,这事不行!什么叫陪着他画画儿?他是一种借词,那两个金家的姑娘也都是陪衬,到时人家都不陪他,还得二玉陪他,谁都明白,他是要买人做他的"外家"。

窗外,天色已黑沉沉的了,西屋灯光明亮,仿佛正在做饭,又听见门响,还有自行车的响声,也不知是谁出去了。又过了约一刻钟,忽听见门外有汽车的喇叭"嘟嘟"地叫,田迂子立刻站起来,惊慌又欢欣地说:"大少爷来了!"他连个"焦"字也不带了,赶紧推开了屋门斜着头向外去看。这时那金家的二小姐又出来了,问说:"谁呀?找谁的呀?"二玉的心里是又生气,同时又有些害怕,从门外吹进来的秋风,使她的身上不住地发抖。

那街门外大概说是"焦公馆来的",金家的二小姐就给开了门。当时轰隆隆地就走进来四五个人,二玉在这有电灯的屋里,隔着没有窗帘的玻璃窗,被人一眼就看见了,立时就都闯入了这屋里。田迁子惊慌极了,又不敢拦阻,他可觉出是"糟了"!因为来的不是焦大少爷,而是"大少奶奶"丽莎,还带着她的那一群男女仆妇,这还说什么呀?田迁子可真想不出应用什么话来解围挡驾了,就赶紧溜出了屋,跑到金奉臣的屋里求救。二玉倒并不害怕,就瞪着眼看着进屋来的丽莎。

丽莎穿着大红的大衣,里边是玫瑰紫色的旗袍,很是娇艳。头发也不那么乱蓬蓬的了,都向后拢去,盘起来,有点像半新不旧式的妇女。她的脸儿通红,是擦了胭脂和粉,抹着很小的红嘴唇。看上去她并没有太生气,只向二玉点了点头,说了声:"你早来了吧?"她的两只带着红色细绒线手套的手,都插在大衣的口袋里,右边的这只口袋,还特别显着鼓鼓囊囊的。

二玉蓦然警觉地记起,她有手枪!梅蕴芬说她上次到吴惠彝家里大闹,就曾掏出来手枪,所以,二玉不禁又害怕了,身子更抖。丽莎却向里间探了一头,问说:"吴惠彝没在这儿吗?"二玉说:"他没在这儿,他在这儿干吗?连我也想不到我会在这儿!"

丽莎说:"我跟你没话!我就找吴惠彝。陈黛娥告诉我,他已经出来了么,他也带着枪。我想他一定在这儿等着我,拼一拼,像电影上似的,两个人决斗,不过电影上还没有男的跟女的决斗的,我们今天要来一回新鲜。反正有他,我就不会有幸福的家庭,他无时不在想着法儿来给我破坏!我跟你实在说不着,你是被人利用的,你不过是为生活,我也很同情你。"

二玉说:"那么,何必要这样儿呀?你来了很好,我可以告诉你放心,我从现在起不受他的利用!生活我也不管了,职业我也不要了,我当时就走,我也永不再来,还不行?我也不愿意看你跟人拼命。"

丽莎流着眼泪,悲痛地哭着,说:"你既说这话,我也不能不信,我本来就知道你不是那没出息的女人。可是我们的大少爷,他虽然在家里已经跟我大闹了一场,因为我拦他,可是他待一会儿准来;你就是走了,他还能够追到你家里去。谁叫你长得好看,又……"

二玉流着泪,跺脚说:"那我可有什么法子?最好你杀了我吧!"

丽莎说:"咱们没仇,我只求你一件事!"二玉说:"什么事?你说!"丽莎说:"请你把脑后的那条大辫子剪了吧!"

二玉瞪眼说:"你胡说八道!我从小儿就梳了,我们是旧式人家,不像你!"

丽莎说:"可是吴惠彝就能够利用你这条辫子!那个脑筋有毛病的书呆子、假斯文,这两天整天在家说什么'小家碧玉',说什么'辫子是处女的象征',真把我要气死啦!我想,你要做个人,你还要谋职业做事,何必要舍不得这条辫子呢?"

二玉说:"我也不是舍不得,是我爸爸不让我剪,我倒恨不得当时就把它剪下来!好,找剪了去吧!我现在就给你剪下来,省得你说迷人迷鬼的。"

丽莎倒想了好大半天,她说:"你跟我现在出去一趟好不好?你别不放心,我只是同你到理发馆。"二玉点头说:"行!咱们这就去。"她就愤愤地走出了屋。

金奉臣到底没敢出头,田迁子却在院里,连声问说:"干什么去呀?喂!干什么去呀?"

二玉说:"爸爸您不用管!没什么事。"跟着丽莎的仆妇们也都说:"不要紧,事儿完啦,就是我们少奶奶要带着这位小姐剪发去。"

田迁子立时跺着双脚,着急地说:"这是干什么呀?黑天半夜的,怎么忽然想起剪发来啦?这不是怪事吗……"他又追着说:"焦大少奶奶!焦大少奶奶!我们的姑娘可不能剪发,绝不能剪发,喂!二玉你可别听她的,我不准你剪发……"二玉也不听她爸爸的,她就气愤地,决然地,有如赴战的勇士似地,跟着丽莎出门上了汽车,呜的一声车就开走了。

丽莎在车里拉着她的手，说："你肯牺牲，我倒觉着有点对不住你了！可是你的辫子也应当剪了，人得合乎潮流，现在你看谁家的姑娘还拖着一条长辫子？因为这并不美，除了我们家的大少爷有这种怪癖——心理变态，吴惠彝又投其所好。我不是我自夸，我长的并不是不如……"

二玉说："你别再说了行不行？"

丽莎笑着，似是一种得意忘形的笑，她说："你剪发我就不怕了，因为我随时可以跟你竞争，你并没有什么我所没有的。"

二玉说："谁像你那样？你顾点羞耻吧！"丽莎笑着说："以后我还可以给你找事。"二玉说："你千万不要给我找事，找了我也不干。"

丽莎说："我听我们的大少爷说，他已经给了你爸爸五千块钱了，那也够你们过几年日子的了。"

二玉气得又哭，说："你们快些把那钱跟他要回去吧！我可不答你们的情！要不你把车停住，我要下车，我走！跟你说，我不是要五千块卖一条辫子！"

丽莎说："得啦！已经到了理发馆，一会儿就剪完，再烫一烫，也用不了一个钟点。你已经跟我来啦，把这事儿办完了，就算把我们大少爷的迷魂药儿解消了，把我的心病也除去了，把你也洗刷干净了。以后我们大少爷爱怎么泄气，我都绝不怨你，因为那一定我不如你长的美丽，我自愿让步！绝不能说你标奇立异，奇装异服，取悦于人……"

二玉说："你快别说了，真是怪事！"

下了汽车，就进了这家灯光与镜光相映、灿烂华丽、有若王宫一般的"理发店"。二玉气得仍在流泪，就由丽莎出主意，叫理发师把她的辫子剪掉，这时二玉更不胜抽搐。剪完了还要电烫，费的手续可真多了，二玉也不往镜子里看，她的脸上还挂着眼泪，眼泪又沾下了"扑粉"。

丽莎还在旁边说："我在十岁的时候初次剪头发，也还哭过一回呢，人都不愿意放弃习惯。可是以后，你不信，你成了一位摩登美人，你一定得感谢我！"收拾完了，二玉站起来就走，丽莎却还让她等一等。丽莎在这里借了电话，打到她公馆里，然后替二玉给了钱。

这时,丽莎是一点凶悍之色也没有了,她温和地拉着二玉的手,悄声说:"其实我更当嫉妒了,因为我这么一来,反倒把你打扮得又漂亮了十分,你照照镜子!"二玉就偏不照镜子。丽莎又说:"我倒有些忧愁了,真还不怎么样呢? 我们大少爷他见了你……"

二玉怕被别人听见,赶紧就往外走。丽莎又追着,说:"我还得送你回金家去。"

二玉止住步,说:"干吗?你还不让我回我自己的家吗?你还没有心满意足吗? 你可也不应当做事太过分了,我是一个女的,你也是一个女的……"

丽莎说:"正因为咱们都是女的,咱们本来没有仇,倒成了仇。这样就让你走,我还是不放心,刚才我打了电话,知道我们大少爷已经上那儿去了,咱们索性一块儿去见见他! 让他再细细看看,问他到底是爱谁?"

二玉说:"哼,你别这么不知羞耻! 我根本不认识他!"

丽莎说:"可是你已经认识他了! 还是因为你那天没剪辫子的时候,奇装异服地引诱了他,才认识的,他才这样疯狂……"见二玉刚要辩白,她又赶紧抢先说:"自然那不是你主使,然而你也不是没有责任。这件事要办就得办到底,你跟我再去一趟,他要是爱我不爱你,那算没你的事;他要是还爱你,好! 我也无话说,我有我自己的办法!"

二玉连气带冷,身上更不住地打哆嗦,她点点头,就又跟丽莎上了汽车。她还在一阵阵地抽搐,丽莎却又严厉地向她警告,说:"可不准你这样! 这样梨花带雨的样子,又娇媚,又可怜,我们的大少爷见了还是得喜欢你,那我可还不能够依!"二玉就不哭了,她想:快些把这件事办完了吧! 脱离开这条险恶的堕落的途径,以后决定与这些疏远,再也不沾他们了! 再找职业一定更得谨慎。

汽车比来的时候走得更快,不一会儿,就又到了那金奉臣的家门前。她才下车,忽然有一个人走了过来,借着汽车上的灯光看出来,这正是吴文琦。见他是十分地忧愁,又很着急,看见二玉忽然剪了发也烫发,他就异常惊讶,问说:"你上哪儿去啦?"二玉却反问说:"你怎么也到这儿来啦？"吴文琦向旁边一指，说："是她把我找来的。"

二玉向那边一看，见身后边的墙犄角，灯也照得到的一个地方，斜站着一个年轻女子，也正往她这边来瞧。这女子二玉认得，是金爱娜，一块儿在北海坐过吴文琦划着的小船。二玉蓦然地醒悟了，她就是这里金奉臣的大女儿呀！她是……她跟吴文琦有什么爱情的关系吧？二玉不由得又一恨，泪又涌了出来，头也发晕，她就什么话也不说，也不看吴文琦。

这时丽莎就去叫门，由丽莎留在这里的仆妇把门开开，说："大少爷也来了！"丽莎说："好！"强拉着二玉就向里走。迎面正遇见田迂子，他就说："可把我急死啦……"借着微微的月光和窗里透到院中的灯光，他忽然看见了二玉这蜷曲的，发着亮的"摩登女人头"，刚才还有的那条乌黑的大辫子也不知哪儿去了，他立时就发了征，话也说不出来了。丽莎就匆匆地将二玉拉到了北屋里去。

北屋，这是焦大少爷费了一天半的时间，辛苦操持，精心设计，而大致布置好了的"别一画室"，更是古色古香，乌木的桌椅发光，壁上的古画焦黄；他的作品，因为全都送给二玉了，倒没挂几张，可是连他家里的瓷绣墩也搬来了，几上更都是一些新置的，盛放颜色的细致器皿。里屋却卷着红绸软帘，里面还有杆式的古艳醉人的床帐。

焦大少爷倒坐在外屋的一把太师椅上，他穿着古铜色的缎面狐皮袍，头戴瓜皮小帽，揣着手儿，像是正在等着谁呢；宫灯似的电烛，照着他苍白的瘦脸。

丽莎把二玉拉进屋来，走到他的临近。他一看就征了，他的眼神倒还好，认得这是二玉，然而二玉怎么变成了这样打扮？这个最俗气的"鸡窝式"的烫发，尤其是现在是新烫的，他觉着更不好看，一点也不"飘洒"。他很惊讶，并且生起气来了，一跺脚就站了起来，说："这是谁的主意？"

丽莎做出娇笑来，说："这不更好看了吗？"

二玉本来脸上挂着泪迹，但此时她已用袖头擦得干干净净，她一点儿也不要"可怜"的样子，一点儿也不温柔，就瞪起眼来说："你们弄的这是什么事？你们真会欺负人！今儿我就跟你说明白了，你叫我陪着你呀？那是做梦！叫我在这儿住，更是休想！我本不想认识你，永远也不认识你！你是个什么狗屁大少爷？你别以为谁是傻子，谁好欺负……"

焦大少爷气得脸色更白，说："什么？你怎么骂人呀？你太叫我失望！我为你费了多大的心？就为布置这间屋子，我费了多大的心？你原来如此……"

田迁子进来了，忙说："别！别！大少爷您别生气……"

焦大少爷就向他发怒地说："你今天答应的是什么？你要条件，要钱，我都给了你，如今你可叫你的女儿剪了发？我不喜欢的就是剪发，若是喜欢，我便不找你们啦！我原为的是我整年整月的画美人，画那幽娴雅静、素骨天成、云浓雾鬂的古代美人，可是那样的女人，我从没见到一个。我家里办寿的那天，看见了二玉，我就觉着她就是我的画中人！她穷也不要紧，那更有诗意，可是没想到，全不对！你们原来全是骗子！骗我的钱，骗我的画，又骗得我费了好些事，费了好些心，现在居然口出不逊，恶语伤人，混蛋！什么东西？娼妓！下流！滚出去！快滚走……"

二玉上前吧的一声，就打了他一个大嘴巴。田迁子赶紧拉住了二玉，丽莎却上前护住了她的大少爷。

焦大少爷用手揉着那挨了打的脸，他咳嗽着，浑身颤抖着，颓然地坐在太师椅上，叹息着说："原来如此，这是吴惠彝对我的愚弄呀！原来世上已没有了理想中的女子，我的精神是永远没人安慰了！小家碧玉爱的是钱，学的是时髦打扮，其实是泼悍、村野！居然骂人，还打人？好，我已经明白了，我算是受了骗了，我还是向我画中的美人求安慰去吧！你们快些走，不要再在我这里惹我生气了……"说着他就紧闭上了眼，仿佛死了似的。

丽莎赶紧向二玉使眼色，二玉生着气转身就走了。田迁子还要解释，或者替女儿赔罪，但也被丽莎给赶出屋去了。

二玉是先出的屋，气得她脚下没有留神，几乎摔了个跟头，但是旁边有一个人，当时就把她扶住了。她一看，竟是吴文琦，立刻她的心又悲痛起来,她说:"咱们出去吧!"就同着吴文琦向外走去。此时院里有丽莎带来的那几个仆妇,都一点也没有拦她。

金家的人也都闷在屋里了,金爱娜却追出来,叫着:"吴文琦!你就这么走了?我给你的那几封信,你倒是回不回呀?"

吴文琦说:"你不用希望我给你回信了,冲你的父亲我就不会理你的,你放弃你的幻想吧!"

金爱娜急声说:"哟,怎么又扯到我父亲了?那么她的父亲就好?就体面吗?你说这话可真气人!好啦,永远谁也别理谁!你去吧,跟那剪了头发没人要的女人讲恋爱去吧,我一定去告诉吴惠彝,砸了你们一家子的饭锅!"

二玉极力地忍着气,跟着吴文琦去走,就问说:"是她今天把你找来的吗?"

吴文琦说:"她也不是好意!她骑着自行车去找我,是叫我来看你跟焦大少爷的情形,好叫我瞧不起你,因为她是知道我爱你的……"

这话,不由使得二玉脸上一阵发热,她在这气愤、悲痛,被辱而隐忍的诸种难过的情绪之下,被投进来这一点意外的温暖。但她装作没听见,只说:"这些都是什么事呀?怎会都叫我遇见啦?做事怎么这么难?到社会上来就得受欺骗,我真不愿意活着啦……"她不禁又哭了。

转过了一条巷,越走越觉得四下漆黑,天上的微月也被云遮得没有了,风更冷。二玉就一边抽搭着,一边说:"求你把我送回鼓楼后我的家里去吧!因为我不认识路,他们还许有人追下来,暗算我,我害怕……"

吴文琦说:"你不用怕,我想是已经没有什么事了,因为你刚才做得很对,你那样,丽莎是很欢迎的,她可以独占住焦大少爷,保住那少姨奶奶的地位,就可以任意挥霍他的钱,而得到奢侈的享受了。至于那焦大少爷,我看他也不是什么精神病,倒有点假装多情。不过他总有一种变态心理,有钱的少爷都有变态心理的,也最会发脾气,而一旦吃了嘴巴之后,就服软,我想他也不能再对你怎么样了。职业你也不必觉着可惜,反正什么百货店等等的事,你也都不要希望做了。你只应当庆幸,你已经脱出了他们的圈套,躲开了那条堕落的途径了,以后只要我们努力,我们就不愁没有前途……"

他接着又说:"我今天本是为帮助你才来的, 没想到你不用我帮助,自己就能够决然爽快地斩断了这些乱麻,应付了这样的复杂环境。我不愿再说我钦佩你,可是我说实话吧! 由北海公园下雨的那天起,我就爱你……"

二玉说:"我是……从初次见你的那天,我就做梦……"她不知道为什么说了这话,她的心情这时候热烈极了,她把自己的心向这个确乎是她心中久已倾爱的男子打开了。

第十四回　茹苦当危娇躯遭毒手
哭风泣雨深夜逝香魂

　　微月又自云缝钻出,向小巷里偷窥了一下,二玉说:"现在也不知是什么时候了?"

　　吴文琦说:"大概还不到十点钟,我的家就在那边,过两条胡同就到了,你这就去见见我母亲好不好? 跟她说明了,我们就由今天起订婚!"

　　二玉说:"我愿意! 我过去还相信我的父亲,现在我对他是一点也不信任了,以后我真不能再同他住在一块儿了,不然他还能够卖我。我不是脸厚,以后我可要都得靠着你,你找不着事也没关系,我能受苦,受穷,只盼你对我好! 我也能够服侍吴老太太。我的事你不妨都对老太太实说,就叫她老人家把我当作一个女儿,没有人可怜的孩子……"说到这里,她悲哽不胜。

　　吴文琦劝着她,两人就走着,她本来不知道这是什么地方,只跟着吴文琦走。但走过了几条曲曲折折的昏黑的小巷,忽然到了一个更黑更窄的胡同里,她不禁一惊,就站住了,说:"这条胡同儿我好像来过呀?"

　　吴文琦诧异着,问说:"你怎么会来过?"

　　二玉又在微弱的月光下细细地看,这可不是前天跟梅蕴芬来过的那条胡同吗? 吴文琦要带着她进去的就是那个小门。她蓦然地醒悟了,吴老太太原来就是吴文琦的母亲,那天买的豆沙包,也是为给吴文琦留的！她就想：那位老太太既然疼儿子，想当然也会疼未来的儿媳吧，跟着他们家里吃窝窝头，也不算苦，老太太的脾气我也能够对付。只是那天我来的时候还梳着辫子，今天忽然又剪了发烫了头，无论怎样解释，那老太太也不能看得上我吧……因此她又踌躇了，而且深深地忧愁起来。

她将吴文琦拦住，说："咱们先别进门去！你听我细细告诉你。前天梅蕴芬把我带到这儿来过……"她就把那天的经过详细地都对吴文琦说了。

吴文琦说："那天晚上我回来的时候，我母亲怎么没告诉我啊？"

二玉叹息着，说："咳！老人家哪能够告诉你？老人家那天把我数说了一大顿，疑惑我是个不安分的姑娘。你们家里来过这样的人，她自然不愿叫你知道。"

吴文琦说："不要紧，我一说，我母亲自然会完全了解你！"说着他就推开门，拉着二玉往院里去走。二玉真害羞，又害怕，只是想着：那老太太既是爱她的儿子，想必她的儿子说什么话，她都能够听的……

这小院里各屋全有灯光，独有那北小屋，外间漆黑，里间窗上的灯光也是十分的黯淡。吴文琦拉开屋门，悄声让二玉先进去，二玉却悄声说："你先去跟她老人家解释明白了，我再进去。"她现在的两腮不住地发烧。吴文琦又让着说："你在外屋等着不要紧！"寒风猛力地吹着她，她便跟着吴文琦进了屋，又随手轻轻地带好那门。她站在外屋，见吴文琦叫一声："妈妈！"就走到里间去了。

她这时的心里更紧张，细细地向里间去听，吴文琦说话的声音并不大，他说："我回来啦！妈妈您还没吃饭？我告诉您一件事，有个田姑娘，她名字叫二玉，前天跟着梅蕴芬来过，您也见过，但您还不知道详情。她是一个家境很不好的女子，但这个人很有志气，她……"二玉听到这里，眼泪就不自禁地流下来了。

吴文琦是极力地说二玉的好，并把二玉的遭遇以及刚才的事情全都对他母亲说了，他的声音渐低，而话说得越来越诚挚。他极力地说他与二玉的感情相好,互相尊敬,互相勉励,但是她的母亲也不知是听明白了没有,半天没发一言。二玉以为吴老太太也许已经点了头了,就往那通往里间的门旁走了走,偷眼看了一下,她却立时就很惊讶。原来屋中桌上那盏煤油灯的黯淡光圈下,吴文琦低首站立着,手拿针线的吴老太太坐在炕上,正摘下老花镜,用手背拭着眼泪。

二玉更不敢进到屋里,就见吴老太太把针线和花镜,都放在桌上,向她的儿子说:"你说了那些话,是什么打算呢?"吴文琦懦懦地说:"我是……要跟她订婚!"吴老太太摇摇头,说:"不行!"

这话就向针扎了二玉的心一样,她赶紧向后去退步。吴文琦却已经看见她了,就急急地出了里间,说:"你进去,叫我母亲看一看,你再自己跟她说一说……"

二玉的心里真发堵,在黑暗里,她也隐隐看出吴文琦忧急的表情,她忍了又忍,就说:"我也听见了……既然老太太不愿意,我自己去说,不还是不行吗?"说着就流下了眼泪。

吴文琦却来拉她,说:"你就进里屋来!说一说……"又向里屋说:"妈妈!田姑娘来了!您看她,您不要误会她,她不是那些没规束的女子。她人极明白,意志也坚强,虽是因为环境关系,有人引诱她,可是她并没有堕落。妈!您仅见过她两次,当然对她不能了解,可是以后您就会知道她的人好了,她实在好……"

二玉不得不随着进了里屋,她本来是低着头,发着怯,并因为听了吴文琦的这些话,越发不住地流泪。她走到了吴老太太的跟前,看见老太太瞪着两只大眼睛看她,她就立时收住了眼泪而抬起头来,端正地向老太太鞠躬。老太太却惊讶着说:"你是那天来的那个姑娘吗?"

吴文琦说:"是她,上一次她来的时候还没有剪发,现在她剪了发,是刚剪的。"

老太太摇着头,说:"哎呀,我可真看不惯!那天跟梅蕴芬来的那个姑娘,也就够没家教的啦,你想想,能够跟梅蕴芬在一块儿还会好?这个……这是姑娘是媳妇呀,这不跟街上走的是一样吗?这样儿的人,在咱们家里哪能够待得住?"

吴文琦点头说："能待得住，因为她本来不是那样的人！"老太太问说："不是那样的人，为什么这样的打扮？"这话又把她的儿子问住了。

二玉忍不住了，就一边擦眼泪一边说："老太太！刚才文琦跟您说了我的事，莫非您没听明白吗？"

老太太点头说："我全都听明白了！有吴惠彝……我们可更不敢惹他了，更不敢收留你啦！"

吴文琦在旁忿然地说："这与惠彝没有关系！他还能干涉我们的事吗？他没权利，他更没权力一定叫一个清白的女子去走他引往的那条堕落的路。我们一定要订婚，因为订了婚以后，我们才能够一同向前去挣扎！"

吴老太太说："你……你……你可是真糊涂啦！你能够得罪你哥哥？"吴文琦瞪着眼睛说："他是谁的哥哥？"老太太急得浑身都抖，说："你可真叫我不省心呀！我一点儿也没想到！我也不是……你都这么大啦，也不是不给你娶媳妇，可是你得等一等呀？"

吴文琦缓和地说："妈！我们也不是就要结婚，暂时不订婚也可以，今天我带她来，只是请您见见她……"老太太说："我早就见过她啦！"吴文琦说："我还要请您明白明白她……"

老太太拿手打着自己的胸，说："我也早就明白她！她是要引诱坏了我的儿子！"

二玉转身就要走，吴文琦又把她拉住，她夺手哭着说："干吗呀？"吴文琦却死拉住她不放。

吴老太太喘吁吁地下了炕，叫着说："姑娘！田姑娘！是田姑娘不是？咳！好姑娘，你千万别生气，听我说，我就有这一个儿子……"

二玉双手揩着眼泪，点头说："我都知道。"

老太太又指着壁上挂的大相片，说："你瞧啊！这就是文琦的爸爸，他死了到现在十六年了，我守这寡，拉持这孩子，真不容易……"

见老太太这样悲痛，二玉倒不由得心软了，她就收了泪，像是抱歉似的说："老太太您何必这么伤心呢？我今儿上您这儿来，本来没别的，这是文琦叫我来的。我本想不来，因为我也知道不对，我不应该，您也一定不愿意。误会也解释不清,谁也不会说我好,咳!我也没法细说我自己。您就放心吧!别再伤心啦!我这就走,以后我也不能再来啦,我更不能跟您儿子再见面了……"吴文琦却更用力地把她的胳臂拉住了。

吴老太太听了二玉这些话,心里才算宽松一点,就说:"田姑娘!你听我说,也不是我说你不好,我是不愿意叫你跟着我们娘儿俩受苦,我们现在是天天吃窝头呀……"

吴文琦说:"妈,她是能受苦的!"

老太太说:"能受苦的也不行,你想你得用功念书呀!你得毕了业,得了文凭,好找事呀!"

吴文琦说:"没有文凭也不见得就找不着事。"

老太太连连地摇头,说:"那不行!不行!你爸爸还没死的时候就跟我说过,将来叫你最低也得在中学毕业,有了文凭才能够找好事。你爸爸一辈子就吃亏了没有文凭,要不然,他那么好的英文,早就能够官费留学了,可是他就没有文凭。你不知道他是多么急,多么恨他自己,到底还是为了这个得了痨病,要不他还不至于死呢!我就一年一年地把你拉持得这么大,一年一年地盼着你得到文凭。你虽有一张小学的文凭,可是那太小,只能找个工友的事,还得得着那大文凭才行,我哪怕能够看一看呢,我死了,也就对得起你的爸爸啦……"老太太悲不自胜,吴文琦也忧郁不语。

这时二玉反倒不大明白了,什么"文凭""文凭"的,她真不知道是怎么回事,然而她知道是不可能的了,这老太太对他儿子的请求是绝对不能容许了。然而也难怪这老太太,难怪任何人,这只能够怪自己。二玉擦净了眼泪,将老太太又扶到炕头坐好,便恨恨地说:"咳!这都怪我!"

一切的事情都已经幻灭,连爱情,这是自己心中幻想的爱情啊,这个梦也被击碎了。在这茫茫的艰辛险恶的世界上,她已没有一个能够谈心相助的异性朋友,事实已经说明,人情道理和良心已经把她限定,她是不能够再和吴文琦相接近了。她必须即刻离开此地,她含着眼泪,生离死别似的望了望吴文琦,悲戚而柔弱无力地说:"我可走了。"她就回身走出了里屋。

吴文琦急急地追出来,把她拦住,说:"你不可以这样! 你,你……为我受一些委屈吧,因为……"

他几乎要哭了,又克制住自己,接着说:"让我再跟我的母亲说一说,老年人,她总跟年轻人是有些隔膜的,但这隔膜并非不能去掉。我们还得用话跟她解释,使她明白,我们的目的是永远相助,永远勉爱。我们能够得到这样知己而同心的友伴,是多么不容易,若因此便分离了,这样我们的心如何能忍受呢? 我们以后能再向何处得到一点同情的安慰、友爱的鼓励,而感到一点温暖呢……"

二玉说:"请你不要悲伤,也不要灰心,虽然咱们遭受到不幸的境遇,可是以后还仍旧可以常常见面,互相帮助的……"

吴文琦简直要哭出来了,他还很坚定地说:"不行! 因为我们的感情已到这地步了,没有了你,便没有了我的生命,我们不能离开! 我还是得跟我母亲说一说,叫她允许咱们订婚。"

二玉实在连腿也迈不开了,她就倚着吴文琦越发不住地悲咦。

这时里间的老太太还凄惨地叫着:"文琦!好孩子!明白的孩子……"他们两人就都不说话了。

而在这时,通到院中的屋门,忽然慢慢地开了,一个人从门外走进来,穿的是浅颜色的大衣,把二玉吓了一跳。吴文琦问:"你是谁?"这人却一句话也不回答,一直就走进了里间。吴文琦赶紧追着向里间去看,二玉也惊惶地悄声问说:"这人是谁?"

此时,在里间的吴老太太倒是先看出了这个人的模样,她说:"啊!惠大爷来啦? 你是从哪儿来呀?"

吴文琦回身向二玉说:"是吴惠彝。"二玉更是害怕,就说:"我快走吧!"吴文琦又拦住她,说:"怕他干吗? 不要走。"

这时吴惠彝特由里间拿起了那盏煤油灯,又往外屋走来,说:"田姑娘千万别走! 我来特地就是为找你!"

二玉猜不透是什么事,但她听吴惠彝说话的声音是十分地急促,而且一点也不和蔼,她就感觉到必是又有麻烦的事情来了。她就想:躲既不能,索性看他能怎么样?顶多他再花言巧语,或是再出一个坏主意……那也不怕他!所以,二玉就瞪着眼睛去看他,却紧挨着吴文琦,仿佛是寻求保护似的。

里间的那盏煤油灯,被移到了外屋,吴惠彝就把它放在了小长桌上。他摘下右手的一只麂皮手套,把灯捻尽力地往上捻,立时灯焰吐长,而光圈扩大。他现在里面穿的是驼灰色的呢西服,外套着浅灰色的厚绒大衣,呢帽向后歪戴着。他的那张圆脸,也仿佛与往日不同,看着吴文琦跟二玉这亲近的样子,他简直像是要暴怒。但他又借着灯光仔细地看二玉,起始他是惊讶,渐渐地在他的脸上,又裂开了微微的笑意。

二玉的美好,即使是在这突突跳动的,不住冒烟的黄色灯光里,也是艳艳地生光生色。她穿的是一件剪裁相宜的新布裸,新烫的春水涟漪型的发式,覆着她细腻的额,头上还有几个高高的波儿,使得她的脸庞愈为合适。她的眉毛比画的更精细,双眼含着点泪,更显得灵活而妩媚,颊间的泪迹也比什么脂油,都更能添加莹润。

吴惠彝脸上的笑容越来越多,他欣喜极了,态度比夏天在晚香玉摊子前表露的更为卑鄙可恶,他说:"好啦!好啦!我没白来,更没白费心力和白花钱。二玉,我告诉你,我本来是爱的……"二玉说:"你放屁!"吴惠彝就仿佛没听见骂,更大笑着说:"在后门大街花摊前,我初次见你的时候,我就爱你,不过因为你那时梳着一条辫子,那就消去了不少你给我的美感。你早像今天这样儿摩登,我何必去又找丽莎……"

二玉愤愤地说:"你放屁!放屁!谁叫你来这儿胡说?我不认识你!"

吴文琦奔上前,向着吴惠彝的头上就一拳,打得他的呢帽掉在了地下。吴老太太跑过来直摆手,说:"哎呀!别打你哥哥!文琦!别打呀……"吴文琦却愤愤地说:"人家贫苦清白的女孩子,凭什么叫他玩弄?"揪住了头发又用拳头打。

吴惠彝挣扎着,突然,他由大衣里掏出来一支手枪,比准了,狠狠地说:"你再打我,我就开枪!"吴文琦还要打,却被他的母亲在前边推,二玉在后边拉，把他拉开了。

吴惠彝喘了喘气，手中颤动着手枪，微微地笑，说："你们今天千万别刺激我，我可是预备出人命！"

吴老太太吓得又央求他，他却不理。他接着又说："我这枪是预备着打丽莎的，因为她曾预备要打我，我不能不自卫。我跟丽莎是十年的爱情，她在学校念书时，我就追逐她，后来她用我的钱，由我造她，她就成了个有名的交际明星。可是她忘了本，另去嫁了我给她介绍的那个焦大少爷。她去嫁焦大少爷，不为爱情，却只为钱，因为焦大少爷的钱比我多得多，并且能任她挥霍，不加计较。她就将我整个抛弃，使我失恋，使我在生活计划上失败，使我在交际场上无颜见人，使我几乎成为疯狂的人。这我不能忍受，除非她仍归于我，不然我就得破坏她跟焦大少爷的关系。因此我物色了二玉跟陈黛娥，向焦大少爷去进攻，向丽莎去威胁。我开大洋洲女子百货店，就为收买我向焦大少爷进攻的工具。我先用的是陈黛娥，因为第一，我不想爱陈黛娥，第二是因为她打扮的摩登。不想这倒坏了，焦大少爷看不上摩登女子，对她冷冷无情，丽莎也满不在意，反向我冷笑，都不中我的计，所以我才用了第二招。其实我叫二玉出马，我是舍不得的，因为我还要留着她，结果不想也失败了。到了今天，刚才，我在百货店里，金爱娜找了我去，我才知道我是彻底失败了！金爱娜还告诉我，说二玉是跟吴文琦走的，好，好，我费尽了心机、力量、金钱和一切，结果落了个两手空空，连陈黛娥也恨上我了！我什么都没有了，什么都幻灭了！你，喂，吴文琦！你倒便宜，你把她带到家里来，你们倒好起来了！好……"

吴老太太说："我没叫他们好呀！我没答应他们！"

吴惠彝点头说："这还行！告诉你吴文琦，你别忘了，这两年来你的学费和你们母子的生活费，全都是由我供给的！"

吴文琦依旧愤愤地说："这也不能算你对我恩德，同时你不能因此就不准我护着二玉，不准我们两人有爱情。"

吴惠彝暴躁地说："我就是不准你们有！我现在什么都没有了，你们两个却有了爱情，还是因为我，你们才有的，这就不行！叫二玉马上得跟着我走,走!"

二玉说:"呸!你可真霸道!你把你的狼心狗肺幸亏都说出来了!你不说我也明白,你跟那姓焦的都是坏蛋,仗着有点钱……"

吴文琦帮助她说:"你们无耻地玩弄女性,坑害人家不幸的女子……"吴惠彝瞪凸了眼睛说:"你说什么话?"吴文琦说:"我应当说,因为我们已经订了婚。"

二玉奋然地横在吴文琦的身前,说:"我愿意让他管,我永远叫他帮助我,因为他是我的未婚夫……"说这话时,忽然砰的一声枪响,吴惠彝开了一枪,正把二玉打倒了。二玉当时就晕了过去,以后的情形,她就完全不知道了。

及至渐渐地清醒时,她已躺卧在医院的病床上了,她的整个上身都疼痛难忍,死亡的恐怖,已使她感觉到了。借着惨白的灯光,她看见床前只站着愁容满脸的吴文琦,她更不禁地哭了,然而她说不出来话。

因为这医院是一家私人开设的医院,地方很小。她是吴文琦给送来的,吴文琦没钱,又没别人肯拿钱,所以医生劝她到公立医院去,或是回她自己的家里去治疗,并说:"子弹是由肩上打穿过去的,这只胳膊是应当施手术锯去的,但因为她身体弱,素来就营养不足,所以纵使施手术,也应当慎重考虑……"于是只给她的创口消了毒,用脱脂棉、绷布包扎了一下。

次日上午,秋风飒飒,吴文琦雇了一辆洋车,把二玉从医院拉回到鼓楼后二玉的家中。吴文琦还被衙门传去问了一次话,然后又赶紧回去看二玉。吴惠彝是先跑回他家去,后被衙门捉住的,他只承认是"误伤",报上已经登出来了。

二玉的爸爸田迁子是回到家里一次,把焦大少爷送的那儿幅画抱起来,匆匆忙忙地就走了。临走的时候,他只对院邻刘大叔,叹着气说:"我没办法,我现在弄得是人财两空!焦大少爷昨天开给我的五千块钱支票,今天一清早,我什么也不顾,就跑到银行去取,人家却说:'止付了!'我也不知道什么叫'止付',大概是焦大少爷给银行打了电话,干脆人家不给钱了!这就跟要了我的命一样!刚才又叫人来催着要画儿,我应得这就给送到公馆。反正我今天得见一见焦大少爷,我求他就是不可怜二玉,也得可怜可怜我。已经走到这地步了,还有什么话说?我也不能够怨我女儿脾气不好,把事情弄成这样,我只怨我是受穷、受罪、投河的命!那位吴大相公,他叫什么吴文琦?我从来也没见过他,他可征说他是我女儿的未婚夫。这倒好哟!我索性都交给他吧,活着叫他们自由结婚,死了由他给埋葬,我落得个概不负责。这就是命!命中该犯丧门星!得了,什么也都不用说了!"

田迁子走了,下午他才回来,看了看二玉,什么话也没说,对吴文琦更没半句话。然而看他的脸色是不太发愁的,多半,焦大少爷虽把那支票止了付,可是当他送还了那几幅画,又苦苦哀求时,一定又给了他几个钱。所以他现在知足,就躲开了吴文琦,到小铺喝酒,吃打卤面去了。

邻居谭素素是害怕得早就躲了,她怕看二玉的血,又怕二玉若是死了,那鬼魂能够来缠她,所以她躲到亲戚家里去了。听说对门的小织袜厂今天也没有开工,因为那掌柜的矮子听了二玉遭遇的这事,也弄得心境怪不痛快的。刘大叔倒是叫刘大婶给卧了两个荷包鸡子,要给二玉吃。可是二玉现在连一滴水都不能够喝,眼泪倒还不住地往外涌,惹得刘大叔、刘大婶也一起流泪,夫妻两人都同情地说:"这个孩子要是就这么糟践了,可真叫人心痛!"

今天的风还特别大,傍晚洒下来渐渐的凉雨,天是不管人世如何的。这时忽然来了个不速之客,是个女的,一进门来就大哭,她说:"我今儿早晨听人念了报上的那段新闻,我觉着人名、地名跟门牌号都对,把我吓得什么似的。我当时就哭了,就恨不得当时就过来看看。可是,我那两个孩子都送到孤儿院去了,我给人家佣工,老爷不下班,不伺候完了老爷的晚饭,太太就不放我走。好容易等到现在,我才支了三个月的工钱,来看看我大仁大义的苦命的田二妹妹。二妹妹哟!二姑娘哟!你可叫我伤心死了,老天爷,你真是不睁眼呀……"她已被淋得浑身是水,而泪水更比雨水流得还多。

二玉微微睁开双眼,惨弱地叫了声:"隆大嫂子……"

这死鬼小隆的媳妇更是呼天抢地,直说:"叫我死,也别叫我二妹妹死!阎王爷,你把名字给她换一换吧!她要是死了,世间上可就没有好人啦……"

雨夹着风,袭击着破窗,从窗纸缝里猛打进来,洒到二玉盖着的破棉被上,风尤可恶,将那窗纸的洞越吹越大,好把更多的雨点送进屋来。顶棚也直漏水,黯黄的灯光,屡燃屡灭。二玉那微小孱弱发僵的躯体,那么直直地仰躺着。她的脸惨白,而骤然地消瘦了,睫毛上沾着残泪,头发上也挂着雨水,而肩头的血色尤新。她的小口时张时闭,断断续续地说着话,声音是那么低微:"把那皮夹子跟那里的东西,都替我还给吴惠彝,我死也不要他的……文琦,你别为我难过……我吃亏就因为是个女的,但,我也没有怎么打扮,怎会弄得留着辫子也不好,不留辫子也不行,女的倒应当怎么样呀……"

吴文琦说:"你不必再想这些事了!总之,吴惠彝和焦大少爷,他们都是专以玩弄女性为事的人,不过他们的爱好不同,所用的方式也不一样。反正他们都对女性是没有情的,女性到了他们的手中只是玩物,或者是猎获物。这些你不要再说了!你只好好地调养就是了!"

忽然,二玉说:"现在还有晚香玉吗?买几朵来,我想看看……"

这,可使吴文琦心里更难受,并且吓了一跳。因为晚香玉那种花,是春天夏天才有的东西,像这寒风冷雨的秋夜,上哪里去找晚香玉呀?二玉说这话,显然是她的神志已有点不清楚了。

但旁边站着的刘大叔却说:"有啊!晚香玉,这时候在花厂的暖房里还开着呢!那是为特别有钱的太太小姐们预备的,在赴宴会的时候,屋里开着暖气炉,头上带着晚香玉,好出风头。"

小隆的媳妇一听当时就要走,她说:"我给买去吧!"

刘大叔迟疑了半天,才叹着气说:"其实,咱们不必享那福,可是这孩子太命苦,一辈子是又可爱又可怜,她什么福也没享过,什么浮华的东西她都不爱。到了这时候,她就想要一两朵晚香玉,我又是个卖花的,是花厂子我全认识,还不给她办到了吗?可是花厂子离着这儿太远呀!"

小隆的媳妇说:"不要紧,我去!"

于是，刘大叔就告诉小隆的媳妇，应当上哪家花厂，去找谁，又说："给钱不给钱倒不要紧，买上几朵晚香玉来，叫她看看也就得了。这孩子，我看着可危险，我不是说丧气话，真许不定怎么样了。"说着，他也不住地擦眼泪。

刘大叔回到屋里，找出一把伞来叫小隆的媳妇打着，并借给她一件棉袄披着，小隆的媳妇就忙忙地走了。

在风雨里，小隆的媳妇去了半天方才回来，用那件棉袄包回来了有十几朵晚香玉。这娇小玲珑可爱的花，才从暖房出来，路上又经过了秋风凉雨，一来到这小屋里，便都垂下了头，然而它还凄惨地婀娜地挣扎着，带着泪半开着，正像一个垂死的妙龄女子。

小隆媳妇把晚香玉送到二玉的眼前，叫她看。二玉微微睁开了眼，似乎是笑了，说："我喜欢它，因为它洁白……它干净……"

晚香玉当夜就冻得枯萎了，二玉于是夜十二时以后瞑目死去，哭声盈屋，凄风冷雨，一夜未停。

办丧事是由吴文琦向同学借了点钱，连小隆媳妇借的工钱，刘大叔也给凑了几个钱，并找着田迂子，逼出了一点钱。简单的凄凉的一口柳木棺材，由四人抬着，吴文琦、小隆的媳妇、刘大叔、刘大婶都很难过，连小三子、招弟都哭着叫着："姐姐！再也看不见姐姐啦……"大家抬到城外的田家祖茔，掀起来雨后的泥土，和着败叶，就把她葬埋在了她的亲娘的坟旁。

田迂子死了女儿之后，有一段时间倒还有酒喝，有肉吃，有小鸡牌烟抽，有小叶茶喝，不过他的太太却始终没有回来。吴惠彝打了官司以后，听说还没有判定罪名。焦大少爷的美人画，是被制成了五色铜版，出过了一册专集，并在报上大登广告，丽莎依旧是阔少奶奶兼交际明星。梅蕴芬还常到吴惠彝的家里，陪着吴惠彝的那半身不遂的母亲打小牌，而吴文琦的母亲吴老太太可就不知道怎么样了。至于那什么陈黛娥、金爱娜、卢玉珣、徐芷，她们因为"大洋洲女子百货店"歇了业，也就全都失了业，然而慢慢的，有的又找到了事，有的就结了婚，反正各自有各自的路；连那谭素素，听说后来也找到对象啦。

这都是人世间的 ·些小事,连二玉的死也都是极渺小的事,至多也不过等于一小朵晚香玉自开自萎,于宇宙人世,原无妨无碍。到了每年的夏天,晚香玉的花儿依然成千成万地开着,也还有女子卖着,也还有女人戴着。

只是有一个消瘦的少年,他大概是什么地方的一个小职员,平常也不像有精神病的样子,但一到了夏末秋初的时候,他的精神就有点失常。他常常到各处去找人家的垃圾堆,只要是看见有那戴过的,或摆着玩过的、弃掷了的凋残萎谢的晚香玉,他就弯着腰一朵一朵地都拾起来,而珍重地拿走。先用清水洗净,然后买了门票进北海公园,投到那一片湖水之中。这个有怪癖的人听说姓吴,大概就是吴文琦吧。

其实,也不能怪他,晚香玉的确是一种可爱的花,在春天的浓桃艳李、娇媚的海棠、富贵的牡丹,以及夏日诸种花草之中,惟有晚香玉是最为洁白、最为莹净的。

为《王度庐武侠言情小说集》而作

张赣生

　　我第一次读度庐先生的作品，是四十多年前刚上中学的时候，做梦也想不到今天为《王度庐武侠言情小说集》写序。

　　度庐先生是民国通俗小说史上的大作家，他的小说创作以武侠为主，兼及社会、言情，一生著作等身。最为人乐道的，自然首推以《鹤惊昆仑》《宝剑金钗》《剑气珠光》《卧虎藏龙》《铁骑银瓶》构成的系列言情武侠巨著，但他的一些篇幅较小的武侠小说，如《绣带银镖》《洛阳豪客》《紫电青霜》等，也各具诱人的艺术魅力，较之"鹤-铁五部"并不逊色。

　　度庐先生以描写武侠的爱情悲剧见长。在他之前，武侠小说中涉及婚姻恋爱问题的并不少见，但或作为局部的点缀，或思想陈腐、格调低下，或武侠与爱情两相游离缺少内在联系，均未能做到侠与情浑然一体的境地。度庐先生的贡献正在于他创造了侠情小说的完善形态，他写的武侠不是对武术与侠义的表面描绘，而是使武侠精神化为人物的血液和灵魂；他写的爱情悲剧也不是一般的两情相悦、恶人作梗的俗套，而是从人物的性格中挖掘出深刻的根源，往往是由于长期受武德与侠道熏陶的结果。这种在复杂的背景下，由性格导致的自我毁灭式的武侠爱情悲剧，十分感人。其中包含着作者饱经忧患、洞达世情的深刻人生体验，若真若梦的刀光剑影、爱恨缠绵中，自有天道、人道在，常使人掩卷深思，品味不尽。

度庐先生是一位极富正义感的作家，这在他的社会言情小说中表现得格外鲜明。《风尘四杰》《香山侠女》中天桥艺人的血泪生活，《落絮飘香》《灵魂之锁》中纯真少女的落入陷阱，都是对黑暗社会的控诉，很能引起读者的共鸣。度庐先生自幼生活在北京，熟知当地风土民情，常常在小说中对古都风光作动情的描写，使他的作品更别具一种情趣。

度庐先生是经受过"五四"新文化运动洗礼的人，他内心深处所尊崇的实际上是新文艺小说，因而他本人或许更重视较贴近新文艺风格的言情小说和社会小说创作。但从中国文学史的全局来看，他的武侠言情小说大大超越了前人所达到的水平，而且对后起的港台武侠小说有极深远影响的，是他创造了武侠言情小说的完善形态，在这方面，他是开山立派的一代宗师。几十年来出版的中国现代文学史，无例外地排斥通俗小说，这种偏见不应再继续下去，现在是改写中国现代文学史的时候了。

已知王度庐小说目录

1926—1937

作品名称	始载时间	连载报刊/署名/备注
半瓶香水	1926.9之前	小小日报/王霄羽
黄色粉笔	1926.9之前	同上
红绫枕	1926.9	小小日报/王霄羽/同年报社出版单行本
残阳碎梦	1926.12	小小日报/王霄羽
侠义夫妻	1927.1	同上
琪花恨	1927.3	同上
媾母孤儿	1927.4	同上
飘泊花	1927.5	同上
红手腕	1927.8	同上
护花铃	1927.8	小小日报/霄羽
青衫剑客	1927.10	小小日报/王霄羽
蝶魂花骨	1928.3	同上
疑真疑假	1928.4	小小日报/葆祥
双凤随鸦录	1928.7	小小日报/王霄羽
战地情仇	1929.6	同上
自鸣钟	1930.4	同上
惊人秘柬	1930.4	同上
神獒捉鬼	1930.6	同上
空房怪事	1930.7	同上
绣帘垂	未详	同上
玉藕愁丝	1930.7	小小日报/香波馆主
烟霭纷纷	1930.7	同上
鳌汉海盗	1930.8	小小日报/霄羽
缠命丝	1931.8	小小日报/王霄羽
触目惊心	1931.8	同上
燕燕莺莺	1931.8	小小日报/香波馆主
黄河游侠传	1936.10	平报/霄羽
燕赵悲歌传	1937.4	同上
八侠夺珠记	1937.7	同上

作品名称	起止时间	连载报刊署名	出版时间、出版社/署名
河岳游侠传	1938.6–1938.11	青岛新民报王度庐	
宝剑金钗记	1938.11–1939.7	青岛新民报王度庐	1939年青岛新民报社，1948年上海励力出版社（改题《宝剑金钗》）/王度庐
落絮飘香	1939.4–1940.2	青岛新民报霄羽	1948年上海励力出版社，分为四册：《落絮飘香》《琼楼春情》《朝露相思》《翠陌归人》/王度庐
剑气珠光录	1939.7–1940.4	青岛新民报王度庐	1941年青岛新民报社，1947年上海励力出版社（改题《剑气珠光》）/王度庐
古城新月	1940.2–1941.4	青岛新民报霄羽	1949–1950年上海励力出版社，分为四册：《朱门绮梦》《小巷娇梅》《碧海狂涛》《古城新月》/王度庐
舞鹤鸣鸾记	1940.4–1941.3	青岛新民报王度庐	1941年（？）青岛新民报，1948年（？）上海励力出版社（改题《鹤惊昆仑》）/王度庐
风雨双龙剑	1940.8–1941.5	京报（南京）王度庐	1941年南京京报社/王度庐，1948年上海育才书局/王度庐
卧虎藏龙传	1941.3–1942.3	青岛新民报王度庐	1948年上海励力出版社（改题《卧虎藏龙》）/王度庐
海上虹霞	1941.4–1941.8	青岛新民报霄羽	1949年上海励力出版社，分为二册：《海上虹霞》《灵魂之锁》/王度庐
彩凤银蛇传	1941.5–1942.3	京报（南京）王度庐	
虞美人	1941.8–1943.10	青岛新民报霄羽	1949年上海励力出版社，分为数册：《琴岛佳人》《少女飘零》《歌舞芳邻》《暴雨惊鸳》等/王度庐
纤纤剑	1942.3–1942.10	京报（南京）王度庐	
铁骑银瓶传	1942.3–1944.?	青岛新民报王度庐	1948年上海励力出版社，改题《铁骑银瓶》/王度庐
舞剑飞花录	1943.1–1944.1	京报（南京）王度庐	1949年上海励力出版社，改题《洛阳豪客》/王度庐
大漠双鸳谱	1944.1–1944.7	京报（南京）王度庐	

（接上表）

寒梅曲	1943.10-？	青岛新民报 霄羽	1948年（？）上海励力出版社，分为数册：《暴雨惊鸳》等/王度庐
紫电青霜录	1944-1945	青岛新民报 王度庐	1948年上海励力出版社，改题《紫电青霜》/王度庐
春明小侠	1944.7-1945.4	京报（南京） 王度庐	
琼楼双剑记	1945.4-1945（？）	京报（南京） 王度庐	
锦绣豪雄传	1945.5-？	民民民 王度庐	
紫凤镖	1946.12-1947.7	青岛时报 鲁云	1949年重庆千秋书局/王度庐
太平天国情侠传	1947.5-？	民治报 鲁云	
清末侠客传	1947.4-1948.？	大中报 鲁云	1948年上海励力出版社，分为二册：《绣带银镖》《冷剑凄芳》/王度庐
晚香玉	1947.6-1948.1	青岛时报 绿芜	1948年上海励力出版社，分为二册：《绮市芳萜》《寒波玉蕊》/王度庐
雍正与年羹尧	1947.7-1948.4	青岛时报 鲁云	1948年上海励力出版社，改题《新血滴子》/王度庐
粉墨婵娟	1948.2-1948.7	青岛时报 绿芜	1948年元昌印书馆，分为二册：《粉墨婵娟》《霞梦离魂》/王度庐
风尘四杰	1948.2-？	岛声旬刊 佩侠	1949年上海励力出版社/王度庐
宝刀飞	1948.4-1948.9	青岛时报 鲁云	1948年上海励力出版社/王度庐
燕市侠伶	1948.7-1948.10	青岛时报 绿芜	1948年上海励力出版社/王度庐
金刚玉宝剑	1948.9-1949.2 1949.2-？	青岛公报 联青晚报 王度庐	1949年上海励力出版社/王度庐
香山侠女			1949年上海励力出版社/王度庐
春秋戟			1949年上海励力出版社/王度庐
龙虎铁连环	1948.9-1948.10	军民晚报 王度庐	1949年上海励力出版社/王度庐
玉佩金刀记	1949.1-1949.？	民治报 王度庐	

王度庐年表

徐斯年 顾迎新

说明:

1.本表曾在《西南大学学报》刊出,此为补订本,包括增补史料及其说明、考证,并订正了个别疏误。

2.本表包含许多新发现的资料,特别是在辽宁省实验中学档案室发现的王度庐档案,从而补正了徐斯年《王度庐评传》的一些误判和部分欠缺。

3."度庐"实为1938年启用的笔名,为了统一,本表用为表主正名。

4.由于史料不全,历年行状、著述依然详略不一,有待继续挖掘、补充史料。

5.表中所记日期,阳历用阿拉伯数字,清、民国年份及旧历日期用汉字。

6.表中所系年龄均为虚岁。

7.由于旧报缺失严重,所以连载作品肯定不全。表中所录者,始载时间和结束时间多难确认,一般仅记月份,有线索可资考证者在按语中加以说明。

1909年(清宣统元年,己酉) 1岁

正月,清帝爱新觉罗·溥仪改元"宣统"。清廷决定消除"旗""民"界限,旗人不再享受"俸禄"。是年七月廿九日(9月13日),王度庐生于北京

"后门里"司礼监胡同四号一户下层旗人家庭，原名葆祥（后曾改为葆翔），字霄羽。父亲"在清宫管理车马的机构里当小职员"。家庭成员除父母外还有一位姐姐、一位未嫁的姑母和一位叔祖父。一家六口，全靠父亲薪金维持生计。

按：后门即地安门，后门里位于地安门内，属镶黄旗驻地。司礼监胡同，得名于明代位于该地之司礼太监署；后改称"吉安所左巷"，则得名于清代宫中嫔妃、宫女卒后停尸之"吉祥所"（后改"吉安所"）。毛泽东青年时代曾租寓于本胡同8号。

关于父亲职务的记述引自王度庐手写简历，其父任职机构当系内务府下属之"上驷院"。内务府为管理皇家事务的机构，成员均为满洲上三旗（镶黄、正黄、正白）"从龙包衣"。"包衣"，满语，意为"自家人"，一定语境下也指"奴仆""世仆"。据此，王氏当属编入满洲镶黄旗的"汉姓人"（不同于"汉人""汉军"），这一族群不仅属于"旗族"，而且也被承认为满族。

1912年（民国元年，壬子）　4岁

1月1日孙中山宣誓就任中华民国总统。2月2日，清宫统帝宣告退位。根据清室优待条件，宫内各执事人员照常留用，王度庐父亲依然可以领受部分薪金，家庭生计勉得维持。

1916年（民国五年，丙辰）　8岁

1月，王度庐父亲病故。2月，遗腹弟出生，名葆瑞，字探骊。家境日蹙，主要靠母亲为人缝补浆洗维持生计。

是年2月2日，王度庐夫人李丹荃生于陕西周至。

按：葆瑞出生时间据人民日报社1991年1月3日印发之《谭立同志生平》。葆瑞（即谭立）为遗腹子，由此可知其父当卒于1月份。周至，离西安甚近。

1918年（民国七年，戊午）　10岁

是年王度庐始入私塾读书。曾与姐、弟同染重症，母亲变卖家当为之治

疗，终得转危为安，而家庭经济更加贫困。

1919年（民国八年，己未）　11岁

五四运动爆发。王度庐仍在私塾就读，至1920年。

1921年（民国十年，辛酉）　13岁

是年王度庐入景山高等小学就读，至1924年。

1925年（民国十四年，乙丑）　17岁

是年1月，宋心灯在北京创办《小小》日报（后改《小小日报》），自任社长、主笔。王度庐从景山高等小学毕业，先在精精眼镜店当学徒，后在《平报》和电报局任见习生，可能已经开始向《小小》日报投稿。

按：宋心灯（？—1949），字信生，原籍河北大兴（析津）。新闻专科学校毕业，也是北京早期足球运动和羽毛球运动的发起者之一。《小小》日报即注重刊载体坛信息，后来发展为综合性小报。

又按：辽宁实验中学所存退休人员档案中的王度庐登记表，"文化程度"一栏填为"九年"，当系虚数。

1926年（民国十五年，丙寅）　18岁

是年《小小日报》先后刊载王度庐所撰侦探小说《半瓶香水》《黄色粉笔》和"实事小说"《红绫枕》，均署"王霄羽"。《小小日报》馆印行《红绫枕》单行本，标类改为"惨情小说"。12月，《小小日报》连载社会小说《残阳碎梦》，亦署"王霄羽"。12月24日，《小小日报》刊出宋信生所撰《本报改版宣言》，"将旧有之八小版易为四大版"。

按：由于存报缺失严重，《半瓶香水》《黄色粉笔》未见，不知确切发表时间。因《红绫枕》内文提及它们，故知连载于《红绫枕》之前。由此小不排除其一已于上年开始见报的可能。又据李丹荃女士回忆，早期作品还有《绣帘垂》《浮白快》两种，均未见。《残阳碎梦》，现存第十次载于是年12月20日，由此推知当始载于12月1日；现存第三十三次载于次年1月21日，未注"（未完）"。

1927年（民国十六年，丁卯）　19岁

　　是年王度庐始在宽街夜授计民小学任职，先当会计，后任教员，直至1929年。同时继续卖稿和自学，包括到北京大学旁听，往三座门北京图书馆、鼓楼民众图书阅览室阅读。

　　1月，《小小日报》连载武侠小说《侠义夫妻》，署"王霄羽"。3月，《小小日报》始载社会小说《琪花恨》，署"王霄羽"。4月，《小小日报》连载社会小说《孀母孤儿》，署"王霄羽"。5月，《小小日报》连载社会小说《飘泊花》，署"王霄羽"。6月，《小小日报》连载侦探小说《红手腕》，署"王霄羽"。8月，《小小日报》连载侠情小说《护花铃》，署"霄羽"。10月，《小小日报》连载武侠小说《青衫剑客》，署"王霄羽"。

　　按：《侠义夫妻》，现存第八次载于1月31日，当始载于《残阳碎梦》结束后；连载结束时间当在《琪花很》始载之前。《孀母孤儿》仅存5月2日第十一次，由此推知始载时间在4月（《琪花梦》结束之后）。《飘泊花》，现存第六次载于5月30日。《红手腕》，现存第十一次载于7月9日，可知始载于6月末。《护花铃》仅存十四、十七次，载于9月2日、5日，是知始载于8月，标类"侠情小说"，写当时题材。《青衫剑客》，第四次载于10月9日，至11月9日犹未结束。

1928年（民国十七年，戊辰）　20岁

　　是年北京改称"北平"。3月，《小小日报》连载侦探小说《疑真疑假》，署"葆祥"。3月，《小小日报》连载社会小说《蝶魂花骨》，署"王霄羽"。5月，《小小日报》连载社会小说《揉碎桃花记》，署"王霄羽"。7月，《小小日报》连载"讽世小说"《双凤随鸦录》，署"王霄羽"。

　　按：《疑真疑假》，第四次载于3月12日，当始载于8日。《蝶魂花骨》，第三十四次载于4月11日，当始载于3月9日，与《疑真疑假》同时，故用两个笔名。《双凤随鸦录》，第四十二次载于8月21日。

　　本年存报缺失严重，当有不少连载作品至今未知。以下类似情况不再逐一说明。

1929年（民国十八年，己巳）　21岁

6月，《小小日报》连载社会小说《战地情仇》，署"王霄羽"。

按：《战地情仇》，仅存7月4日一次（序号未详）。本年几无存报。

1930年（民国十九年，庚午）　22岁

是年王度庐离开宽街夜授计民小学，改任家庭教师，不久认识李丹荃。

按：李丹荃在所遗手稿《王度庐小传》中说："我在北京读中学时，在一个同学家里认识了王度庐。那时，他正给我的同学的弟弟补习功课。记得他曾送过我两本书，一本是纳兰容若的《饮水词》，另一本是《浮生六记》。我不喜欢《浮生六记》，却很喜欢那本词，有些句子至今仍能记得，如'摇落尽，有发未全僧，风雨消磨生死别，似曾相识只孤灯；情在不能醒……''瘦狂那似肥痴好，任他肥痴好，笑他多病与长贫，不及衮衮诸公向风尘……'"（按文中所记纳兰词句与原作略有出入。）

3月，《小小日报》连载侦探小说《自鸣钟》，署"王霄羽"。

按：《自鸣钟》残存连载文本至三十一次告"全卷终"，次日接载《惊人秘束》第一次。故暂系于3月。

是年，王度庐始用笔名"柳今"在《小小日报》开辟个人专栏"谈天"，每日发表短文一篇，纵论国事、民生、世态、人情、风习、学术、艺文等。"柳今"在这些短文里经常述及"自己"的"经历"，多属杜撰；但是，这位论说者的心态、性格、气质又与当时的王度庐十分相符。

按：因存报缺失，"谈天"开栏、终结时间未详。所载杂文均署"柳今"，以下不作逐篇标注。

4月1日，《小小日报》"谈天"栏刊出杂文《世态》。4月4日，《小小日报》"谈天"栏刊出杂文《荒芜的青年》。

按：4月2日、3日报纸缺失，或漏杂文两篇。以下类似情况不再加注按语。

4月5日，《小小日报》"谈天"栏刊出杂文《中等人》。4月6日，《小小日报》"谈天"栏刊出杂文《架子》。4月7日，《小小日报》"谈天"栏刊出杂文《性的广告》。4月8日，《小小日报》"谈天"栏刊出杂文《笑》。4月9日、10日，《小小日

报》"谈天"栏连续刊出杂文《永垂不朽》(一)(二)。4月11日,《小小日报》"谈天"栏刊出杂文《女性的教育与生育》。4月12日,《小小日报》"谈天"栏刊出杂文《一位平民文学家》,赞赏满族鼓词作者韩小窗。文中说:"世界本来是平民的世界,尤其是文学家,更要有一种平民化的精神,他才能够用文学的力量,来转移风化,陶冶民情;否则琢句雕章,自以为是,至多不过只能得到少数的文盲的几遍诵读罢了。"韩小窗"这人确实是位有天才、有词藻、有思想的文学家。他能把他这种才学,不去作八股,不去批试帖,而能用来编大鼓,他的平民思想可见了,他的环境可见了,而他的清高也可见了。"

按: 韩小窗(约1828—1890),辽宁开原人,满族,子弟书(即鼓词)作家。其代表作有《露泪缘》《宁武关》《长坂坡》《刺虎》《黛玉悲秋》《红梅阁》及影卷《谤可笑》《金石语》等。

4月13日,《小小日报》"谈天"栏刊出杂文《绝顶聪明》。4月14、15日,《小小日报》"谈天"栏连续刊出杂文《道德》(一)(二)。

4月17至23日,《小小日报》"谈天"栏连载杂文《伦理与中国》。全文分为五节:一、伦理的产生;二、伦理的优点;三、伦理被利用以后;四、伦理存亡与中国之存亡;五、伦理的蟊贼。

4月25日,《小小日报》"谈天"栏刊出杂文《小难》。4月26日,《小小日报》"谈天"栏刊出杂文《女招待》。4月27日,《小小日报》"谈天"栏刊出杂文《落子馆》。4月29日,《小小日报》"谈天"栏刊出杂文《麻醉剂》。4月30日,《小小日报》"谈天"栏刊出杂文《万寿寺》。

4月,《小小日报》连载侦探小说《惊人秘柬》,署"王霄羽"。

按:《自鸣钟》残存连载文本至三十一次告"全卷终",次日接载《惊人秘柬》第一次,具体日期均难考定。

5月1日,《小小日报》"谈天"栏刊出杂文《赘泽品》。5月2日,《小小日报》"谈天"栏刊出杂文《童子军》。5月3日,《小小日报》"谈天"栏刊出杂文《女腿》。5月4日,《小小日报》"谈天"栏刊出杂文《颠倒雌雄》。5月5日,《小小日报》"谈天"栏刊出杂文《歌舞剧》。5月6日,《小小日报》"谈天"栏刊出杂文《招与待》。5月7日,《小小日报》"谈天"栏刊出杂文《恢复北京》。5月8日,《小小日报》"谈天"栏刊出杂文《野鸡》。5月9日,《小小日报》"谈天"栏刊出杂文《女招打》。5月13日,《小小日报》"谈天"栏刊出杂文《署名》。5月14日,《小小日报》"谈天"栏刊出杂文《迷》。5月15日,《小小日报》"谈天"栏刊出杂文《恶五月》。5月16日,《小小日报》"谈天"栏刊出杂文《送春》。5月17日,《小小日报》"谈天"栏刊出杂文《哭》。5月18日,《小小日报》"谈天"栏刊出杂文《雨天》。5月19日,《小小日报》"谈天"栏刊出杂文《名士派》。5月20日,《小小日报》"谈天"栏刊出杂文《小算盘》。5月21日,《小小日报》"谈天"栏刊出杂文《自行车》。5月22日,《小小日报》"谈天"栏刊出杂文《穷北京?》。5月23日,《小小日报》"谈天"栏刊出杂文《服从》。5月24日,《小小日报》"谈天"栏刊出杂文《奴隶性》。5月28日,《小小日报》"谈天"栏刊出杂文《澡堂里》。5月29日,《小小日报》"谈天"栏刊出杂文《安慰》。5月30日,《小小日报》"谈天"栏刊出杂文《中国剧》。5月31日,《小小日报》"谈天"栏刊出杂文《游民》。5月,《小小日报》连载侦探小说《触目惊心》,署"王霄羽"。

　　按:《触目惊心》未见,据《空房怪事》前言列入,连载时间在《神獒捉鬼》之前,故系入5月。

　　6月1日,《小小日报》"谈天"栏刊出杂文《端午节》。3日,《小小日报》"谈天"栏刊出杂文《打麻雀》。4日,《小小日报》"谈天"栏刊出杂文《谋事》。5日,《小小日报》"谈天"栏刊出杂文《无聊的北平》。6日,《小小日报》"谈天"栏刊出杂文《病》。同日开始连载侦探小说《神獒捉鬼》,署"王霄羽"。

　　按:《神獒捉鬼》共连载二十五次,当结束于6月30日(7月1日始载《空房怪事》,参见《空房怪事》引言)。

　　7日,《小小日报》"谈天"栏刊出杂文《造化儿子》。8日,《小小日报》"谈天"栏刊出杂文《疯人》。9日,《小小日报》"谈天"栏刊出杂文《阔事》。10日,《小小日报》"谈天"栏刊出杂文《骗术》。11日,《小小日报》"谈天"栏刊出杂文《财神　阎王》。12日,《小小日报》"谈天"栏刊出杂文《画中人》。13日,《小小日报》"谈天"栏刊出杂文《醉酒》。14日,《小小日报》"谈天"栏刊出杂文《夫妻间》。15日,《小小日报》"谈天"栏刊出杂文《不开壳》。16日,《小小日报》"谈天"栏刊出杂文《憔悴》。17日,《小小日报》"谈天"栏刊出杂文《伤心人》。18日,《小小日报》"谈天"栏刊出杂文《情书》。

19日，《小小日报》"谈天"栏刊出杂文《琴声里》。20日，《小小日报》"谈天"栏刊出杂文《☯》。21日，《小小日报》"谈天"栏刊出杂文《什刹海》。22日，《小小日报》"谈天"栏刊出杂文《凶杀案》。23日，《小小日报》"谈天"栏刊出杂文《关于裤子》。24日，《小小日报》"谈天"栏刊出杂文《三件痛快事》。25日，《小小日报》"谈天"栏刊出杂文《诗人》。26日、27日，《小小日报》"谈天"栏连续刊出杂文《贵族学校》（一）（二）。28日，《小小日报》"谈天"栏刊出杂文《穷　住》。29日，《小小日报》"谈天"栏刊出杂文《妙影》。30日，《小小日报》"谈天"栏刊出杂文《罪恶场中之未来者》。6月，《小小日报》连载社会小说《烟霭纷纷》，署"香波馆主"。

按：现存《烟霭纷纷》第三十六次连载文本复印件上有副刊"编余"一则，云"今天这版算作'七夕特刊'"。查1930年七夕为阳历8月30日，由此推知《烟霭纷纷》当始载于6月27日。

7月1日，《小小日报》"谈天"栏刊出杂文《吃饭问题》。5日，《小小日报》"谈天"栏刊出杂文《平民化》。6日，《小小日报》"谈天"栏刊出杂文《面子》。7日，《小小日报》"谈天"栏刊出杂文《醋　忌讳》。8日，《小小日报》"谈天"栏刊出杂文《文士与蚊士》。9日，《小小日报》"谈天"栏刊出杂文《人品与装饰》。12日，《小小日报》"谈天"栏刊出杂文《消夏》。13日，《小小日报》"谈天"栏刊出杂文《财神爷》。同日，《小小日报》始载惨情小说《玉藕愁丝》，署"香波馆主"。

按：《玉藕愁丝》始载日期据预告图片背面报头推知。

14日，《小小日报》"谈天"栏刊出杂文《妓女问题》。15日，《小小日报》"谈天"栏刊出杂文《杨耐梅　朱素云》。

按：杨耐梅，生于1904年，中国早期影星，曾出演《玉梨魂》《奇女子》《上海三女子》《空谷兰》等无声片。当时北平讹传她已"香消玉殒"，作者故撰此文悼念。实则杨在1960年卒于台湾。朱素云，京剧小生演员朱沄之艺名，生于1872年，卒于1930年。

16日，《小小日报》"谈天"栏刊出杂文《难民返国》。17日，《小小日报》"谈天"栏刊出杂文《灯下人》。18日，《小小日报》"谈天"栏刊出杂文《捧》。19日，《小小日报》"谈天"栏刊出杂文《快乐人多？》。20日，《小小日报》"谈天"栏刊出杂文《西游记》。21日,《小小日报》"谈大"栏刊出杂文《火警》。22日,《小小日报》"谈天"栏刊出杂文《人体美》。23日,《小小日报》"谈天"栏刊出杂文《穷　光　蛋》。24日,《小小日报》"谈天"栏刊出杂文《抵抗力》。25日,《小小日报》"谈天"栏刊出杂文《香艳文章》。26日,《小小日报》"谈天"栏刊出杂文《雨夜桥声》。27日,《小小日报》"谈天"栏刊出杂文《爱河》。28日,《小小日报》"谈天"栏刊出杂文《调戏》。29日,《小小日报》"谈天"栏刊出杂文《"嫁"的问题》。30日,《小小日报》"谈天"栏刊出杂文《阎罗王》。31日,《小小日报》"谈天"栏刊出杂文《知音》。7月,《小小日报》连载侦探小说《空房怪事》,署"王霄羽"。

按:《空房怪事》共连载二十九次,残存文本图片均无报头,难以确认具体时间。(第一次疑载于7月3日,见图片背面;结束于第二十九次,当为8月1日。)

8月2日,《小小日报》"谈天"栏刊出杂文《战》。

3日,《小小日报》"谈天"栏刊出杂文《时髦》。4日,《小小日报》"谈天"栏刊出杂文《人逛人》。5日,《小小日报》"谈天"栏刊出杂文《跳舞场里》。6日,《小小日报》"谈天"栏刊出杂文《奸杀案》。7日,《小小日报》"谈天"栏刊出杂文《阴阳电》。8日,《小小日报》"谈天"栏刊出杂文《办白事》。9日,《小小日报》"谈天"栏刊出杂文《眼光》。10日,《小小日报》"谈天"栏刊出杂文《无与偶　莫能容》。11日,《小小日报》"谈天"栏刊出杂文《喜新厌旧》。12日,《小小日报》"谈天"栏刊出杂文《洋化的话》。13日,《小小日报》"谈天"栏刊出杂文《发财学》。14日,《小小日报》"谈天"栏刊出杂文《儿童　成人》。15日,《小小日报》"谈天"栏刊出杂文《英雄难过美人关》。16日,《小小日报》"谈天"栏刊出杂文《交际》。17日,《小小日报》"谈天"栏刊出杂文《呻吟》。18日,《小小日报》"谈天"栏刊出杂文《枇杷巷里》。19日,《小小日报》"谈天"栏刊出杂文《捕蝇》。20日,《小小日报》"谈天"栏刊出杂文《殉情》。21日,《小小日报》"谈天"栏刊出杂文《人死不值钱》。22日,《小小日报》"谈天"栏刊出杂文《癞蛤蟆　天鹅肉》。23日,《小小日报》"谈天"栏刊出杂文《作时评》。25日,《小小日报》"谈天"栏刊出杂文《马路》。26日,《小小日报》"谈天"栏刊出杂文《女朋友》。27日,《小小日报》"谈天"栏刊出杂文《跳楼者》。28日，《小小日报》"谈天"栏刊出杂文《蟋蟀》。29日，《小小日报》"谈天"栏刊出杂文《古城返照》。30日，《小小日报》"谈天"栏刊出杂文《惹气》。31日，《小小日报》"谈天"栏刊出杂文《活得弗耐烦》。8月，《小小日报》始载武侠小说《鳌汉海盗》，署"霄羽"。

按：《鳌汉海盗》连载文本基本完整，但原件图片无报头，难以确认日期。共连载四十二次，当结束于9月间，时《烟霭纷纷》仍在连载。

9月1日，《小小日报》"谈天"栏刊出杂文《由线订书说起》。2日、3日，《小小日报》"谈天"栏连续刊出杂文《"娶"的问题》（一）（二）。4日，《小小日报》"谈天"栏刊出杂文《罂粟味》。5日，《小小日报》"谈天"栏刊出杂文《忏悔》。6日，《小小日报》"谈天"栏刊出杂文《想当然耳》。7日，《小小日报》"谈天"栏刊出杂文《标奇与仿效》。8日，《小小日报》"谈天"栏刊出杂文《复古》。9日，《小小日报》"谈天"栏刊出杂文《野草闲花》。同日同报又载影评《看了〈故都春梦〉》，署"柳今投"。10日，《小小日报》"谈天"栏刊出杂文《倡门》。12日，《小小日报》"谈天"栏刊出杂文《乞丐》。13日，《小小日报》"谈天"栏刊出杂文《心》。9月15日，《小小日报》"谈天"栏刊出杂文《短 小 经济》。9月16日，《小小日报》"谈天"栏刊出杂文《性的文章》。9月17日，《小小日报》"谈天"栏刊出杂文《逢场作戏》。9月18日，《小小日报》"谈天"栏刊出杂文《浮云变幻》。9月19日，《小小日报》"谈天"栏刊出杂文《敲钗小语》。20日，《小小日报》"谈天"栏刊出杂文《俗礼》。21日，《小小日报》"谈天"栏刊出杂文《何不当初》。22日，《小小日报》"谈天"栏刊出杂文《醋的考证》。23日，《小小日报》"谈天"栏刊出杂文《劲秋》。 28日，《小小日报》"谈天"栏刊出杂文《柴 米 油 盐 酱 醋 茶》。30日，《小小日报》"谈天"栏刊出杂文《烛边思绪》，叙述阅读《朝鲜义士安重根传》的感受，抒发爱国情怀及对国内现实的愤懑。

10月1日，《小小日报》"谈天"栏刊出杂文《吵嘴》。29日，《小小日报》"哈哈镜"栏刊出杂文《团圞月照破碎国家》，署"柳今"。

1931年（民国二十年，辛未）　23岁

是年，王度庐应聘担任《小小日报》编辑员。5月，《小小日报》连载哀情

小说《缠命丝》，署"王霄羽"。同时连载社会小说《燕燕莺莺》，署"香波馆主"。9月18日，沈阳发生"九一八"事变，日本加紧侵华。

按：《缠命丝》仅存第九〇次，内文曰"全卷终"，图片有"31,8,1"标注，据此倒推，当始载于5月；《燕燕莺莺》仅存第六二次，未完，图片注"31,8"。

又按：耿小的在《我与〈小小日报〉》中说，自己进入《小小日报》任编辑是在"1933年后"，"之前似乎赵苍海编过很短时期"，却未提及王霄羽。若其记忆无误，则王之去职，当在赵前。

1934年（民国二十三年，甲戌） 26岁

是年，李丹荃随父亲离北平去西安。不久王度庐亦往西安，任陕西省教育厅编审室办事员，《民意报》编辑员。

3月10日，陕西省教育厅在西安民众教育馆举办西安中小学讲演竞赛会；28日、29日，又在西安民乐园举办西安中小学第二届唱歌比赛，均派王霄羽任记录。

3月20日，西安《民意报》"戏剧与电影周刊"第一期刊载《中国戏剧生命之革新》第一节"九一八后的中国戏剧界"，署"柳今"。文中慨叹中国剧坛进步缓慢，以至"今日远东国际纠纷之病茵集于中国，而我国之戏剧仍然如沉睡，如枯死，反使他人——俄国——高呼曰：'怒吼吧中国！'"27日，"戏剧与电影周刊"第二期续载《中国戏剧生命之革新》第一节"九一八后的中国戏剧界"，署"柳今"。文中续论中国戏剧的觉醒与"推翻""旧剧势力"之关系。同期又载《电影是应合大众所需要 真不容易利用它》，署"潇雨"。文中说："艺术只要不是'自我'的而是'大众'的，那就当然要被利用成为一种工具。电影尤其要首先被人利用的，不过常常又见人们弄巧成拙，利用影片作某种宣传，结果倒被观众利用，"从而形成与国外影片亦步亦趋的种种题材热，当前已由伦理片、武侠侦探片演进为民生片。当局于"九一八"后号召影界多制作"关于唤起民族精神的片子"固然不错，但是"现在的民众，只是恐慌他们的经济穷困，生活惨淡，实在没有充分的力量去供给到民族上。或者，现在的电影也只走到了替穷人呼吁，次一步，才是民族精神"。

4月3日，西安《民意报》"戏剧与电影周刊"第三期未见，当续载《中国戏剧生命之革新》第二节"新旧戏剧之检讨"。10日，"戏剧与电影周刊"第四期续载《中国戏剧生命之革新》第二节"新旧戏剧之检讨"，署"柳今"。文中认为，"中国旧剧虽然不能追随时代，但确能利用科学，亦缘近代科学文明多供给于资产阶级之享乐，旧剧靡靡之音当愈适合于人之享乐。新剧□□□□，自难免在比较之下落后也"。（原件有四字无法辨认。）同期并载《伦敦公演〈彩楼配〉的问题》，署"潇雨"。文中认为，在伦敦由中国人与外国人用英语同演旧剧《彩楼配》，只能像《蝴蝶夫人》那样，迎合一部分外国人的扭曲了的东方观，"但是歪曲的东西在现代剧坛上实在没有它的地位，何况这《彩楼配》国际性质的公演"。

按：（1）王度庐档案中的履历表填："1934—1935年 西安民意报 编辑员"，"1935-1936年 陕西省教育厅 办事员"。而从文章刊出情况判断，任《民意报》编辑员应该在后（报馆编辑不可能受厅长派遣去任竞赛记录），或者同时兼任二职。

（2）西安《民意报》"戏剧与电影周刊"仅存一、二、四期，日期据打印稿说明（周刊第四期为4月10日）向前推算而得。4月3日报缺失，内容可据前后两期推知（不排除3日还有其他文章刊出）。4月10日以后报纸缺失，当有其他未知史料。

5月，《陕西教育月刊》第五期发表《陕西省教育厅举办西安中小学讲演竞赛会经过》和《陕西省教育厅举办西安中小学第二届唱歌比赛会经过》记录，均署"王霄羽"。

10月，《陕西教育旬刊》第二卷第廿九、卅、卅一期合刊"论著"栏刊出《民间歌谣之研究》，署"王霄羽"。全文五章：第一章"歌谣之史的发展"；第二章"歌谣的分类法"；第三章"歌谣价值的面面观"；第四章"歌谣技巧的研究"；第五章"结论"。文中有这样的论述："贵族化的文学在'五四'时就已被人打倒，现在一般人都提倡大众文学。真正的'大众文学'在哪里？我们离开了歌谣，恐怕再没有地方寻找了罢？"

1935年（民国二十四年，乙亥）　27岁

是年，王度庐与李丹荃在西安结婚。婚后李父卒于三原，王度庐前往料理丧事，曾遭歹徒劫持。

按：王度庐后来在《〈宝剑金钗〉序》中写及"频年饥驱远游，秦楚燕赵之间，跋涉殆遍"当有所夸张，实则未离陕西。

1936年（民国二十五年，丙子） 28岁

是年王度庐夫妇返回北平。10月13日，《平报》刊载《献于〈平报〉——十五周年》，署"王霄羽"。同日，《平报》开始连载武侠小说《黄河游侠传》，署"霄羽"。12月12日，发生"西安事变"。

按：李丹荃在遗稿中回忆返京前后的生活说："我有晕眩症，那时常犯，昏迷中常听到王叨念：'谢家有女偏怜小，自嫁黔娄万事乖……'后来我知道了这是元稹的悼亡诗。我就说：'你老叨念什么，我又没有死呀！'现在回想当时情景，如在目前。"

1937年（民国二十六年，丁丑） 29岁

是年春，王度庐夫妇应李丹荃二伯父伊筱农召，同赴青岛。4月17日，《平报》连载《黄河游侠传》结束。18日，《平报》开始连载武侠小说《燕赵悲歌传》，署"霄羽"。4月末，王度庐回北平料理"文债"，于端午节后返青岛。不久，弟探骊与北平进步青年同来青岛，王度庐夫妇送他们取道上海奔赴陕北参加革命。

按：李丹荃在所遗手稿中说："弟弟到了青岛，我们大家分析了当时的形势，都赞成他去内地找出路。他们兄弟一向感情很好，分手时不无留恋。最后王度庐慨然说：'你就放心走吧，我们以后会团聚的，母亲的生活，家里的一切，有我呢。'他把自己的怀表给了弟弟。"

7月7日，卢沟桥事变爆发。9日，《平报》连载《燕赵悲歌传》结束。10日，《平报》开始连载武侠小说《八侠夺珠记》，署"霄羽"。30日，北平、天津失守。

12月底，青岛守军撤离。

按：伊筱农（1870—1946？），广东法政及警察速成学校毕业。1912年

来青岛，创办《青岛白话报》（后改名《中国青岛报》），在当地颇有影响。"伊"为满族所冠汉姓，可知李丹荃家族亦有满族血统。

《八侠夺珠记》殆未载完。

1938年（民国二十七年，戊寅）　30岁

1月10日，日寇全面占领青岛。伊筱农博平路宅第被日军作为"敌产"没收，王度庐夫妇与伯父同往宁波路4号租屋居住。生计陷入极度困难之时，王度庐偶遇在《青岛新民报》任副刊编辑的北平熟人关松海，应约向该报投稿。

5月30日、31日，《青岛新民报》发布《本报增刊武侠小说预告》，称"已征得名小说家王度庐先生之精心杰作长篇武侠小说《河岳游侠传》"，即将刊出。是为"度庐"笔名首次见报。

按：《青岛新民报》和后来的《青岛大新民报》在刊出王度庐作品之前都先发布预告，下不一一列载。

6月1日，《青岛新民报》开始连载武侠小说《河岳游侠传》，署"王度庐"。2日，《青岛新民报》刊载散文《海滨忆写》，署"度庐"。

11月15日，《河岳游侠传》连载结束。共20回，未见单行本。16日，《青岛新民报》开始连载武侠悲情小说《宝剑金钗记》，署"王度庐"。配图：刘镜海。

按：刘镜海，时在海泊路23号开设"镜海美术社"，除为王氏作品配插图外，在生活上与王度庐夫妇也经常互相照顾。

1939年（民国二十八年，己卯）　31岁

是年春，王度庐长子生于青岛。4月24日，《青岛新民报》开始连载社会言情小说《落絮飘香》，署"霄羽"。配图：许清（刘镜海笔名）。7月29日，《宝剑金钗记》在《青岛新民报》载毕。30日，《青岛新民报》开始连载武侠悲情小说《剑气珠光录》。

是年，青岛新民报社印行《宝剑金钗记》单行本，前有王度庐自序，谓

"顷年饥驱远游,秦楚燕赵之间跋涉殆遍,屡经坎坷,备尝世味,益感人间侠士之不可无。兼以情场爱迹,所见亦多,大都财色相欺,优柔自误。因是,又拟以任侠与爱情相并言之,庶使英雄肝胆亦有旖旎之思,儿女痴情不尽娇柔之态。此《宝剑金钗》之所由作也"。

按:《宝剑金钗记》自序仅见于青岛新民报版单行本,也是至今所见王度庐为自己著作所写申述创作意图的唯一自序(其他著作连载时虽或亦加引言,均系说明性文字,出版单行本时皆被删除)。

1940年(民国二十九年,庚辰) 32岁

2月2日,《落絮飘香》在《青岛新民报》载毕。3日,《青岛新民报》开始连载社会言情小说《古城新月》,署"霄羽",配图:许清。22日,《青岛新民报》刊载《〈落絮飘香〉读后》,作者傅琍琳系关松海之夫人。文中介绍霄羽"曩在北京主编《小小日报》时,以著侦探小说知名",并且透露"霄羽""度庐"实为一人。

4月5日,《剑气珠光录》载毕,随后亦由报社印行单行本。7日,《青岛新民报》开始连载《舞鹤鸣鸾记》,署"王度庐",配图:刘镜海。此日所载为该书"序言",出单行本时被删却,全文如下:"内家武当派之开山祖张三丰,本宋时武当山道士,曾以单身杀敌百余,因之威名大振。武当派讲的是强筋骨、运气功、静以制动、犯则立仆,比少林的打法为毒狠,所以有人说'学得内家一二,即足以胜少林。'此派自张三丰累传至王咸来,咸来弟子黄百家,又将秘传歌诀,加以注解,所以内家拳便渐渐学术化了。可是后因日久年深,歌诀虽在,真功夫反不得传。自清初至近代,武当派中的侠士实寥寥无几,有的,只是甘凤池、鹰爪王、江南鹤等。甘凤池系以剑术称,鹰爪王专长于点穴,惟有江南鹤,其拳剑及点穴不但高出于甘、王二人之上,且晚年行踪极为诡异,简直有如剑仙,在《宝剑金钗记》与《剑气珠光录》二书中,这位老侠只是个飘渺的人物,如神龙一般。而本书却是要以此人为主,详述他一生的事迹。又本书除江南鹤之外,尚有李慕白之父李凤杰,及其师纪广杰。所以若论起时代,则本书所述之事,当在李慕白出世之前数十年了。"

8月16日,南京《京报》开始连载《风雨双龙剑》,署"王度庐"。配图:

刘镜海。

按：南京《京报》为汪伪时期出版的四开小报，原系三日刊，1940年8月16日改为日报，终刊于1945年8月16日。该报约得王度庐文稿，当亦出诸关松海之介绍。

介绍王度庐去市立女中代课的是潘思祖，字颖舒，河北邢台人，1930年毕业于河北大学国文系，时在青岛市立女中任教。李丹荃在回忆手稿中说："潘先生常来我家，一坐就是半天。他善谈吐，知道的事情多，打开话匣子什么都说。""潘先生是王度庐那时唯一可以谈得来的人，只有和潘先生在一起，王度庐才肯毫无顾忌地说话。在有些言情小说里，故事情节也是取自潘先生的谈话资料。"王子久则在《王度庐和他的小说》（载于1988年1月9日《青岛日报》）中说，"下课后学生常常把他包围起来"，要求他别把《落絮飘香》《古城新月》里女主人公的下场写得太惨。

1941年（民国三十年，辛巳）　33岁

是年王度庐任青岛圣功女中教员。3月15日，《舞鹤鸣鸾记》在《青岛新民报》载毕，随后亦由报社印行单行本。16日，《青岛新民报》开始连载《卧虎藏龙传》，配图：刘镜海。4月10日，《古城新月》在《青岛新民报》载毕。11日，《青岛新民报》开始连载《海上虹霞》，署"霄羽"。配图：许清。5月9日，《风雨双龙剑》在南京《京报》载毕，共17回。随后即由报社印行单行本。10日，南京《京报》开始连载《彩凤银蛇传》，署"度庐"。配图：刘镜海。8月27日，《海上虹霞》在《青岛新民报》载毕。28日，《青岛新民报》开始连载社会小说《虞美人》，署"霄羽"。配图：许清。

按：《风雨双龙剑》连载本与后来的上海育才书局重印本相比，在回目、内文上都略有差别，后者当经作者修订。

1942年（民国三十一年，壬午）　34岁

是年王度庐曾任青岛市立女中代课教员一个多月。

按：青岛王铎先生之母当年为市立女中教员，他听母亲说，王度庐担任的是培训社会人员的课程，上课地点在市立女中附小（即位于朝城路5

号的今朝城路小学）。

　　3月1日，《彩凤银蛇传》在南京《京报》载毕，共13回。2日，南京《京报》开始连载《纤纤剑》，署"王度庐"。配图：刘镜海。3日，南京《京报》刊载读者傅佑民来信《关于〈彩凤银蛇传〉鲁彩娥之死》，对《彩凤银蛇传》女主人公因伤重死于中途而未见到自幼失散之生母的结局提出异议。该报副刊编辑在《编者谨按》中说："王先生写鲁彩娥之死，才正是脱去中国武侠小说的旧套……给读者一种'此恨绵绵无绝期'的尾巴……这才是全书的力量。""读者越是这样着急，气愤，越是著者的成功，越见王先生文笔感人之深。6日，《卧虎藏龙传》在《青岛新民报》载毕。同日，南京《京报》又载读者陈中来信，再次对《彩凤银蛇传》写鲁海娥之死提出商榷，以为固然"不必'大团圆'或带'回令'"，而"'见娘'似为必要"。信中还提及"某日路过平江府街，闻一擦皮鞋者与一少年，亦在津津然预测鲁海娥之未来"，可见读者关心之一斑。7日，《青岛新民报》开始连载《铁骑银瓶传》，署"王度庐"。配图：刘镜海。17日，南京《京报》再载读者王德孚来信，认为虽然鲁海娥之死写得好，但是还应加上一些交代后事、劝导爱人走正路的临终遗言。24日，南京《京报》刊出王度庐《关于鲁海娥之死》一文，回答读者批评，说明"在写该书的第一回之前，我就预备着末了是一幕悲剧。""向来'大团圆'的玩意儿总没有'缺陷美'令人留恋，而且人生本来是一杯苦酒，哪里来的那么些'完美'的事情？'福慧双修'的女子本来就很少，尤其是历史或小说里的'美人'。古人云：'自古美人如名将，不许人间见白头。'西施为千古美人，原因是她后来没有下落；林黛玉是读过了《红楼梦》的人一定惋惜的，原因也是她早死。近代的赛金花就不够'绝代佳人'的条件，她是不该后来又以老旦的扮相儿再登台。'好花不常开，好景不常在'，美与缺陷原是一个东西。本此种种理由，于是我更得叫我们的'粉鳞小蛟龙'死了。""因为这样的女人决不可叫她去与人'花好月圆'，度那庸俗的日子；尤其不能叫她跟十三妹一样去二妻一夫的给男子开心。"

　　10月31日，《纤纤剑》在南京《京报》载毕，共10回。

　　是年，《青岛新民报》与《大青岛报》合并，更名《青岛大新民报》。

1943年（民国三十二年，癸未） 35岁

　　是年王度庐曾任《治平月刊》编辑员一个多月。1月23日，南京《京报》开始连载《舞剑飞花录》，署"王度庐"。配图：刘镜海。

　　10月5日，《青岛大新民报》刊出《寒梅曲》广告，其中说："名小说家王霄羽先生自为本报撰《落絮飘香》《古城新月》《海上虹霞》《虞美人》等数篇之后，篇篇脍炙人口，远近交誉，百万读者每日争先竞读，投来赞誉之函件无数。盖王君文学湛深，复精研心理学，对于社会人情，观察最深；国内足迹又广，生活经验极为丰富；并以其妙笔，参合新旧写法，清俊流畅，细腻转宛；描写之人物，皆跃跃如生，令人留下深深印象。其所选之故事，又皆可悲可喜，新颖而近情合理，章法结构，亦极严谨，无懈可击。即以现刊之《虞美人》言，连刊二年余，若换他人之著作，恐早已令人生倦，然王君之文，日日有新的描写，故事有新的发展变幻，令人如食橄榄，越嚼其味越长；如观大海，久望而其波澜无尽。是以每日每人争相阅读，并常有向本社函电相询者。此均系事实，凡读者皆能信而不疑者也。故虽饱学之士，极富人生阅历之人，对王君之著作亦莫不称誉，谓之为当代第一流之小说家。今《虞美人》即将终篇，新作已由王君开始动笔，名曰《寒梅曲》。系由民国初年北京极繁华之时写起，先述女伶之生活，但与一般的俗流写法迥异；次叙一好学上进之女子，于艰苦环境之中不泯其志气，不失其天真。渐展为一段恋爱，男主角为一音乐家，于是《寒梅曲》遂写入本题矣。其后则此女主角遭境改变，如寒梅之遇风雪，花片纷落，然不失其皓洁。中间穿插许多新奇而合理之故事，出现许多面貌不同、心情各异之人物，但人物虽多而不杂乱，每个人又都是在前几篇中未见过的，可也就许是读者眼前常见的。写至中段，则情节极为紧张，能不下泪、不感动者恐少；斯时又写一洁身自爱、有为之少年人，排万难立其身，颇富伦理知识，且有教育意味。至篇末结束之时，写得尤为高超，读者到时自然赞佩。并且此书与前几篇不同，王君之作风稍加改变，简洁流丽，不作繁冗之藻饰，不用生涩的字句，更以悲哀与滑稽相衬而写，非但令人回肠荡气，有时亦令人喷饭。总之，王君之作品早已成熟，已至炉火纯青之候，已有挥洒自如之才力，此《寒梅曲》尤最，不待多加介绍也。" 6日，《虞美人》在《青岛大新民报》载毕。7日，《青

岛大新民报》开始连载《寒梅曲》，署"霄羽"。配图：许清。

按：因存报缺失，《寒梅曲》连载结束时间未详。

1944年（民国三十三年，甲申）　36岁

是年《铁骑银瓶传》在《青岛大新民报》载毕（具体月、日未详）。1月18日，《舞剑飞花录》在南京《京报》载毕，共19章。19日，南京《京报》开始连载《大漠双鸳谱》，标"侠情小说"，署"王度庐"。配图：镜海。7月3日《大漠双鸳谱》载毕，共6章。4日，南京《京报》开始连载《春明小侠》，标"侠情小说"，署"王度庐"。

按：《舞剑飞花录》后由上海励力出版社印行单行本，改题《洛阳豪客》，被压缩为16章。连载本之章题与单行本完全不同，文字出入也较大。

又，本年上海《戏世界》报曾刊出武侠小说《铁剑红绡记》，署"王度庐"，现仅存4030、4031、4032、4033、4034、4035、4036、4038、4039、4040十期（即十段连载文本，分别属于第一、二章，时间为3月20日至30日）。待辨真伪。

1945年（民国三十四年，乙酉）　37岁

2月18日，王度庐之女生于青岛。25日，《春明小侠》载至第20章。5月1日，南京《京报》连载《琼楼双剑记》第二章，署"王度庐"。同日，青岛《民民民》月刊连载《锦绣豪雄传》，署"王度庐"。是年夏秋之际，《青岛大新民报》停刊。8月15日，日本正式宣布投降。10月25日，青岛举行日军受降典礼。《青岛时报》等老报复刊，《民治报》《民众日报》等新报创刊。

按：《春明小侠》于本年2月25日载至第二十章，改标"武侠小说"，以下报纸缺失，连载结束时间当在4月末。《琼楼双剑记》亦因报纸缺失而不知始载时间；至5月27日，所载内容仍为第二章，以后殆未续载。《锦绣豪雄传》亦未载完。

1946年（民国三十五年，丙戌）　38岁

是年王度庐为维持生计，曾任赛马场办事员，于周日售马票。12月2日，

《青岛时报》开始连载王度庐所著武侠小说《紫凤镖》,署名"鲁云"。

1947年(民国三十六年,丁亥)　39岁

5月1日,青岛《民治报》开始连载王度庐所撰武侠小说《太平天国情侠传》,署"鲁云"。19日,青岛《大中报》开始连载王度庐所撰武侠小说《清末侠客传》,署"鲁云"。6月11日,《青岛时报》开始连载王度庐所撰社会言情小说《晚香玉》,署"绿芜"。7月18日,《紫凤镖》在《青岛时报》载毕。19日,《青岛时报》开始连载王度庐所撰武侠小说《雍正与年羹尧》,署"鲁云"。是年王度庐收到弟弟来信,得知中共即将获得全面胜利。

按:《太平天国情侠传》仅见一节,未知是否载毕。《雍正与年羹尧》《清末侠客传》当于次年载毕。

李丹荃在回忆文中说:"1947年,我们忽然收到分离多年的弟弟的信,那信是经过几个人辗转捎来的。信中大意是:我在外买卖很好,我们不久即可团聚,望你们放心。信虽很短,但却是莫大喜讯。信中真实的含义,我们是明白的,知道多年的战争是将结束了。只是这时他们在北平的母亲已故去,没有来得及知道,是终身遗憾。"

1948年(民国三十七年,戊子)　40岁

是年王度庐曾任青岛摊商工会文牍。1月31日,《晚香玉》在《青岛时报》载毕。2月1日,《青岛时报》开始连载《粉墨婵娟》,署"绿芜"。4月29日,《青岛时报》开始连载武侠小说《宝刀飞》,署"鲁云"。6月,上海育才书局出版增订本《风雨双龙剑》。7月10日,《粉墨婵娟》在《青岛时报》载毕。15日,《青岛时报》开始连载侠情小说《燕市侠伶》,署"绿芜"。9月17日,《宝刀飞》在《青岛时报》载毕。9月20日,《青岛公报》开始连载武侠小说《金刚玉宝剑》,署"王度庐"。

按:《金刚玉宝剑》之"玉"字当系"王"字之误,参见丁福保主编之《佛学大辞典》:【金刚王宝剑】(譬喻)临济四喝之一,谓临济有时一喝,为切断一切情解葛藤之利剑也。《临济录》曰:"师问僧:有时一喝如金刚王宝剑,有时一喝如踞地金毛狮子,有时一喝如探竿影草,有时一喝不

作一喝用，汝作么生会？僧拟议，师便喝。"《人天眼月》曰："金刚王宝剑者，一刀挥断一切情解。"又 【金刚】（术语）梵语曰缚罗。……译言金刚，金中之精者，世所言之金刚石是也。…… 又（天名）持金刚杵之力士，谓之金刚。……【金刚王】（杂语）金刚中之最胜者，犹言牛中之最胜者为牛王也。……

9月24日，青岛《军民晚报》开始连载武侠小说《龙虎铁连环》，署"王度庐"。10月，上海励力出版社将《清末侠客传》分为两册印行，分别改题《绣带银镖》《冷剑凄芳》。11月，上海励力出版社出版《宝刀飞》。同年，上海励力出版社还出版或再版了王度庐的以下作品：《鹤惊昆仑》（即《舞鹤鸣鸾记》），《宝剑金钗》（即《宝剑金钗记》），《剑气珠光》（即《剑气珠光录》），《卧虎藏龙》（即《卧虎藏龙传》），《铁骑银瓶》（即《铁骑银瓶传》），《紫电青霜》，《新血滴子》（即《雍正与年羹尧》），《燕市侠伶》，《落絮飘香》《琼楼春情》《朝露相思》《翠陌归人》（此为《落絮飘香》连载本的四个分册），《暴雨惊鸳》（此为《寒梅曲》连载本的第一分册，以下分册未见），《绮市芳葩》《寒波玉蕊》（此为《晚香玉》连载本的两个分册），《粉墨婵娟》《霞梦离魂》（此为《粉墨婵娟》连载本的两个分册）。

按：《燕市侠伶》之后集为《梅花香手帕》。后集未见连载，励力版《燕市侠伶》亦未见，该版当不包括后集。

1949年（己丑） 41岁

是年，王度庐之弟谭立（即王探骊）出任中共大连市委副书记。1月1日，青岛《民治报》开始连载《玉佩金刀记》，署"王度庐"。未完。2月，《金刚玉宝剑》改由《联青晚报》连载。4月，上海励力出版社出版《金刚玉宝剑》，共三册。6月29日，王度庐幼子生于青岛。

是年秋，王度庐夫妇携长子、女儿同由青岛迁往大连（幼子暂留青岛）。王度庐任旅大行政公署教育厅编审委员。李丹荃先在市教育局初教科任科员，后任教于英华坊小学和大同坊小学。

本年，重庆千秋书局出版《紫凤镖》。上海励力出版社还出版了王度庐的下列作品：《朱门绮梦》《小巷娇梅》《碧海狂涛》《古城新月》（此为《古城新月》连载本的三个分册），《海上虹霞》《灵魂之锁》（此为《海上虹霞》连载本的两个分册），《琴岛佳人》《少女飘零》《歌舞芳邻》（此为《虞美人》连载本的前四个分册，以下分册未见），《洛阳豪客》（即《舞剑飞花录》），《风尘四杰》，《香山侠女》，《春秋戟》，《龙虎铁连环》等。

1950年（庚寅） 42岁

王度庐在旅大行政公署教育厅任编审委员。

1951年（辛卯） 43岁

王度庐调入旅大师范专科学校任教员。

1953年（癸巳） 45岁

是年夏，王度庐调入沈阳东北实验学校（现辽宁省实验中学）任语文教员，李丹荃任该校舍务处职员。

1955年（乙未） 47岁

5月，《人民日报》公布《关于胡风反革命集团的材料》。在清查"胡风分子"时，王度庐曾经受到无端怀疑。

1956年（丙申） 48岁

1月13日，文化部发出《关于续发处理反动、淫秽、荒诞图书参考目录的通知（56）（文陈出密字第9号）》，其第二条称："有一些人专门编写反动、淫秽、荒诞的图书，如徐訏、无名氏、仇章专门编写政治上反动的、描写特务间谍的小说，张竞生、王小逸（捉刀人）、蓝白黑、笑生、待燕楼主、冷如雁、田舍郎、桑旦华专门编写含有反动政治内容或淫秽、色情成分的'言情小说'，朱贞木、郑证因、李寿民（还珠楼主）、王度庐、宫白羽、徐春羽专门编写含有反动政治内容或淫秽、色情成分的神怪、荒诞的'武侠小说'。为了肃清反动、淫秽、荒诞的图书，请各省市文化局在审读图书时，对于徐訏……徐春羽等二十一人编写的图书特别加以注意。但决定是否处理和如何处理，仍应按书籍内容而定。"（见中国出版科学研究所、中央档案馆编：《中华人民共和国出版史料》第8辑，中国书籍出版社，2002。）

同年，王度庐加入中国民主促进会，并任该会沈阳市第五届市委委员；又曾被选为皇姑区政协委员和沈阳市第六届人民代表大会代表。

按：以上政治身份据辽宁省实验中学所存退休人员登记表及李丹荃回忆文。加入民进当在本年，其他事项或在其后，因无法查实年份，姑均暂系于本年。

1957年（丁酉）　49岁

实验中学也掀起"反右"运动，王度庐没有受到大冲击。

1966年（丙午）　58岁

"文化大革命"爆发。王度庐受到冲击，被贬入"有问题的人学习班"，接受"清队"审查。

1968年（戊申）　60岁

王度庐仍处于"逍遥"状态。

1969年（己酉）　61岁

王度庐当在是年被结束"审查"，获得"解放"，即被宣布没有查出问题，恢复原来的政治身份。

按：依照"文革"程序，"有问题的人"被"解放"之前，仍需召开一次表示"结案"的批判会。李丹荃在回忆文中写道："……开了一个小型批判会。也不知从什么地方找来一本《小巷娇梅》，批判者念一段，批判一番……当批判者念到生动有趣处，听者笑了，王度庐也忍不住笑了，当然要招来申斥：'你还笑？你要端正态度！'批判者们又从我们家拿走了我们的一本相册，里面有两张全家照片。一张中有我抱着1949年初生的幼子；另一张是我穿着在旅大行政公署发的女干部服装，王度庐穿着他兄弟给他的呢子干部服装。批判者举着照片说：'你们穿得这么好，可见你们过去生活多么优越！你爱人还穿着裙子！'……对他的批判只是一种虚张声势的形式。那些老师并未认真对待。"

1970年（庚戌）　62岁

是年春，王度庐以退休人员身份，随李丹荃下放到辽宁省昌图县泉头公社大苇子大队，不久转到泉头大队。

按：王度庐幼子在一封信里这样回忆父母被"下放"的情景："……我在农村'接受再教育'，得知后立即赶回家。前往农村时，年迈的父母坐在卡车顶上，一路颠簸。爸爸当时身体就很不好，加上这一折腾，半路解手时，站了半天也解不出来。妈妈晕车，走一路吐一路。那情景我现在回忆起来都止不住要流泪。"

其女则曾在一封信里回忆到昌图看望父母的情景："听说他们下乡了，我很急，不久就请假找去了。他们一辈子住在城里，父亲更是年老体弱，手无缚鸡之力，忽然到了农村，借住在人家的半间小屋里，怎么生活？""我还没走到家，就远远地看见父亲坐在一棵繁茂的大树下(很像一幅中国山水画)，我的心顿时平静下来了。他永远是那么心平气和，不知是怎么修炼的。""我女儿小时候跟我父母在农村住过。有一次闹觉(困了，不睡，哭闹)，我很烦，可我父亲说：'世界多美好啊，她是舍不得去睡觉啊。'""有时，父亲用手比成一个取景框，东照一下，西照一下，对我的小孩说：'快来看，这边是一个景，那边也是一个景。'(父亲原本喜欢摄影，在小说《海上虹霞》中曾写到购买'莱卡'照相机，就颇内行。)他还常让母亲下地干活回来时带些野花野草。那时父亲走路已不太方便了。"

1972年（壬子）　64岁

王度庐在昌图。其幼子考入迁至铁岭的沈阳农学院农学系。

1974年（甲寅）　66岁

1月14日，长子突然亡故，王度庐夫妇不胜哀痛。

同年，幼子毕业于迁至铁岭的沈阳农学院农学系，留校任教。李丹荃于下放人员"落实政策"时也被安排退休。

1975年（乙卯） 67岁

王度庐夫妇迁往铁岭与幼子同住。

1977年（丁巳） 69岁

2月12日，王度庐因病卒于铁岭。

按：李丹荃在回忆手稿中这样记述丈夫逝世的情景："儿子工作的学校已放了寒假，这天正是旧历年末。晚上儿子去办公室值夜，女儿远在几千里外工作。我们住在一间很小的宿舍里，暖气不热，电灯不亮，风吹得屋外树枝簌簌地响，偶然能听得到远处一声声犬吠。他病已重危，该说的话早已说完，他静静地合上双眼去了。我不愿惊动他，也不想叫别人，坐在床前陪伴着他，送他安静地走完了人生最后的旅程，时年六十八（周）岁……我遵从他的遗嘱，没有通知很多人，没有举行一切世俗的仪式，没有哀乐，没有纸花，悄然地由他的儿子和几位热情的青年同事用担架（把他）抬到离我家很近的火葬场。"

（承张元卿博士协助查阅南京《京报》并发现、提供有关陕西教育月刊、旬刊资料，特此致谢！）

2016年1月修订

《王度庐作品大系》书目一览表

武侠卷第一辑(2015年7月已出版)
1.鹤惊昆仑(上、下) 2.宝剑金钗(上、下) 3.剑气珠光(上、下) 4.卧虎藏龙
(上、下) 5.铁骑银瓶(上、中、下)

武侠卷第二辑(2016年3月－7月已出版)
1.风雨双龙剑 2.彩凤银蛇传 3.红红剑 4.洛阳豪客 5.大漠双鸳谱 6.紫电青霜
7.紫凤镖 8.绣带银镖 9.雍正与年羹尧 10.宝刀飞 11.金刚玉宝剑

社会言情卷
1.落絮飘香 2.古城新月 3.海上虹霞 4.虞美人 5.晚香玉 6.粉墨婵娟 7.风尘四
杰 8.香山侠女

早期小说与杂文卷(待出版)
1.杂文 2.早期小说:红绫枕 鳌汉海盗 黄河游侠传 3.散佚作品精选集:燕市
侠伶 虞美人 春明小侠 春秋戟 寒梅曲